Ines Schäfer

Hugenottenblut

Erlanger Stadtkrimi
Der vierte Teil

FAHNER VERLAG

Impressum

Die Deutsche Bibliothek - CIP-Einheitsaufnahme

Schäfer, Ines:
Hugenottenblut: Erlanger Stadtkrimi. Der vierte Teil/Ines Schäfer. - Lauf a. d. Pegnitz: Fahner, 2006
ISBN 3-924158-88-6

Satz, Repro, Druck: Fahner GmbH, Nürnberg
www.fahner.de

1. Auflage 2006
Erschienen im Fahner Verlag, Lauf

Liebe Leserin, lieber Leser!

Über diese Stadt ist schon alles gesagt, schon alles geschrieben? Noch lange nicht! Nicht über die Orte. Nicht über die Menschen. Es gibt noch viel zu erzählen, viel Wirkliches und manches Erfundene. Die Grenze zwischen beidem müssen Sie bisweilen selbst bestimmen.

Sicher ist, dass Lotte Askoleit, die eigensinnige Heldin des Buches, nur in unserer Fantasie existiert. Sicher ist ebenso, dass die Handlung um das hier beschriebene Shopping-Center Fiktion ist. Sicher ist hingegen auch, dass sich unser verehrter Herr Oberbürgermeister wieder aus der Realität in dieses Buch begeben hat. Und sicher ist auch, dass die weltbekannte, hier ansässige Firma die medizinischen Geräte, von denen in dieser Geschichte die Rede ist, nicht herstellt.

Also: Glauben Sie nicht alles, was Sie lesen. Aber, ob Wahrheit oder Fiktion – genießen Sie den neuen Erlanger Stadtkrimi!

Ihre
Ines Schäfer

I

Es waren nur zwei kurze Bewegungen, ein Neigen des Kopfes, etwas Weißes, das sich dehnte, in diesem Augenblick am äußersten Rand, bevor er sich hinunterstürzte, ohne einen Atemzug des Zögerns, als sei es eine Notwendigkeit. Die ersten Bruchteile von Sekunden abwärts am Ziegelrot des Schornsteins entlang. Die Fugen der Steine, erst im Stakkato, dann zu einer grauen Linie gepresst, das Rot der Ziegel zu einem dunklen Schatten verwischt. Hinunter, ohne Rudern und ohne Laut. Immer näher das Dach voller Moos, abwärts, wie ein aus der Mauer gebrochener Stein.

Ein Schwall von staubiger Luft erfasste ihn, drückte den Kopf nach oben zum Bleigrau des Himmels, wölbte sich unter seine Brust und presste die Hitze gegen jeden einzelnen Wirbel. Da war es endlich.

Es trug ihn hinauf wie ein nach oben gewölbtes Segel. Eine Glocke von Schwüle hob ihn über die Stadt und blies Leichtigkeit unter seine Flügel. Im Flug streckte er Hals und Beine und der heiße Atem, der von der Stadt kam, trug ihn in einer s-förmigen Kurve über den Kamin mit dem großen Reisignest hinaus, über das Brauereigebäude, von dem ein süßlicher, kühler Geruch aufstieg, dann über einen weiten, kopfsteingepflasterten Innenhof Richtung Kirche.

Das Schwarz des Turmdachs glänzte heute nicht, es sah matt aus wie zerlaufene Schokolade, und das goldene Kreuz mit der Wetterfahne zuoberst schien sich zu biegen in der Hitze. Mit einem leichten Flügelschlag korrigierte er die Richtung und überflog die regelmäßigen Häuserkarrees mit den dunklen Löchern der Innenhöfe und dem stumpfen Rot der Dächer. Von dem Gitternetz der Straßen drang kaum ein Laut herauf.

Rechts unten lagen die gestreiften Teller der Marktschirme auf einem menschenleeren Platz. Links unten stieg aus dem wolkigen Grün des Schlossgartens ein Schwarm hysterischer Spatzen schräg nach oben. Mit einer Kippbewegung der schwarzen Flugfedern schwenkte er über ihnen ab, in einer weiten Schleife wieder Richtung Norden.

Er hatte gerade das große weiße Landekreuz auf der Erde und einen verschachtelten Kubus aus grauem Beton überflogen, als er die erste Bö wahrnahm, die von Westen heranrollte. Sie kam dort drüben aus der undeutlichen, ambossartigen Wolke, die sich rasch aufblähte. Er spürte, wie sich die Häkchen zwischen seinen Schwungfedern aufs Äußerste spannten, und musste seine Flugrichtung noch einmal korrigieren. Sein roter Schnabel zeigte nun direkt auf die aufquellenden Wolken mit der blauschwarzen Unterseite. Der Aufwind, der ihm jetzt direkt entgegenkam, trug ihn über das graue Doppelband der Autobahn Richtung Fluss und Wiesen – und verließ ihn dann abrupt. Er sackte in der Luft nach unten wie in einem Fahrstuhl, in dem jemand das Stahlseil gekappt hat, und fing sich erst einige Meter über den Flusspappeln wieder.

Er brauchte ein paar kräftezehrende Flügelschläge, bis er wieder ausreichend an Höhe gewann, um von der nächsten Bö nicht in die Bäume gedrückt zu werden. Der Wind traf ihn schräg von der Seite und es kostete ihn noch einmal alle Kraft, die richtige Flugrichtung zu finden, sodass der Wind ihn trug.

Es blieb ihm nichts anderes übrig, als sich von dem

Wirbel aus Hitze unter seinen Flügeln zurücktragen zu lassen Richtung Stadt. Über den Häusern stand eine Windhose aus knisterndem Sand. Jetzt war er fast wieder am Turm. Ganz oben saß eine Krähe auf dem Kreuz, die Flügel gebläht vom Westwind. Als die Turmuhr zu schlagen begann, machte sie sich im Sturzflug davon und ließ sich auf dem Kopf des Markgrafen nieder, der eine der Voluten auf der Westseite krönte, und krächzte heiser gegen den Wind.

Er flog einen weiten Bogen um den Turm, die tintenschwarzen Flügelspitzen schräg aufgestellt. Der glühende Atem des Windes wirbelte dort unten eine Plastikplane und die bunten Blätter einer Werbezeitschrift die Straße hinunter Richtung Fluss.

Aber da war noch etwas anderes. Ein Aufwind erfasste ihn und ließ ihn wie in einem heißen Kamin fast senkrecht hochsteigen. Da war es wieder. Der Geruch von Holz hing in der Luft, süßlich und trocken.

Die nächste Bö ließ ihn noch höher steigen und fegte eine neue Schwade dieses Geruches vor sich her. Es roch staubig, nach ausgeblichenem Holz. Die Wolkenfront am Himmel war inzwischen zu einer schwarzen Wand aufgequollen und wälzte sich auf die Stadt zu. Unvermittelt ließ der Wind nach. Ein Knistern hing in der Luft. Von dort, aus dem Schlund eines Innenhofes nicht weit von der Kirche, stieg eine dünne Rauchsäule auf und zerquoll schon kurz über dem Dach ins Nichts.

Die plötzliche Windstille ließ ihn in engen Kreisen wieder abwärts driften, er hatte Mühe, nicht ins Trudeln zu kommen. Das Rascheln und das Knistern wurden deutlicher. Als ihn die nächste Flugschleife wieder über das Haus trug, war der Holzgeruch intensiver und strenger, die Rauchsäule deutlicher, runder und höher. Er schlug mit den Flügeln. Es war ein strenger, bitterer Geruch. Und eine andere Hitze. Und dann, im Flug kurz über dem Dach, sah er es. Dort unten züngelte es rötlich.

Er brauchte alle Kraft, um mit einem Dutzend schwerer Flügelschläge wieder hochzusteigen und in der Windstille Kurs zu nehmen, fort. Den roten Schnabeldolch weit vorgereckt, den Hals so lang wie möglich gestreckt, die weißen Flügel mit den tiefschwarzen Rändern waagrecht gestellt, die dünnen roten Beine in einer Linie nach hinten gereckt, segelte er schräg über die Stadt, die Autobahn, den Fluss, in Richtung auf das heranrollende schwarze Wolkengebirge, in Richtung auf das breite grüne Band der Wiesen, fort von diesem Geruch.

Dort unten drehte noch eine ratternde Mähmaschine mit nervös wippendem Ausleger eine letzte Runde. Der weiche Geruch von frischem, feuchtem Gras stieg auf. Zwei andere Störche standen im Grün. Während der erste Blitz zuckte und aus dem schwarzen Himmel schwere Tropfen zu fallen begannen, setzte er zur Landung an. Hinter ihm, über der Stadt, stand nun eine lodernde Feuersäule.

II

Es war diese träge Mattigkeit nach dem Essen, gegen die Lotte Askoleit jeden Mittag ankämpfte. Ein Tag glich hier dem anderen. Ohne Pflichten, ohne Erwartungen; wenn man Glück hatte auch fast ohne Schmerzen.

Lotte blätterte in ihrem dünnen schwarzen Kalender, einem Werbegeschenk, das Jürgen ihr aus der Klinik mitgebracht hatte und in dem sie säuberlich mit Bleistift ihre wenigen Termine notierte: Friseur (immer mittwochs). Fußpflege (jeden dritten Donnerstag). Fensterputzer (einmal im Monat). Französischkurs (leider erst wieder ab Herbst). Familienkaffee (viel zu selten). Dann standen da noch im regelmäßigen Turnus die Erinnerungen, das Zeitungsabonnement zu bezahlen und die Rechnung für die Hauswäscherei zu überweisen.

Hier im Stift erteilte man keine Abbuchungsvollmacht. Zum einen, weil man sich nicht vorstellen konnte, dass das wirklich funktionierte, zum anderen, weil man auf diese Weise Gelegenheit hatte, eine Überweisung mit ausführlichem Vermerk über den Verwendungszweck auszustellen, mit dem Aufzug hinunterzufahren, die Eingangshalle mit großer Zielstrebigkeit zu durchqueren, die mit braunem Nadelfilz ausgelegte Miniaturfiliale der Sparkasse im Erdgeschoss zu betreten, den Schaltergesprächen des einzigen Angestellten mit ein paar anderen Stiftsdamen und -herren in der Warteschlange zu lauschen, mit dem geduldigen Herrn hinter dem Schalter nochmals Kontonummer und Überweisungszweck zu kontrollieren, sich den Durchschlag für die Überweisung abstempeln zu lassen, nach neuen Kontoauszügen zu fragen, die man doch gerade erst abgeholt hatte, zurück im Apartment das Überweisungsdoppel nochmals zu kontrollieren und abzuheften, schließlich ein Häkchen hinter den Eintrag im Terminkalender zu machen und so wieder einen Vormittag gefüllt zu haben.

Tage und Wochen zogen in einem zähen Fluss vorbei. War es Montag, Dienstag, Donnerstag? Was den Wochentagen Struktur und Halt gab, war das Mittagessen. Ja, der Speiseplan war das Gerüst der Woche, das auch den gelegentlich Verwirrten immer wieder Orientierung bot. Am Donnerstag Eintopf. Am Freitag Kochfisch. Am Samstag Süßspeise. Am Sonntag Kloß. Heute war ein typischer Montag gewesen. Nicht wenige der Stiftsbewohner wurden am Sonntag von ihren Familien abgeholt. Das war zwar grundsätzlich erfreulich und begrüßenswert, brachte aber nach den Erfahrungen von Stiftsleitung und Stiftsarzt nicht selten den labilen Rhythmus der Vitalfunktionen durcheinander. Daher empfahl sich für die Senioren am Montag Beruhigendes, leicht Verdauliches.

Heute war das Kartoffelbrei mit Husumer Schmortöpfchen gewesen. Lotte hatte auf Grund des Namens nach Nordseekrabben gesucht, war aber nur auf graue Soße gestoßen und hatte schließlich geschlossen, dass der Name des Schmortöpfchens vielleicht einen Bezug zwischen der Farbe der Sauce und der vorherrschenden Wetterlage in Husum herstellen sollte. (Allerdings wären Nordseekrabben für einen Montag auch reichlich frivol gewesen.) Sie hatte sich am Kartoffelbrei die Zunge verbrannt und ihn ein bisschen heiß für diesen Tag gefunden, aber eigentlich mochte sie fast alles.

Gestern, am Sonntag, hatte auch Lotte beim Mittagstisch nach langer Zeit wieder einmal ankündigen können, dass sie diesen Nachmittag bei der Familie ihres Neffen, des Oberarztes, verbringen werde. Jutta hatte sie mit ihrem Kleinwagen abgeholt, in den einzusteigen Lotte immer besondere Mühe bereitete. Es hatte sich herausgestellt, dass die Familie keineswegs vollständig auf sie wartete. Die Zwillinge waren beide nicht da gewesen. Lisbeth schien derzeit fast alle Nachmittage und Abende bei einer Freundin zu verbringen und Max war, ohne T-Shirt und nur mit einer abgeschnittenen Jeans bekleidet, an ihr vorbeigestürmt, auf dem Weg zu dem kleinen See in der Marloffsteiner Lehmgrube.

So hatte sie nur mit Jutta und Jürgen auf der schattigen Terrasse Tee getrunken, Jürgen hatte noch mit der Kuchengabel in der Hand auf den Stapel mit Arztzeitschriften neben seinem Teller geschielt und Jutta hatte erklärt, sie habe noch viel Zeit, wolle aber gleich nachher, wenn sie Lotte heimgefahren habe, mindestens eine Stunde ins Fitnessstudio. So hatte sich Lotte schon bald, trotz aller Aufforderungen, doch noch zu bleiben, nach Hause fahren lassen, hatte sich die Apothekenrundschau und das Wochenmagazin der Samstagszeitung zurechtgelegt und zu lesen begonnen und dabei war sie auf das Sommerkreuzworträtsel gestoßen und auf die Preise, die man gewinnen konnte.

Und da war es gewesen. Der zweite Preis. Ein neunbändiges, großformatiges Lexikon. Fast so schön wie jenes Lexikon, das sie damals von ihren Eltern zur Konfirmation geschenkt bekommen hatte und das inzwischen längst unter dem Schutt eines Hauses in Ostpreußen zerfallen war. Ein Konversationslexikon! So nannte man das damals. Viel zu groß, zu sperrig, kein Platz dafür im Bücherregal und für die Erben nur eine Last. Sie hatte die Zeitung wieder zugeschlagen und ordentlich neben ihrem schwarzen Kalender zusammengelegt.

Nun aber, am Montag, nach Kartoffelbrei und Husumer Töpfchen und mit dieser Schwere in den Gliedern, dachte sie: „Ich kann es ja versuchen, sonst schlafe ich ein bei der Wärme.“ Sie ließ die Fensterjalousie ein Stück weiter herunter, griff in dem weichen, streifigen Licht nach ihrem Bleistift und begann, die Senkrechten und die Waagrechten mit ordentlichen Buchstaben zu füllen. Tierisches Milchorgan? Euter. Weiblicher Wassergeist? Nixe. Antiker Hafen von Rom. Ostia! Na also, ging doch, obwohl sie nie viel von Kreuzworträtseln gehalten hatte. Aber wer um Himmels willen war der Hund bei Walt Disney und worum sollte man das wissen? Und was war mit der Stadt an der Uchte, den Halbaffen Madagaskars und dem Wahrsager von Wallenstein? Ein Lexikon als Preis auszusetzen, wenn man ohne Lexikon das Rätsel gar nicht erst lösen konnte, war nichts als grober Unfug. Amerikanischer Präsident? Ja welcher denn von den vierzig?

Sie begann sich zu ärgern. Flüssiger fossiler Rohstoff. Öl natürlich. Aber das hatte keine sechs Buchstaben. Benzin? Konnte man das im weitesten Sinne noch als Rohstoff bezeichnen? Also erst mal weiter. Stadt an der Ilm? Das war Weimar, ganz klar. Aber welche andere Bezeichnung gab es für einen Marineunteroffizier? Ob Jürgen das wusste? Sie erwog einen Moment, in der Klinik anzurufen, verwarf aber den Gedanken, als sie sich sein Gesicht vorstellte und daran dachte, dass er damals den Wehrdienst verweigert hatte.

Sie sah das kaum gefüllte Gitter des Rätsels, griff nach ihrem Stock, stand auf, ging zum Fenster und kurbelte unsanft die Jalousie wieder hoch. Halb fertige Dinge hatten sie schon immer geärgert. Stadt an der Uchte! Halbaffen! Juliane Baberitz! Natürlich! Nie hatte man sie ohne ihre Rätselheftchen gesehen. „A weng Rätseln“ sei besser als jeder Französischkurs, war ihre Devise gewesen. Es hatte ihr nichts genutzt. Schlaganfall. Schluckstörung, Sprachverlust. Jetzt war sie in der Pflegestation, konnte zwar noch klar denken, aber nichts mehr sagen und hatte nun noch mehr Zeit zum Rätseln, denn nun fielen für sie auch die täglichen Gänge in den Speisesaal, in den braunen Nadelfilz-Sparkassenraum und zum Friseur weg und das Essen gab es nur noch über eine Sonde und das hieß, es gab gar keinen Unterschied mehr zwischen Freitag (Fisch), Sonntag (Kloß) und Montag (Kartoffelbrei).

Lotte beschloss in einer plötzlichen ärgerlichen Aufwallung, das Kreuzworträtsel in ihre Handtasche zu stecken, den Stock zu nehmen und Juliane Baberitz den Besuch abzustatten, den sie sowieso schon lange vor sich herschob.

Wie immer dauerte es endlos, bis der Aufzug kam und dann mit einer aufreizenden Trägheit abwärts ratterte. Er quietschte wie immer, heute kam aber noch ein neuer Ton, ein metallisches Hämmern, dazu. Endlich hielt er mit einem Ruck, die moosgrüne Stahltüre öffnete sich gemächlich und davor stand Frau Dr. Grabert, Lottes Französischlehrerin. Sie blies eine Rauchwolke Richtung Aufzugkabine und stoppte mit ihrer Faust knapp vor Lottes Gesicht.

„Ich schlage die Türe ein, wenn das Biest noch mal so lange braucht“, fauchte sie und inhalierte mit Verve ihre filterlose Zigarette, obwohl das Rauchen in den öffentlichen Räumen des Stifts strengstens untersagt war. „Waren Sie schon mal in Husum?“

Lotte, noch immer in der Aufzugkabine stehend, in der sich langsam ein zarter Nikotinschleier ausbreitete, schüttelte den Kopf.

„Ich hatte mich wahrhaftig von meiner Bekannten fast überreden lassen, dies Jahr statt an die Atlantikküste an die Nordsee zu fahren. Aber nach diesem Mittagessen bin ich definitiv davon abgekommen. Ich verbringe doch nicht meinen Urlaub in einer Gegend, wo man solche Dinge isst."

Dr. Grabert inhalierte, Lotte hustete, der Rauchschleier wurde dichter.

„Halten Sie mal!“

Ehe Lotte protestieren konnte, hatte Frau Dr. Grabert Lotte schon ihre Zigarette in die Hand gedrückt und kramte in ihrer Handtasche:

„Wie finden Sie Biarritz? Ich habe hier einen Prospekt, wo hab ich ihn denn? Mondän und wieder très chic. Ich finde … Nein, halten Sie doch noch einen Moment, ich habe es gleich gefunden, das bringt Sie schon nicht um, das bisschen Rauch. Was machen Sie dieses Jahr im Urlaub?“

„Ich bin gerade auf dem Weg in die Pflegestation …“

„In die Pflegestation? Meine Liebe, fällt Ihnen nichts Besseres ein, da landen wir alle noch früh genug. Nun halten Sie doch noch einen Augenblick …“

Dr. Grabert durchwühlte, immer noch vor dem Aufzug stehend, mit Nachdruck ihre Tasche und so bemerkte sie nicht, dass sich die Aufzugtüre im Zeitlupentempo wieder schloss und Lotte, Handtasche und Stock in der einen Hand, Zigarette in der anderen, konnte es nicht verhindern. Der Aufzug setzte sich träge, aber unerbittlich wieder nach oben in Bewegung, von unten aus dem Schacht hämmerte es metallisch, über Lotte stand eine graue Nikotinsäule, die die engen Wände entlang wanderte und über der Decke hängen blieb. Der Aufzug ruckte und hielt wieder, die Türe ging auf. Davor stand der Stiftsleiter. Eine Wolke quoll aus dem Aufzug, dahinter stand Lotte Askoleit mit Zigarette in der Hand.

„Guten Tag“, sagte Lotte, „ich bin auf dem Wege in die Pflegeabteilung. Ich weiß, hier ist das Rauchen streng verboten, aber ich halte die Zigarette nur für eine gute Bekannte“, und setzte rasch hinzu: „ich fand das Husumer Töpfchen heute übrigens sehr lecker.“

„So“, sagte der Stiftsleiter sehr, sehr ernst. „Soso, Frau Askoleit. Nun, ich glaube Ihnen weder das eine noch das andere …“

Drüben, im Nebenhaus, ging die Eingangstüre zu dem neuen Pflegetrakt von selbst auf, der Aufzug ruckelte nicht, sondern schnurrte, die Aufzugknöpfe waren auf einer metallisch glänzenden Tastatur in Hüfthöhe angebracht und als Lotte schließlich das Zimmer von Juliane Baberitz ausfindig gemacht hatte, fand sie dieses zunächst leer. Nein, es war gar nicht leer, nur Juliane Baberitz war so klein, dass man sie von hinten in dem blauen, hochlehnigen Stuhl, der in allen Zimmern gleich aussah, nicht sehen konnte. Sie saß angezogen da und schaute auf die Bäume, die draußen in der Sommerhitze knisterten. Neben ihrem Bett stand ein Infusionsgerät mit einem orangen Kästchen, auf der Kommode das Bild ihres verstorbenen Mannes und ein Strauß Plastikrosen. Einen Teppich gab es aus Hygienegründen nicht.

Sie lachte ein lautloses, runzeliges Begrüßungslachen und Lotte fand, dass sie einem der Zwetschgenmännchen ähnelte, die sie vor Jahren einmal auf dem Weihnachtsmarkt für die Zwillinge gekauft hatte. Sie winkte Lotte heran, bedeutete ihr, sich auf den anderen Stuhl zu setzen, und lachte wieder klein und knitterig.

„Wie geht es Ihnen denn hier so?“, begann Lotte.

Lotte las ein fröhliches „Gut“ von den Lippen ab.

Dann griff Juliane Baberitz zu einer grauen Schreibtafel, die auf dem Tisch lag, und kritzelte „Und Ihnen?“ darauf.

„Auch gut“, schrieb Lotte darunter und Juliane Baberitz wollte sich ausschütteln vor lautlosem Lachen, denn nur weil sie nicht mehr sprechen konnte, war sie ja noch lange nicht taub.

Lotte schob, ärgerlich über ihre Gedankenlosigkeit, die Tafel zur Seite. Juliane Baberitz griff danach, betätigte einen Schieber, der sich zwischen Schreibfolie und Tafel schob und Lottes Schrift verschwinden ließ und schrieb:

„Was gab´s heute zu essen?“

„Schmortöpfchen. Dem Stiftsleiter und Frau Dr. Grabert hat es nicht geschmeckt. Sie haben also nichts versäumt“, sagte Lotte.

Juliane Baberitz deutete auf das Infusionsgerät, hob ihren dünnen Strickpulli und da war auf ihrem runzeligen kleinen Bauch ein durchsichtiger Plastikschlauch mit braunem Pflaster festgeklebt, der verschwand über ihrem Nabel spurlos in ihrem faltigen Kinderkörper.

Lotte schluckte, Juliane Baberitz aber lachte wieder lautlos, zog den Pulli runter und sah Lotte erwartungsvoll an.

Da fiel Lotte wieder ein, warum sie gekommen war, sie holte die zusammengefaltete Zeitung aus der Handtasche, reichte Juliane Baberitz ihre Lesebrille und einen Kuli und die begann ohne einen Moment des Zögerns sich vom Kästchen links oben, senkrecht, waagrecht, nach rechts unten durchzuarbeiten. Lotte erfuhr, dass der Hund bei Walt Disney Pluto hieß, die Stadt an der Uchte Stendal, die Halbaffen Madagaskars Maki und der Wahrsager Wallensteins Seni. Sie ärgerte sich, dass sie nicht auf „Rohoel“ gekommen war und auf Präsident Wilson. Nur an dem Marineunteroffizier scheiterte Juliane Baberitz.

So war nur noch eine einzige Lücke in dem Gitternetz des Rätsels, als vor dem Fenster die Baumwipfel immer stärker zu schwanken begannen und als sie schließlich das Lösungswort zusammensetzen konnten. Eine kleine Hilfestellung für alle Rätselfreunde hatte die Redaktion noch gegeben. Gesucht wurde eine deutsche Stadt, von einem berühmten Dichter beschrieben als Stadt „am grauen Strand, am grauen Meer".

„Ich glaube, ich weiß, was gemeint ist", sagte Lotte, „aber die Küche soll dort nicht so gut sein wie die Lyrik." Juliane Baberitz schnippte von Lottes Ärmel scherzhaft drohend ein Häufchen Zigarettenasche und schrieb, während ihr Kinderkörper vor lautlosem Lachen vibrierte, das Lösungswort auf.

Als sich die automatische Eingangstüre zum Pflegetrakt für Lotte wieder öffnete, wirbelte ein Schwall trockener Birkenblätter herein und verfing sich raschelnd auf der rauen Fußmatte vor dem Aufzug. Über die Rabatten zwischen Stift und Pflegestation rollte eine heiße Walze von Wind. Die Bäume hoch oben über Lotte ächzten. In ihrem Apartment angekommen, sah sie eine schwarze Wolkenwand über der Stadt. Dann kamen der erste Blitz und die schweren Regentropfen. Dann heulten in der Ferne die Sirenen. Die Feuersäule über der Stadt sah sie von ihrem Zimmer aus nicht.

III

Aufgebläht wie eine satte Python lag der Schlauch quer über die Straße. Pulsierende Wellen liefen über seine graue Oberfläche, als verdaue er ein eben verschlungenes Tier. Senkrecht dazu, Richtung Gully und abwärts zum Fluss, lief schwarze Brühe. Erst ein Rinnsal, dann ein blasiger Wirbel aus Staub, Asche, Öl und schmierigem Löschwasser.

Die Stiefel der Männer klatschten durch die Pfützen und verbreiteten Wolken von noch schwärzerem Wasser. Über ihre neonfarbenen Westen mit den Reflektoren darauf rann der Regen. Aus der Sandsteineinfahrt quollen Schwaden von dunklem Rauch und über die silberfarbenen Kupplungen der Löschwasserschläuche huschten blaue Lichter.

Dicke Regentropfen zerplatzten auf dem Asphalt, übersprüht von einem Nebel von Löschwasser. Um die Schuhe der Schaulustigen bildeten sich Seen von Schaumbläschen und das rotweiß gestreifte Absperrband klatschte im Takt mit den Böen gegen die Bäuche der in vorderster Front Stehenden. Die aufgeblendeten Scheinwerfer der im Stau festsitzenden Autos schnitten Lichtschneisen in die Regenfluten und in die dunklen Schwaden, die wie eine zweite Gewitterfront Richtung Fluss rollten.

Oben im ersten Stock des Hauses splitterte ein Fenster. Ein Löschwasserstrahl Richtung Dach fuhr unter eine Ziegelreihe, hob sie in die Höhe und ließ sie auf dem nassen Asphalt in einer Dampfwolke zerspringen. Fast zeitgleich mit einem senkrecht über dem Haus stehenden Blitz und dem darauf folgenden Knall erschütterte ein Bersten den Dachstuhl, Balken brachen, die Motoren der Pumpen klangen noch hysterischer, von irgendwo heulte schon wieder eine Sirene heran.

Das Feuer hatte sich sanft und knisternd die alte Holztreppe hinuntergeschlichen und vor der Eingangstüre im ersten Stock Atem geschöpft. Es hatte eine Zeit lang an dem Türstock geleckt und die Türe dann mit einem glühenden Knall aufgerissen. Es hatte sich über die Parkettböden gewälzt und hatte auf den Teppichen getanzt. Es hatte zersprungenes Glas und Fetzen von Büchern vor sich hergetrieben. Es hatte die Eichenbalken des Fachwerks geschwärzt und die Tapeten in Blasen verkohlt. Es hatte sich über den hölzernen Laufgang auf der Innenhofseite gefressen und die Verglasung geknackt. Es hatte einen Feuerblitz durch die alten Leitungen geschickt und die Stiege zum Dach erklommen. Dort hatte es auf einer Wäscheleine getanzt und eine Reihe Hemden von der Leine gefressen. Es hatte gejubelt über die Hitze des Sommers und die Trockenheit des Gebälks. Dann hatte es mit einem riesigen Atemstoß ein Loch in die Ziegel gerissen und gelacht über den Gewitterregen von oben, der nicht mehr konnte, als den Feuerturm mit ein wenig Rauch und Zischen einzurahmen. Gelacht über die Schwäche des Nachmittagslichts und die Schwäche der zuckenden Blitze im Angesicht des glühenden Lichtballs. Gelacht auch über das Wasser von unten, dessen Strahl verdampft war, ehe er das lodernde Herz der Flammen treffen konnte.

Kommissar Groß stand ein Stück weiter seitab und tippte eine Nummer in sein Handy. Er lehnte mit dem Rücken gegen das Wappenschild des steinernen Löwen, der hier einst ein Kriegerdenkmal bekrönt hatte. Die vier kleinen Ahornbäumchen, die den Löwen einrahmten, boten keinen Schutz vor dem Gewitterregen und aus den kurz geschnittenen Haaren von Manfred Groß rann der Regen in den Kragen seiner Lederjacke.

„Scheiße", sagte er zu dem Einsatzleiter, der neben ihm unter seinem Feuerwehrhelm und in der wasserdichten Jacke halbwegs im Trockenen war, „meine Würstchen waren fast fertig. Die verkohlen jetzt auf dem Grill – wenn sie nicht längst abgesoffen sind bei dem verdammten Regen. Und die Burschen in München, die sitzen vermutlich bei schönstem Wetter im Biergarten und ich kann sie nicht erreichen! Da heißt es immer, die sind dort rund um die Uhr besetzt! Das sollte ich mir mal erlauben! Bevor die nicht hier sind mit ihren Leuten und alles abgesperrt und untersucht haben, bin ich verdammt noch mal hier festgenagelt."

Der Einsatzleiter wischte sich die Tropfen vom Helmrand und hustete:

„So wie das alte Gemäuer brennt, dauert es sowieso noch mindestens zwei Stunden, bis wir die Sache im Griff haben. Ich habe alle Löschzüge im Einsatz, mehr macht auch keinen Sinn. Was brennt, brennt. Hauptsache, wir können die Nachbarhäuser sichern und finden nicht doch noch jemanden im Haus. Wenn jemand im ersten Stock war, hat er keine Chance gehabt."

„Und was ist mit dem Pärchen aus dem Erdgeschoss?", fragte Groß, während er gleichzeitig auf das Tuten in seinem Handy hörte.

„Ist auf dem Weg in die Klinik. Sah mir aber nur nach einer leichten Rauchvergiftung aus. Die hatten Glück und sind noch rechtzeitig rausgekommen. Nachts ist so was immer schlimmer. Der Kollege lässt sich ihre Adressen geben."

„Na endlich“, knurrte Manfred Groß in die Leitung. „Kommissar Groß. Erlangen. Ich brauche Ihre Leute. Wie lange dauert es, bis Sie hier sind? Ja, Verdacht auf Brandstiftung.“

„Sie fahren sofort los“, schrie er dem Einsatzleiter gegen das Jaulen einer näher kommenden Sirene zu, „aber das nützt mir jetzt auch nichts mehr. Bis dahin sind die Würstchen davongeschwommen. Ich hol mir da vorne ‘nen Döner. Wolln Sie auch einen?“

IV

Der Piepser in der Kitteltasche vibrierte und summte. Dr. Jürgen Kallfels war gerade von seinem Schreibtisch aufgestanden, hatte sich gedehnt, dem endlosen Sirenengeheul gelauscht und aus dem Fenster seines Zimmers in das Unwetter und auf die offen stehenden Klapptüren zweier Rettungswagen hinuntergesehen. Er seufzte, griff zu seinem Telefon und wählte die Nummer der Notaufnahme.

„Was Neues?", er unterdrückte ein Gähnen.

„Zwei Rauchvergiftungen? Da braucht ihr mich doch nicht dazu. Sonst noch was? Es brennt? Wo denn? In der Altstadt? Wie kann es denn brennen bei so einem Sauwetter? Haben wir da noch mehr Zugänge zu erwarten? Dann sorgt mir mal schnellstens dafür, dass die Rufbereitschaft gar nicht erst in Feierabend geht. Nichts weiter angekündigt? Na gut, ich schau gleich mal runter."

Er stand jetzt aufrecht, öffnete das Fenster einen Spalt breit, eine Regenbö fegte herein, ein Sanitäter lief geduckt um den Rettungswagen und schlug die Türen zu.

Im Flur traf er auf einen der Kollegen.

„Schön' Feierabend", nickte der.

„Feierabend? Schön wär's", erwiderte Jürgen Kallfels, „Nachtdienst. Die Woche fängt schon wieder gut an. Und in der Altstadt brennt's."

„Wir wollten auch grillen", erwiderte der Kollege, „und jetzt dieser Regen. Ich meine, wir haben schließlich Sommer."

Jürgen brummte etwas und lief weiter Richtung Notaufnahme. Die linke Schiebetüre schnurrte gerade ins Schloss, rechts waren zwei Sanitäter dabei, einen jungen Mann von der Notarzttrage auf die Untersuchungsliege zu heben. Er trug nichts weiter als eine dünne weiße Leinenhose, zwischen dem dichten schwarzen Brusthaar baumelte ein Goldkettchen mit Kreuz. Er hustete.

Ein junger Assistenzarzt war gerade dabei, ihm einen Zugang zu legen. Jürgen stellte sich schweigend daneben, die Hände in den Kitteltaschen. Der Junge stach von oben zu und Jürgen sah schon beim Einstich, dass die Vene gut einen halben Zentimeter daneben lag.

„Lauter Einserabiturienten, aber zu doof zum Stechen“, dachte er; laut sagte er: „Sie müssen flacher in die Vene, Herr Kollege, so wird das nichts. Der Patient hat doch Venen wie Wasserrohre. Das muss doch gehen.“

Der Junge stach ein zweites Mal daneben, der Brustbehaarte auf der Liege stieß einen Schrei aus, zuckte mit seinem gebräunten, russverschmierten Arm und hustete bellend.

„Und was machen Sie als Nächstes, wenn Sie irgendwann diesen Zugang gelegt haben sollten, Herr Kollege?“, Jürgen bemühte sich um einen möglichst milden Ton.

„Kortisonspray, Kortison i.v., Nasensonde für Sauerstoff, Kreislaufüberwachung ...“

„Sehr schön, Herr Kollege, sehr schön, jeder muss mal anfangen, Sie schaffen das schon“, unterbrach Jürgen, „ich geh mal nach nebenan. Haben wir schon die Patientendaten?“

„Sind unterwegs“, murmelte der Junge, Schweißperlen auf der Stirn, „ich glaube, ich muss es noch mal probieren.“

„Tun Sie das, Herr Kollege, tun Sie das“, murmelte Dr. Kallfels und wandte sich zur anderen Schiebetür.

„Drüben ist ein Mädchen. Auch Rauchvergiftung", rief der Junge hinterher, „jetzt bin ich drin, es hat geklappt!"

„Glückwunsch, Herr Kollege, das wird schon. Sie können dann gleich hier nebenan bei dem Mädchen ihr Glück versuchen," murmelte Jürgen und schob die Schiebetür auf.

Drüben roch es nach Nässe und dumpfem Rauch. Das Mädchen lag flach ausgestreckt, die Hand auf dem Mund, es hatte schon eine Sauerstoffsonde in der Nase und trug nur Unterwäsche. In einem Krampf bäumte es sich auf und hustete panisch.

Jürgen stand wie angewurzelt. Hinter sich hörte er die Stimme des jungen Assistenzarztes:

„Das ist der zweite Zugang. Auch Rauchvergiftung. Ich probier's jetzt gleich noch mal. Vielleicht hat sie ja bessere Venen. Ich glaube, Sie haben recht, ich muss flacher ..."

Jürgen fuhr herum, riss dem Jungen die Infusionskanüle aus der Hand und schrie: „Sind Sie wahnsinnig, Sie Stümper? Raus hier! Ich will Sie nicht mehr sehen! Verschwinden Sie!"

Der Junge starrte ihn mit aufgerissenen Augen an und stammelte: „Ich dachte ja nur ... Sie sagten doch gerade ... "

Aber Jürgen schnitt ihm das Wort ab und herrschte ihn an: „Finger weg, Sie Stümper! Wissen Sie, wer das ist? Sie glauben doch nicht im Ernst, dass ich Sie an meine Tochter ranlasse? Lisbeth, mein Gott Lisbeth, wie kommst du denn hierher, ganz ruhig, ganz ruhig, das wird schon wieder, das wird schon wieder, was hast du mit diesem Feuer zu tun, du warst doch nicht da drin, wie siehst du denn aus um Gottes willen, weiß Mama dass du hier bist, nein, das kann sie ja nicht wissen, so jetzt haben wir's schon, tut nicht weh, oder, die Infusion läuft schon, da ist Kortison drin, da wird dein Husten besser, ganz ruhig, ganz ruhig, mein Mädchen, es hat gebrannt, das ist ja furchtbar, warst du da drin, ich meine warum denn, ich dachte du wolltest zu deiner Freundin, und der junge Mann, war der auch bei dir, ich bin so froh, dass du hier bist, ganz ruhig, die Infusion läuft schon, wir sollten Mama anrufen, du bleibst heute Nacht hier, ich habe sowieso Nachtdienst, am besten zwei Nächte, das ist sicherer, man weiß ja nie, ich kümmere mich drum, dass sie dich gut versorgen, wir müssen Mama anrufen, ach mein Mädchen, sie sollen dir was zum Anziehen geben, wie ist das denn nur passiert."

Und dann gab er ihr ein Laken zum Zudecken, hielt ihre Hand, kontrollierte alle paar Minuten die Infusion und den Blutdruck und herrschte den Jungen an, hier gäbe es nichts zu sehen und er solle bloß augenblicklich nach nebenan verschwinden.

V

Dieser bitter-schale Knoblauchgeschmack im Mund war schon widerlich genug. Heute Morgen aber mischte er sich auf der Zunge mit dem faden Nachhall von Pulverkaffee mit zu viel Süßstoff. Seit Karin in einer wahrhaft spektakulär-theatralischen Szene die Haustüre hinter sich zugeknallt und ihn verlassen hatte, verspürte er keine Lust mehr, richtigen Kaffee zu kochen, geschweige denn alleine zu frühstücken. Heute wäre dafür sowieso keine Zeit gewesen. Das Kommissariat hatte ihn nach kaum drei Stunden Schlaf aus dem Bett geklingelt.

„Du verkommst langsam, wenn das so weitergeht", sagte Kommissar Groß leise zu sich und setzte die Sonnenbrille auf, denn, aus dem Schatten der Häuser kommend, schien ihm die Sonne nun direkt ins Gesicht. Neben ihm an der Ampel jubelte jemand den Motor jaulend hoch, fuhr dann in ein paar stotternden Sprüngen los und blieb wieder stehen. Er sah durch die Seitenscheibe des Wagens das hochrote Profil eines jungen Mädchens und daneben das gottergebene Gesicht ihres Fahrlehrers. Ja, die ganze Stadt hatte an diesem Berg das Anfahren gelernt. Er auch. Das Mädchen hatte inzwischen den Motor abgewürgt, startete einen zweiten, noch geräuschvolleren Versuch, den Berg zu nehmen, gab diesmal noch mehr Gas und schoss schräg über die Kreuzung an der Ampel vorbei auf die halbkugelige Bronzeskulptur einer nackten Frau vor dem Kunstverein zu.

Möglich, dass das Mädchen selbst noch rechtzeitig das Bremspedal fand, wahrscheinlicher aber war, dass der Fahrlehrer in letzter Sekunde eingriff. Jedenfalls kam der Wagen mit der Stoßstange knapp vor dem Sockel der üppigen Bronzefrau zu stehen, die nicht einmal zitterte. Manfred Groß musste wieder an Karin und ihre Hüften denken und sah das Mädchen hinter dem Lenkrad sitzen und weinen.

Seine Augen hinter der Sonnenbrille brannten. Zu viel Sonne an diesem Morgen. Zu wenig Schlaf letzte Nacht. Zu viel Feuer und Rauch gestern Abend.

Bis die Brandermittler aus München eingetroffen waren, alles abgesperrt und untersucht hatten und sich – mit allem Vorbehalt selbstverständlich! – zu einer ersten These über den Tathergang herabgelassen hatten, war es vier Uhr morgens geworden. Zu Hause hatte er die nassen Klamotten auf den Badezimmerboden geschmissen, heiß geduscht, ein Bier aus der Flasche getrunken und genervt auf das Singen der Vögel da draußen gehört, wo es schon wieder hell wurde.

Keine drei Stunden später hatte das Telefon geklingelt. Man habe endlich den Hausbesitzer erreicht und der sei auf dem Weg zum Tatort. Also aufstehen und los.

Kommissar Groß bog nach links um die Ecke in die Hauptstraße ein. Der Türke hinter der großen Glasscheibe putzte seine Alu-Theke blank, ein anderer war dabei, einen gewaltigen Dönerspieß aus rohen Fleischlappen in die Grillverankerung zu wuchten. Die beiden Türken winkten Manfred Groß freundschaftlich aus dem Lokal zu. Kein Wunder, seit Karin weg war, hatten die einen neuen Stammgast.

Manfred Groß schmeckte wieder den säuerlich-scharfen Knoblauch des Döners von gestern Abend im Mund. Iskander, Dürum, Adana Kebap und Börek – keine Ahnung, was da alles auf dem Schild angeboten wurde. Karin und er hatten vorgehabt, Ende August last minute nach Bodrum oder Antalya zu fliegen und sich durch die türkische Küche zu probieren. Daraus wurde nun nichts. War vielleicht auch besser so.

Der Laden neben dem Türken stand leer. Im Schaufenster klebte ein welliges Stück Papier mit der Telefonnummer eines Immobilienbüros, darunter lagen ein paar ausgedörrte Fliegenkadaver. Dann kam ein Nähmaschinengeschäft. Um sich vor der Augustsonne und den aufdringlichen Blicken potenzieller Kunden zu schützen, hatte man eine orange-bräunliche Jalousie auf der Innenseite des Schaufensters heruntergezogen. Manfred Groß erkannte schemenhaft in der Auslage eine orange-braune Nähmaschine, einige orange-braune Schnittmusterhefte und einen Ballen mit orange-braunem Stoff, eine Strickanleitung für Kuschelsöckchen in Apricot und ein aufklappbares Nähkästchen, wie es seine Mutter besaß.

Er erinnerte sich wieder an seine nasse Hose und das Hemd zu Hause auf dem Badezimmerboden. Er hätte die Sachen wenigstens noch schnell über die Leine werfen sollen. Vielleicht sollte er sich auch statt Karin eine Putzfrau suchen oder seine Mutter anrufen.

Ihm fiel auf, dass er ja schon wieder seine Lederjacke anhatte. Ein gutes Stück. Hielt verdammt gut den Regen ab. Wurde praktisch nie wirklich nass. Roch aber irgendwie unangenehm an diesem Morgen. Nach kaltem, feuchtem Rauch. War wohl trotz allem doch ein bisschen klamm geworden.

Vor dem China-Markt neben dem Nähmaschinenladen kippte eine kleine, freundliche Asiatin einen Eimer Wasser über eine Lache von Erbrochenem. Aus dem Laden roch es irgendwie fischig und nach Glutamat. Manfred Groß fühlte sich schlecht. Säure stieg aus seinem Magen hoch. Er versuchte, nicht auf die Frau mit dem Eimer zu schauen, sondern lieber ins Schaufenster. Er sah im Vorbeigehen Reiskocher, dickbäuchige Buddhas, Glückskekse und Bambusstöcke, aus denen grüne Schösslinge wuchsen, und dachte: „Ich muss was essen. Am besten einfach nur ein trockenes Brötchen."

Aber der nächste Laden bot indische Wohnaccessoires an. Auch da stand ein fetter Buddha im Fenster, aber er sah irgendwie opulenter, dicker und fröhlicher aus als der chinesische Nachbar. Der Glutamat-Fisch-Geruch ging in einen süßlichen Räucherstäbchenduft über. Kommissar Groß musste aufstoßen, sah eine vielarmige indische Gottheit und einen anderen Gott, der hatte einen Elefantenrüssel und vier Arme und dachte: „Erstaunlich, was der Erlanger so an spirituellen Neigungen hat."

Der nächste Laden war wieder leer, die Schaufenster mit braunem Packpapier verklebt. Davor war an einer Stelle von außen ein signalroter Flyer geklebt. „Unsere Altstadt darf nicht sterben! Wir wehren uns gegen den Koloss, der unsere Einkaufsstadt erdrückt. Podiumsdiskussion ..." Er ging weiter. „Ich brauche jetzt was zu essen", dachte er, „ein Brötchen wäre schön. Eine Breze ginge auch."

Das Nächste war ein Café. Er schöpfte schon Hoffnung, aber nein, es war ein Internet-Café mit angeschlossenem Handy-Shop. Davor stand quer im Weg eine Reklametafel für Schöller-Eis: „Funsticks, das Eis mit dem etwas anderen Stiel – Monster-Sauer, der süß-saure Monsterspaß."

Manfred Groß merkte, wie aus seinem Magen ebenfalls Saures hochstieg. Ein Brötchen, einfach ein trockenes Brötchen oder eine Breze. Das Nächste war ein biologischer Kräuter- und Gewürze-Laden. Hier standen in der Auslage zur Abwechslung Neger-Statuetten, die Körbe auf dem Kopf balancierten, eingerahmt von Duftlampen in Kürbisform und der Ankündigung, hier Vollkorngebäck und Edelsteine zur Wasseraufbereitung erwerben zu können. Er war jetzt bereit, sogar ein Vollkornbrötchen zu akzeptieren, und drückte gegen die Ladentür. Ab zehn Uhr geöffnet. Kommissar Groß fluchte.

Die Kneipe daneben war natürlich zu dieser Tageszeit auch noch geschlossen. Sie hatte einen englischen Namen, war der Speisekarte nach in griechischer Hand und führte offenbar an Trinkbarem vorwiegend Hochprozentiges von Whiskey über Tequila bis Erdbeer-Limes. Beim Gedanken an süßlichen Alkohol mit Erdbeergeschmack wurde das Sodbrennen von Kommissar Groß stärker. Er übersah den nächsten Handy-Laden, verharrte einen Augenblick vor dem Friseur, der Haarträume mit Echthaarverlängerung anpries, fuhr sich über den Stoppelschnitt, nahm kurz vor dem Martin-Luther-Platz noch das Kebap-House mit integrierter Mamma-Mia-Pizzeria wahr und überquerte fluchtartig die Straße, um vor einem Gummiwaren-Geschäft mit Plastiktrichtern unterschiedlichster Größe, abwaschbaren Gummi-Hosen und sechzehn verschiedenen Sorten von Saugnoppen zu landen.

Er war sich sicher, dass daneben früher ein Waffengeschäft gewesen war, aber da fand er auch nur ein leeres Schaufenster mit einem Immobilien-Schild.

„Scheiße", sagte er laut. „Auf der einen Seite nur Sado-Maso für Gummi-Fetischisten, auf der anderen Seite lauter Lokale für Ess-Brech-Süchtige und Geschäfte für telefonierwütige Asiaten mit Hang zum Buddhismus. Ich brauche eine Breze!"

Sein Blick schweifte schräg über den Platz. Noch ein Döner-Laden.

„Mit alles und scharrrrf?", fragte der Türke.

„Mit alles und scharrrf", antwortete Manfred Groß, „bloß um Gottes willen keinen Knoblauch."

Er biss im Gehen in den weichen, warmen Fladen, seitlich tropfte weiße Sauce heraus, ein paar Fleischstückchen und etwas von dem klein geschnittenen Salat fielen auf den Asphalt. Er drückte den breiten, dick gefüllten Fladen seitlich zusammen und biss wieder zu, kaute hastig, überquerte, eine Tropfspur von weißer Sauce unter sich lassend, an der Ampel die Straße, dachte: „Verdammt, natürlich ist Knoblauch drin und jetzt habe ich mir auch noch die Jacke versaut", und ging eilig, kauend, tropfend und auf seinen Döner konzentriert, geradeaus weiter.

Dort, kurz bevor sich die Straße zur Schwabach-Brücke hinunter zu senken begann, war die schwarze Höhle des ausgebrannten Hauses. Der Gehweg davor war zur Hälfte abgesperrt. Kommissar Groß sah, während er den letzten Happen des Fladens hinunterwürgte und sich nach einem Morgenkaffee sehnte, dass dort ein hoch gewachsener Mann im Anzug stand, der gerade das provisorisch angebrachte rotweiße Plastikband zwischen beide Fäuste nahm und es mit einem Ruck zerriss.

„Sind Sie der Kommissar?!"

Manfred Groß nickte, während er mit der einen Hand das dünne Papier zerknüllte, in dem der Döner gesteckt hatte, und sich mit der anderen hastig über den Mund fuhr.

„Richtig. Kommissar Groß ist mein Name. Und Sie müssen Klaus Buirette sein, der Eigentümer."

Der andere nickte und warf die beiden Enden des zerrissenen Plastikbandes zu Boden:

„Ich will da rein, verstehn Sie?! Das ist mein Haus. Wie kommen Ihre Leute dazu, mir das zu verbieten?"

Er wies auf einen grün Uniformierten, der im Eingang des Hauses stand.

„Natürlich ist das Ihr Haus, aber Sie können da jetzt

nicht rein. Es ist im Moment noch viel zu gefährlich. Außerdem ist die Spurensicherung noch bei der Arbeit." Der andere sah angewidert auf seine Handflächen, auf denen die Absperrschnur zwei schmierige Striemen hinterlassen hatte:

„Ich komme gerade ins Büro, erfahre, dass mein Haus nur noch Schutt und Asche ist, und Sie wollen mich hindern, nachzusehen, was passiert ist?"

„Wir sind ja gerade dabei zu prüfen, was passiert ist."

„Zu prüfen??? Soso, Sie prüfen! Das hört sich ja vielversprechend an!"

Buirette war fast einen Kopf größer als Manfred Groß. Er griff in seine Sakkotasche, holte ein Stofftaschentuch heraus und wischte sich entschlossen die Hände ab. Kommissar Groß sah, dass sein Gegenüber sich heute Morgen am Halsansatz nur flüchtig rasiert hatte. Oberhalb des Hemdkragens zeichnete sich eine schuppige Stelle ab, die sich zusehends rot verfärbte.

„Ich kann Ihre Aufregung verstehen ..."

„Siiie, Siiie, gar nichts können Sie verstehen! Aber Sie könnten wenigstens diese Sonnenbrille abnehmen und das weiße Zeug von Ihrem Kinn wischen, wenn Sie hier irgendetwas prüfen wollen!"

Manfred Groß setzte zu einer Erwiderung an, nahm dann aber doch nur die Brille ab, wischte sich übers Kinn, spürte schmerzhaft die Sonne in seinen Augen brennen, den Döner in seinem Magen rumoren und nahm den dampfenden Geruch von Nässe, Leder und Rauch wahr, der in der Morgenwärme aus seiner Jacke aufstieg.

Außerdem hatte er dieses Magendrücken.

Langsam schien sich der andere etwas zu beruhigen. Er knöpfte sein Sakko auf, steckte die Hände in beide Taschen und sein Blick wanderte von dem geschwärzten

Gehsteig über die Fassade mit den zersplitterten Fensterscheiben und die schwarzen Rußsäulen oberhalb der Fensterlöcher bis hinauf zum Dach, von dem man aus dieser Perspektive nur ahnen konnte, mit welcher Wut das Feuer dort oben getobt hatte.

„Sie haben ja nicht die leiseste Ahnung, wie lange dieses Haus schon im Besitz meiner Familie ist. Die Buirettes wohnen hier schon seit Anfang des 19. Jahrhunderts, als sie von der Heuwaagstraße hierher gezogen sind." Manfred Groß sah, dass Buirette einen eingeschweißten Firmenausweis mit orangem Schriftzug und Lichtbild am Hosenbund trug.

„Das ist eine Tradition, die können Sie sich gar nicht vorstellen. Und jetzt? Alles aus und vorbei." Buirette fuhr mit dem Zeigefinger unter den Knoten seiner orangefarbenen Krawatte und lockerte ihn etwas.

„Aber Sie sind doch gut versichert?"

Der andere lachte trocken auf:

„Versichert? Natürlich bin ich versichert. Aber das, was war, ist zerstört, falls Sie verstehen, was ich meine. Vernichtet für immer. Die alten Fußböden, die historische Fensterverglasung, die Stuckleisten ... Oder ... worauf wollten Sie mit Ihrer Frage hinaus, ob ich gut versichert bin? Ich höre da doch nicht etwa eine Unterstellung heraus?"

„Ich unterstelle nicht, ich frage. Sie haben eine Wohnung in diesem Haus?"

Buirette nickte.

„Natürlich. Das Haus gehört mir, ich wohne im ersten Stock."

Er zeigte an der grau-feuchten Fassadenwand hoch zu den leeren Fensterhöhlen.

„Sie waren aber gestern Abend, als das Feuer ausbrach, nicht zu Hause und sind erstaunlicherweise auch heute Nacht nicht nach Hause gekommen."

„Sagen Sie mal, was geht es Sie eigentlich an, wo ich meine Nächte verbringe? Wer sind Sie eigentlich? Die Sittenpolizei?"

Die schuppige Stelle am Hals zeichnete sich rot und deutlich ab.

„Ich sammle Fakten, nichts weiter."

Kommissar Groß hatte das Gefühl, er müsse aufstoßen und ein Schwall von scharfem Knoblauchgeruch werde sich gleich wie ein giftiger Spaltpilz um ihn verbreiten. Er hüstelte und schluckte ein paar Mal, ehe er fortfahren konnte:

„Ich kann Ihnen versichern, Herr Buirette, dass mich Ihr Privatleben prinzipiell überhaupt nicht interessieren würde, wenn wir es hier nicht nach den bisherigen Erkenntnissen mit einem Fall von Brandstiftung zu tun hätten."

Einen Moment war es ganz still. Buirette schwieg und Manfred Groß sah, wie sich sein Adamsapfel unter der Haut und die schuppige rote Stelle daneben einmal hoben und senkten.

„Ich muss Sie also fragen, wo Sie gestern Abend und letzte Nacht waren."

Buirette schwieg eine Weile, die Hände in den Taschen, mit den Füßen auf und ab wippend, ehe er erwiderte:

„Ich verstehe. Ich brauche ein Alibi, nicht wahr?"

„Es wäre gut, wenn Sie eines hätten."

Buirette schwieg wieder.

„Sie waren bei einer Frau?"

Buirette wippte weiter, die Augen nach oben, auf die schwarzen Fensterhöhlen im ersten Stock gerichtet.

„Ihre Sekretärin? ... Eine Mitarbeiterin?"

Buirette fuhr hoch.

„Wie kommen Sie denn darauf?“

„Herr Buirette, ich feiere bald mein zwanzigjähriges Dienstjubiläum. Die Menschen sind bei weitem nicht so originell, wie sie glauben.“

Buirette griff nach dem unteren Ende seiner Krawatte, zog mit einer Hand daran und schob mit der anderen Hand den Krawattenknoten mit einem Ruck wieder zurecht, beugte sich etwas zu Manfred Groß hinunter und sagte:

„Also gut, Sie liegen im Prinzip richtig mit Ihrer Vermutung. Ich war bei einer Frau. Und es ist eine Mitarbeiterin. Ich war bei ihr letzte Nacht. Aber mehr sage ich dazu nicht. Ich verabscheue dies Getratsche. Von mir bekommen Sie keine Adresse. Jedenfalls im Moment nicht. Da müssten Sie mir schon einen sehr guten Grund nennen, damit ich meine Meinung ändere. Und damit Punktum. Und jetzt sagen Sie mir endlich, wie diese Schweinerei hier passiert ist!“

Die giftige Knoblauchwolke füllte inzwischen den ganzen Magen von Manfred Groß aus, sie blähte sich nach oben und er hatte das Gefühl, im nächsten Moment müsse eine riesige, knallgrüne Explosion seine Eingeweide zerreißen. Er beugte sich nach unten, wo die beiden Enden der Absperrungsschnur auf dem verschmierten Gehsteig lagen, hielt die Hand vor den Mund und rülpste. Eine Knoblauchschwade blähte sich nach oben. Er richtete sich wieder auf, die Augen zum Boden gerichtet, die Enden der Schnur in der Hand, sah, wie Buirette irritiert die Nase rümpfte und mit der Hand fächelte, knotete die beiden Enden irgendwie ineinander und sagte:

„Benzin. Jemand hat Benzin auf die alte Holztreppe zwischen erstem Stock und Dachboden gegossen. Deshalb hat es zuerst oben gebrannt. Gut, dass Sie nicht da waren."

Buirette nickte geistesabwesend:

„Natürlich, das alte Holz, das brennt wie Zunder."

„Das Pärchen im Erdgeschoss war da, als das Feuer ausbrach. Aber die beiden haben Glück gehabt, sie konnten rechtzeitig zum Fenster raus."

„Costas? Er war zu Hause? Mit einer Frau? Hat er niemanden gesehen?"

„Ihr Mieter? Er hat überhaupt nichts mitbekommen. Die Vorhänge zur Straße waren zugezogen, weil er Damenbesuch hatte. Die beiden waren offensichtlich gerade anderweitig beschäftigt. Er hat erst etwas bemerkt, als der erste Stock schon brannte."

„Und die Taxifahrer vor dem Haus?"

„Sieht so aus, als habe der Täter gewartet, bis der Taxistand gerade leer war. Aber wir sind ja erst am Anfang unserer Ermittlungen."

„Ja natürlich, natürlich. Erst am Anfang", Buirette strich geistesabwesend über das wieder zusammengeknotete Absperrseil und gab sich dann einen plötzlichen Ruck:

„Ich brauche dringend einen Kaffee. Kommen Sie mit?"

„Ein Kaffee. Oh ja. Ja! Aber wo denn in dieser Gegend?"

„Kommen Sie!"

Manfred Groß hatte immer gefunden, dass er zwar klein, aber nicht wirklich klein war. Na gut, vielleicht zehn Zentimeter größer und er wäre mit sich selbst rundum zufrieden gewesen. Neben Buirette aber fühlte er sich wie ein nach Knoblauch stinkender, mit Joghurtsauce besabberter Mickerling, der es kaum schaffte, mit dem Mann, den er befragen sollte, gleichzeitig die Straße zu überqueren.

„Sehen Sie sich diese Schweinerei an! Das ist jeden Morgen das Gleiche. Warum unternimmt die Polizei nichts dagegen?"

Kommissar Groß blinzelte, seine Augen tränten, aber er wollte die Sonnenbrille nicht wieder aufsetzen.

„Sehen Sie nicht die Scherben hier überall? Lauter zerschmissene Bierflaschen. Diese Kids kommen nachts aus dem Lokal und werfen ihre Bierflaschen einfach auf den Platz! Warum unternimmt die Polizei nicht endlich etwas dagegen?"

Auf dem Hinweg war Manfred Groß nichts aufgefallen, er war zu sehr mit der Bändigung seines unförmigen Döners beschäftigt gewesen. Aber in der Tat, rund um den steinernen Löwen, an dem er gestern Abend gelehnt hatte, war alles voller Scherben und ganz in der Nähe, am Bushäuschen, lag ein zersplitterter Blumenkübel.

Während er bemüht war, mit Buirette Schritt zu halten, versuchte er in seinem umnebelten Kopf eine polizeilich korrekte Stellungnahme zum Tatbestand der Sachbeschädigung und der Verunreinigung öffentlicher Plätze zu formulieren. Noch ehe ihm dies gelungen war, erkannte er mit Schrecken, wohin Buirette steuerte. Es war der Dönerladen von vorhin.

„Nein", sagte er, „nein, es tut mir leid, ich muss Ihre Einladung ausschlagen, ich muss auf dem schnellsten Wege ins Präsidium ... Die Ermittlungen ..."

Aber Buirette nahm ohne eine Erwiderung an einem weißen Stehtischchen außen vor dem Lokal in der Morgensonne Aufstellung, winkte nur mit erhobener Hand zum Lokal hinüber, griff in die Hosentasche, legte sein Handy neben sich und sagte:

„Ich habe um zehn Uhr dreißig einen wichtigen Kundentermin. Wenn Sie noch Fragen an mich haben, sollten Sie sie jetzt stellen, ich habe nicht mehr viel Zeit."

Manfred Groß sah durch die Scheibe, wie sich der große Dönerspieß drehte und drehte, und spürte, wie eine ätzend grüne Wolke seine Magenwände perforierte. Da kam er schon, der Türke, ein Tablett in der Hand. Manfred Groß schloss die Augen. Ihm war schlecht. Gleich würde er nach diesem riesigen Fladen greifen müssen. Unmengen weißer Joghurtsauce. Ein Haufen von klein geschreddertem Salat. Und ein Fleischberg von frisch abrasiertem Grillfleisch. Mit alles und scharrrf. Und dann dieser Geruch. Dieser Geruch. – Es roch nach Kaffee. Er machte die Augen auf und sah zwei kleine Kaffeetassen und einen tropfnass glasierten süßen Kringel.

„Danke dir, Ersan", hörte er, „das ist genau, was wir an diesem Morgen brauchen."

„Und ich dachte schon, Sie bestellen Döner für uns."

„Döner? Um die Zeit? Ich bitte Sie, Herr Kommissar! Ich habe die ganze Zeit schon so einen widerwärtigen Knoblauchgeruch in der Nase."

Kommissar Groß räusperte sich, Buirette sah wieder auf sein Handy.

„Man kennt Sie hier, Herr Buirette?"

Es war fast so etwas wie ein Lächeln um Buirettes Mundwinkel.

„Ich leite die Innenstadtinitiative gegen das Markgrafen-Center. Fragen Sie lieber, wer mich hier nicht kennt. Lesen Sie keine Zeitung, Herr Kommissar?"

„Haben Sie auch Feinde hier, Herr Buirette?"

Buirette nippte an dem heißen Kaffee, seine Lippen kräuselten sich wieder, Manfred Groß blinzelte nach dem Kringel: Knoblauchdöner und Sirupkringel – das musste eine tödliche Kombination sein.

„Ich weiß nicht, ob ich mehr Feinde oder mehr Freunde habe. Aber das ist doch klar in dieser Position."

Er zeigte mit der kleinen Kaffeetasse, einen Finger etwas abgespreizt, in Richtung auf das Dönerschaufenster. Unten rechts klebte ein Plakat, wie es Manfred Groß auf dem Hinweg schon gesehen hatte: „Unsere Altstadt darf nicht sterben! Wir wehren uns gegen den Koloss, der unsere Einkaufsstadt erdrückt. Podiumsdiskussion ..."

Das Foto auf dem Plakat zeigte unzweifelhaft das Portrait von Klaus Buirette.

„Wir werden dieses Mega-Center verhindern, ich schwöre es Ihnen." Er deutete auf den Kringel. „Nun essen Sie doch, der ist für Sie."

Manfred Groß schloss die Augen, er griff blind nach dem Teller, er spürte, wie seine Finger auf dem Gebäck festklebten, für immer würden sie da kleben bleiben, wenn er den Kringel jetzt nicht zum Mund führte und ganz und auf einmal, ohne zu kauen, mit drei großen Schlucken hinunterwürgte, um dann an einem Magendurchbruch zu sterben.

Er hörte ein Handy klingeln und öffnete die Augen. Buirette hatte das Telefon schon in der einen Hand, schob mit der anderen die kleine Kaffeetasse weg und knöpfte sein Jackett zu. Für einen Moment hielt er den Lautsprecher zu:

„Ich muss dringend los, Herr Kommissar, ich bin in Eile. Ich kann nur hoffen, Sie finden den Täter. Und kommen Sie zu der Diskussionsveranstaltung. Das geht uns alle an."

Manfred Groß hätte gerne noch etwas erwidert, aber seine Lippen waren vom Sirup zugeklebt. In seinem Magen tobte ein erbarmungsloser Kampf zwischen überschießender Säure, bitterem Knoblauch und zähflüssigem Zuckerfilm. Er sah, wie Buirette, beneidenswert groß und aufrecht, davonstürmte, und wankte über die Straße in Richtung Gummi-Geschäft, um sich dort im

Schatten ein wenig an die Wand zu lehnen, und er fühlte sich fast elend genug, um sich in dem Geschäft eine Schnabeltasse aus Plastik für seinen Kamillentee zu kaufen.

VI

Während Kommissar Groß mit den Folgen von Schlafmangel und übermäßigem Döner- und Knoblauchgenuss kämpfte und mühsam versuchte, sich auf seine Ermittlungsarbeit zu konzentrieren, hatte Lotte Askoleit in ihrem Apartment im fünften Stock des Stifts schon wie jeden Morgen eine Scheibe Hausbrot nach Gutshofart – vorgeschnitten, ohne Konservierungsstoffe – mit Margarine und etwas Marmelade bekratzt, einen dünnen Schwarztee dazu getrunken und konzentriert ihre Zeitung gelesen.

Frühmorgens, als der Kommissar gerade erst seine nassen Sachen im Bad verstreut hatte und endlich eingeschlafen war, hatte sie schon am Fenster gestanden. Nach dem schweren Gewitter gestern Abend war der Morgenhimmel schon wieder glasig und blassblau gewesen, auf der Zufahrt zum Stift hatten abgebrochene Äste gelegen und die Birken hatten in der wieder aufsteigenden Wärme vor Feuchtigkeit gedampft.

Fünfzehnter August. Sie faltete die Tageszeitung sorgsam in der Mitte zusammen und strich sie mit der Linken glatt. Unter den Todesanzeigen auf der letzten Seite war kein Name gewesen, den sie kannte. Also musste sie heute keine schwarz gerahmte Karte aus ihrem Schreibtischfach holen. Der Augustmarkt vor dem Schloss war eröffnet worden. Aber neue Holzlöffel, Gerti-Gundel-Pfannen, Kaffeebecher und Wela-Suppenpaste brauchte sie schon lange nicht mehr. In der Hauptstraße nahe dem Martin-Luther-Platz war ein Haus ausgebrannt. Es hatte zwei Leichtverletzte, aber zum Glück keine Toten gegeben. Zwei Pressefotos zeigten Feuerwehrleute mit Schläuchen vor einer Sandsteinfassade und den ermittelnden Kommissar in Lederjacke, der wissen ließ, dass man noch nichts wusste. Lotte kannte ihn und dachte: „Na, so bald wird sich das bei dem auch nicht ändern."

Sie hatte nichts vor an diesem Morgen, nicht einmal eine Kondolenzkarte war zu schreiben. Sie strich noch einmal über die Zeitung, legte säuberlich den Wochenspeiseplan darauf, der für heute saure Linsen mit Würstchen versprach, und griff nach dem Sommerrätsel. Fast alle Felder waren ausgefüllt, einige in ihrer eigenen steilen Handschrift, die meisten mit den klitzekleinen, runden Buchstaben von Juliane Baberitz. Das Lösungswort war klar, nur hier, diese Lücke ärgerte sie. Marineunteroffizier!? Sie wusste, sie sollte es nicht tun, aber sie wählte dennoch Jürgens Kliniknummer. Es tutete endlos.

„Kallfels."

Das war mehr ein Bellen.

„Hast du gut geschlafen, mein Lieber?"

„... Ach du bist's, Tante Lotte. Nein. Ich habe nicht gut geschlafen. Ich hatte Nachtdienst. Tschüs."

„Oh, das tut mir leid. Ich wollte nicht stören."

„Du störst aber. Ich muss zur Visite."

„Es dauert nicht lang. Weißt du, es geht um etwas Militärisches. Das vermute ich jedenfalls. Genauer gesagt um die Marine. Du hast zwar damals den Wehrdienst verweigert, was ich zwar billige, aber nicht verstehe, aber du bist trotzdem ein Mann. Ihr kennt euch doch aus in solchen Dingen. Weißt du, hier oben gibt es ja kaum noch Männer, wenn man mal absieht von Herrn Wolf, der war Oberingenieur, der könnte es vielleicht wissen, aber wie ich höre, ist er krank und er ist auch schon über achtzig und so entsetzlich schwerhörig, und Professor

Abels, aber den kannst du ja nicht leiden, weil er dich damals fast durchs Examen geworfen hat, und aus diesem Grund will ich ihn auch nicht fragen …"

Ein gleichmäßiges Tuten unterbrach Lottes Redefluss. Nun, es war wohl doch der falsche Zeitpunkt für einen Anruf gewesen. Egal. Sie legte den Hörer auf und nahm noch einmal das Kreuzworträtsel zur Hand.

Ein neunbändiges Lexikon. Wenn so etwas in ihrem Bücherschrank stünde, hätte sie Jürgen gar nicht erst stören müssen. Sie erhob sich mühsam, kramte in ihrem Schreibfach nach einer Postkarte, setzte sich wieder an ihren Couchtisch mit der gestickten Decke, notierte auf der Rückseite mit großen Druckbuchstaben das Lösungswort, füllte auf der Vorderseite das Adressfeld aus und schrieb langsam und gut leserlich ihren Absender dazu. Eigentlich war das nicht in Ordnung. Die Hälfte der Bände stand eindeutig Juliane Baberitz zu. Neun Bände. Das ließ sich nicht halbieren. Eigentlich hatte Frau Baberitz angesichts ihrer Leistung Anrecht auf weitaus mehr als die Hälfte. Andererseits hatte sie auf der Pflegestation wohl wenig Verwendung für ein Konversationslexikon. Lotte beschloss, das Problem zu vertagen, bis die Bände geliefert wurden.

Ein neunbändiges Lexikon. Ein wunderbarer Gedanke. Aber wohin damit? Die Schränke waren voll mit Kleidern (und, was besser keiner wissen sollte, auch noch mit etlichen Anzügen ihres lieben Karl), die Regale quollen über von Büchern, an deren Inhalt sie sich nicht mehr erinnerte, von Fotoalben mit Bildern von Menschen, die längst gestorben waren, und von opulenten Farbbänden über ihre ostpreußische Heimat, die sie nicht wegzuwerfen wagte, weil es wohlmeinende Weihnachtsgeschenke von Jutta und Jürgen waren.

Sie stand auf, nahm ihren Stock, ging ins Schlafzimmer und öffnete die Türe des gewaltigen, vielflügeligen Nussbaumschrankes. Die Türe knarrte, es roch nach Mottenkugeln. Popelinmäntel, Wollmäntel, Anzüge und, ganz hinten eingezwängt, der Pelz. Ein echter Otter. Sehr teuer, immer noch glänzend und schwer. Sie hatte sich immer ein bisschen geekelt vor dem Fell, aber Karl hatte es gerne gehabt, wenn sie ihn zu besonderen Anlässen trug. Sie zerrte den Mantel mit Mühe heraus und schlüpfte hinein. Das Fell fühlte sich weich und glatt an. Sie drehte sich zum Spiegel. Das konnte nicht ihr Mantel sein. Die Frau darin war viel zu klein dafür. Der Mantel lastete auf ihren abfallenden Schultern. Er reichte ihr fast bis zu den Knöcheln. Ein absurder, ein trostloser Anblick: eine alte Frau mit schlecht sitzenden grauen Haaren in einem Luxus-Fellgebirge. Sie ließ den Mantel von den Schultern rutschen, warf ihn aufs Bett, griff nach dem Stock und ging wieder ins Wohnzimmer. Sie schwitzte, während sie Juttas Nummer wählte. „Sie kann ihn haben, ich schenke ihn ihr, sie ist groß und schlank, Jürgen wird stolz auf seine Frau sein", dachte sie. Aber niemand hob ab. „Warum sind nur alle immer so beschäftigt?", dachte sie ...

Sie wandte sich zum Bücherschrank. Da müsste auch endlich ausgemistet werden. Sie griff wahllos hinein. Ihr altes Dr.-Oetker-Schulkochbuch. Es klappte von selbst an der Stelle mit dem Rezept für die Königsberger Klopse auf. Sie blätterte weiter. Ragout fin. Man nehme eine Kalbszunge. Sie warf das Buch auf den Couchtisch. Schmeils Lehrbuch der Botanik. Becherfrüchtler, Wolfsmilchgewächse, Spaltalgen, Fadenpilze. Nach den Farbtafeln darin hatte sie in den Nachkriegsjahren vergeblich versucht, Maronen und Pfifferlinge zu finden. Sie warf das Buch auch auf den Tisch. Erlanger Stadtgeschichte. Die erste Erwähnung. Der Markgraf und die Hugenotten. Die barocke Planstadt. Der große Altstadtbrand. Sie warf das Buch zu den anderen. Platz, sie brauchte Platz für das Lexikon. Ganz da oben, die Bücher im obersten Fach konnten alle raus, da kam sie sowieso nicht hin. Sie griff sich ihren Stock, hakte ihn in einem Buchrücken ein und zog. Das Buch segelte knapp an ihr vorbei und schlug in einer Staubwolke auf dem Boden auf. Dahinter flog noch etwas anderes. Es landete nur Bruchteile einer Sekunde nach dem Buch mit einem Klappern auf dem Teppich. Ein Kästchen. Beim Aufprall sprang es auf. Heraus fiel ein Gebiss.

Lotte stieß einen Schrei aus, machte einen Schritt rückwärts, rumpelte gegen ihr Bücherregal, verharrte ein paar Momente wie festgenagelt, kniff die Augen zusammen und bewegte sich dann wieder auf das offene Kästchen zu, beugte sich hinunter und war sich sicher: Das waren die Zähne von Karl. Sie fröstelte, beugte sich nochmals hinunter, streckte die Hand aus. Nein, sie konnte es nicht.

Die Zähne fest im Blick, tastete sie sich weiter zum Telefon, griff blind hinter sich nach dem Hörer und wählte dann mit zitternden Fingern noch einmal Juttas Nummer. Max hob ab. Er nuschelte etwas ins Telefon.

„Max, bist du's? Warum bist du nicht in der Schule um diese Zeit?"

„Es sind doch Sommerferien, Tante Lotte. Du hast mich aufgeweckt!"

„Ist deine Mutter nicht da?"

„Nee. Mama is nich da, aber mach dir keine Sorgen."

„Wieso Sorgen? Ich mache mir keine Sorgen. Aber es geht um die Zähne. Ich kann sie nicht anfassen."

„Was'n los, Tante Lotte, is dir nich gut?"

„Lass nur mein Junge, ich versuche es in der Klinik."

Es tutete und tutete. Dann wieder das kurze Bellen.

„Ich bin's noch mal, Jürgen …"

„Tante Lotte, glaube mir, ich habe jetzt keine Zeit für Oberingenieur Wolf und die Marine. Ich habe ein wichtiges Gespräch in der anderen Leitung."

Wieder das stereotype, seelenlose Tuten.

Lotte merkte, wie ihre sonst immer zu trockenen Augen zu brennen anfingen und sich mit Tränen füllten.

Auf den blaugelben Arabesken des Teppichs lagen die gelblichen Zähne ihres verstorbenen Mannes. Wahrscheinlich hatte sie selbst das Kästchen mit dem Gebiss vor Jahren auf den Büchern deponiert und da lag es seitdem, so wie auch Karls Anzüge immer noch in ihrem Kleiderschrank hingen. Sie schluchzte auf, schob im Sitzen mit ihrem Stock das Gebiss etwas weiter von sich weg Richtung Kommode und wählte unter Tränen noch einmal die Kliniknummer.

Sie hatte sich noch nicht einmal gemeldet, nur kurz ins Telefon geschnieft, da tönte ihr schon ein barsches „Neinneinnein, zum letzten Mal, ich kann jetzt nicht" entgegen.

„Aber … aber", stammelte sie, „ich wollte dich doch nur fragen … es ist doch nur, erst habe ich im Schrank den Otter gefunden und jetzt dies Gebiss", dann versagte ihr die Stimme und ihr lange anhaltendes Weinen mischte sich mit dem gleichförmigen Tuten aus dem Hörer.

Irgendwann war ihr weißes Stofftaschentuch nass geweint, die Zähne lagen immer noch auf dem Boden, sie beschloss, sich in Zukunft nicht mehr auf ihre Familie zu verlassen und erst einmal die Flucht zu ergreifen. Sie stand auf, nahm die ausgefüllte Postkarte an sich, machte einen möglichst großen Bogen um die besagte Stelle auf dem Fußboden, schlug die Apartmenttüre hinter sich zu, durchquerte die Eingangshalle, wo es bereits säuerlich nach Linsen roch, warf die Postkarte ein, dachte: „Sollen die doch sehen, was sie mit dem Lexikon machen, wenn ich tot bin", und beschloss, sogleich mit Juliane Baberitz darüber zu sprechen, wie die neun Bände aufzuteilen seien.

Juliane Baberitz lag im Bett, als Lotte nach kurzem Klopfen das Zimmer betrat.

„Ich komme gerade vom Briefkasten. Ich habe die Karte mit dem Lösungswort für das Sommerrätsel eingeworfen. Es hat nur noch dieser eine Begriff gefehlt, aber das macht nichts, Hauptsache das Lösungswort ist richtig ..."

Das Infusionskästchen neben dem Bett tickerte. Auf dem kleinen Display flimmerten rote Zahlen. Ein dünner Schlauch führte von dem Kästchen hoch zu einem Infusionsständer und wieder hinunter zu Juliane Baberitz und verschwand unter ihrer Bettdecke.

Juliane Baberitz sah zur Decke und lächelte.

„Ist das jetzt Ihr Frühstück oder schon das Mittagessen?" Lotte lachte ein bisschen zu laut und spürte, wie ihre Augen immer noch brannten.

Schade, dass Juliane Baberitz nicht antworten konnte, nur lächeln. Ihr Schreibtäfelchen lag neben dem Bett.

„Im Übrigen, Sie versäumen heute nichts. Es gibt saure Linsen. Es riecht in der Halle schon ein bisschen streng."

Juliane Baberitz lächelte immer noch klein und verschmitzt mit offenen Augen zur Decke. Schade, dass sie nicht antworten konnte. Lotte trat näher. Da sah sie, dass Juliane Baberitz auch ohne Schlaganfall nicht mehr hätte antworten können. Sie war tot.

VII

Die Schwester auf der Pflegestation hatte Lotte ein paar Lagen Zellstoff in die Hand gedrückt, damit sie ihre Tränen abwischen konnte, und hatte sie aufgefordert, sich herzhaft zu schnäuzen, denn Lotte konnte es nicht fassen, dass Juliane Baberitz sich einfach so davongeschlichen hatte. Was für ein friedlicher Tod und in so einem gesegneten Alter, hatte die Schwester gemeint und ihre Stimme war dabei zuversichtlich gewesen. Das wünschen wir uns doch alle, nicht wahr, und Lotte Askoleit möge doch nun bitte gehen, sie wolle die Tote jetzt gerne fertig machen.

„Fertig machen wozu", dachte Lotte im Gehen und sie schnaubte sich gerade wieder mit dem fusseligen Zellstoff die Nase, als der Aufzug mit einem leichten Quietschen auf ihrer Etage hielt und die Türe sich langsam öffnete, schnaubte immer noch in den Zellstoff und nahm so erst im Näherkommen gegen das Vormittagslicht des Flurfensters wahr, dass vor ihrem Apartment zwei Personen standen. Die eine drückte mit aller Macht ihren Klingelknopf, die andere stand daneben und grinste. Oh Gott, das waren Margot und … Otto.

Da war er wieder, dieser vertraute, freudige Schmerz bis in die Fingerspitzen.

„Also wirklich Lotte, ich hätte jetzt gleich den Hausmeister geholt und die Türe aufbrechen lassen. Ich dachte tatsächlich, du hast dir was angetan."

Margot bebte in ihrem altrosa Chiffon-Ensemble förmlich vor Empörung. In der freien Hand hielt sie eine große Tupper-Dose, Otto stand dahinter. Er trug feste Wanderstiefel und eine kniekurze Bermudahose. Seine Waden zeichneten sich stramm, behaart und etwas o-förmig gegen das Flurfenster ab. Lotte war sich nicht sicher, ob er ihr zugezwinkert hatte.

„Du siehst ja ganz verquollen aus. Fürchterlich. Was ist denn bloß los mit dir, bist du krank? Jürgen hat uns aufgescheucht, weil du am Telefon wirres Zeug geredet hast. Was hast du denn da an der Nase hängen?"

Lotte langte an ihre Nase und merkte, dass da ein paar Zellstoffreste hingen. „O Gott, ich sehe völlig verheult aus und meine Haare sind ein Trauerfall für sich", dachte sie, „was soll er bloß wieder von mir denken", und laut sagte sie:

„Alles in bester Ordnung, vielen Dank. Ihr könnt wieder gehen. Wiedersehen."

„Jetzt lass mich erst mal sehen, ob mit dir wirklich alles in Ordnung ist. Irgendwie gehörst du ja schließlich auch zur Familie. Da hat man Verantwortung."

Ihre Armreifen klirrten nervös:

„Ich habe zu Otto gesagt, du fährst mich jetzt zum Stift, wir sehen nach, was mit ihr los ist, dann kannst du mich zu meinen Damen bringen und dann geh von mir aus wandern bei der Hitze."

Otto nickte stoisch.

„Nun schließ doch mal die Türe auf! Willst du uns nicht einen Moment hereinbitten?"

„Ich wollte eigentlich", Lotte griff nach ihren Haaren. Ihre Nase und ihre Augen brannten, „ich wollte eigentlich gerade zum Friseur ..."

„Das solltest du wirklich dringend, meine Liebe, aber jetzt lass mich erst mal rein, ich habe dir was mitgebracht."

Margot hielt die Tupper-Dose hoch. Darin schwappte

etwas. „Nun schließ doch endlich auf!"

Lotte drehte den Schlüssel zweimal um, öffnete und ging als Erste hinein. Da lag es auf dem Teppich, mitten auf den blaugelben Arabesken, Karls altes Gebiss. Lotte ging so schnell sie konnte voraus, holte mit ihrem Stock aus, versetzte dem Gebiss damit einen herzhaften Schlag, aber der Flor des Teppichs war so rau, dass es nur ein kleines Stückchen näher Richtung Kommode rutschte.

Margot hatte nichts gemerkt, sie war schon damit beschäftigt, in der kleinen Küchennische die Tupper-Dose zu öffnen. Aber Otto, der zwinkerte sie mit einem unverschämten Grinsen an:

„Bravo Lotte, ein schöner Abschlag. Du hast Talent. Ich kann dir aber bei Gelegenheit auch einen Golfball vorbeibringen."

„Red nicht schon wieder dummes Zeug, Otto, hilf mir lieber, ich kriege die Tupper-Dose nicht auf."

Margot winkte Otto zu sich, Lotte wollte sich nach dem Gebiss bücken, aber da kam Margot schon mit der offenen Dose auf sie zu. Darin schwappte es grünlich.

„Gazpacho", sagte Margot. „Genau das Richtige für dich bei der Hitze. Vielleicht hattest du einfach einen Hitzestau hier oben", sie tippte sich an die Stirn.

„Was ist das denn?", Lotte rümpfte die Nase.

„Das haben wir auf einer unserer zahlreichen Kultur-Reisen kennengelernt, nicht wahr Otto? Eiskalte Gurkensuppe. Ein spanisches Rezept. Hat fast keine Kalorien." Margot fixierte Lottes Hüften.

„Kalte Suppe ... äh, tut mir leid, ich mag es eigentlich immer, wenn die Suppe ziemlich heiß ist. Bei uns gibt es heute Linsen mit Würstchen."

„Das ist doch nicht dein Ernst, Lotte! Heute Mittag hat es gut und gerne dreißig Grad! Du solltest einen Protestbrief an die Küchenleitung schreiben, ich kann dich gerne mit Material versorgen. Gerade im Alter ist eine saisonale, vitaminreiche, kalorienreduzierte Kost ..."

„Ich mag Linsen aber gerne", protestierte Lotte schwach, aber da schrie Margot schon auf und zeigte durch die offen stehende Schlafzimmertüre auf Lottes Bett:

„Was ist das denn, doch nicht dein alter Pelz? Hast du den etwa bei diesen Temperaturen angehabt? Otto, nun sag doch auch mal was!"

Aber darauf wartete sie dann doch nicht, sondern stürmte ins Schlafzimmer, messerscharf an dem neben der Kommode liegenden Gebiss vorbei, und schnappte sich den Otter.

„Jürgen hat recht! Mit dir stimmt doch was nicht! Das-ist-doch-nicht-normal-bei-dem-Wetter-im-Pelz-rumzurennen! Otto-nun-sag-doch-auch-mal-was!"

„Ich habe ihn doch gar nicht angehabt, ich wollte ihn nur Jutta ..."

„Als wenn wir nicht schon genug Sorgen hätten!", Margots altrosa Chiffon Busen vibrierte und ihre Stimme klang im Diskant, während sie, den Otter über dem Arm, wieder aus dem Schlafzimmer stürmte.

„Nun beruhige dich doch, Margot ..."

„Ich-kann-mich-aber-nicht-beruhigen-Otto!"

Sie warf den Otter über einen Sessel.

„Sorgen? Wieso habt ihr Sorgen? Was ist denn los, ist etwas nicht in Ordnung?"

„Alles bestens, Lotte, Margot meint das nicht so ..."

„Gar-nichts-ist-in-Ordnung-Otto! Wenn du's genau wissen willst, Lotte, Lisbeth ist seit gestern in der Klinik. Sie wäre fast bei diesem Brand umgekommen. Jawohl. Gar-nichts-ist-in-Ordnung! Und du spielst hier auch noch verrückt!"

„Lisbeth? Meinst du diesen Brand in der Altstadt, von dem die Zeitung heute berichtet hat? Was hat Lisbeth damit zu tun?“

„Nun beruhige dich mal, Margot. Lotte, das war alles halb so schlimm. Lisbeth war zwar in dem Haus, als das Feuer ausgebrochen ist, aber sie hat nur eine leichte Rauchvergiftung, sie ist bei Jürgen in der Klinik. Sie darf morgen wieder heim. Es geht ihr gut.“

„Gut? Das nennst du gut, wenn deine eigene Enkelin fast ums Leben ...“, aber da stieß Margot schon einen neuerlichen, wirklich hysterischen Schrei aus:

„Nein! Was ist das denn! Otto! Lotte!“

Sie warf sich in einen Sessel und zeigte auf das Gebiss neben der Kommode.

„Sie spielt Golf in letzter Zeit“, grinste Otto.

„Es ist mir vorhin heruntergefallen“, räusperte sich Lotte.

„Ich-kann-nicht-mehr-Otto!“ Margot in ihrem Sessel fächelte sich Luft zu und rang um Fassung, während ihr rosa Busen sich in dramatischen Bewegungen hob und senkte. Ein paar Augenblicke war es ganz still, dann hatte Margot ihre Fassung wieder gewonnen, sie erhob sich majestätisch und wortlos aus ihrem Sessel, strich den Chiffon glatt, winkte Otto und sagte mit matter Stimme:

„Nun gut, Lotte. Ich lasse dir die Gurkensuppe da. Ich kann mich im Moment nicht auch noch um deinen Geisteszustand kümmern. Zumindest hast du dich ja nun hoffentlich überzeugen können, dass mit Ottos Zähnen alles in Ordnung ist.“

„Und nicht nur mit den Zähnen“, fügte Otto hinzu und grinste.

„Mit Ottos – was?“

„Jürgen hat mir von deinem wirklich sehr beunruhigenden Anruf in der Klinik erzählt. Du hast wirres Zeug von Ottos Zähnen erzählt."

„Oh", sagte Lotte, „nicht dass ich wüsste. Wir haben uns über die Marine unterhalten und über Oberingenieur Wolf, aber Jürgen hatte keine Zeit ..."

Margot klirrte mit den Armreifen:

„Ich verstehe dich wirklich nicht, Lotte. Otto, komm, wir gehen, ich habe wirklich schon Sorgen genug. Und nimm endlich DAS-DA vom Teppich, das ist ja ekelhaft", Margot rauschte Richtung Eingangstüre.

„Ach", rief Lotte hinter ihr her, „kann es vielleicht sein, ich meine, vielleicht hat Jürgen das in der Hektik nicht ganz verstanden. Ich meine, ich habe Jürgen erzählt, dass ich den Otter gefunden habe und das Gebiss, aber doch nicht Ottos Gebiss, wie käme ich auch dazu, ich weiß ja gar nichts über Ottos Zähne, sicher sind sie noch sehr gut, ich meine, sie liegen ja auch nicht auf meinem Teppich ..."

Aber da segelte Margot schon Richtung Aufzug und Otto, die Wanderstiefel an den Füßen, die Waden stramm und behaart, drehte sich noch einmal zu ihr um und rief ihr zu: „Viel Spaß beim Golfen, Lotte!"

Und sie dachte: „Ach, was wird er jetzt von mir denken, ganz verheult bin ich und mit dieser Frisur und einem Gebiss auf dem Teppich."

Aber da klingelte das Telefon.

VIII

Es war Jutta.

„Juttalein, ich habe es gerade von Margot erfahren. Warum habt ihr mir nicht früher Bescheid gesagt? Wie geht es Lisbeth denn?"

„Wir wollten dich nicht erschrecken. Es geht ihr schon wieder gut, Jürgen will sie und diesen jungen Mann aber noch einen Tag zur Beobachtung in der Klinik behalten."

„Was hat sie denn in dem Haus gemacht?"

„Ich habe keine Ahnung. Sie sagt, das war alles nur Zufall, sie kennt den jungen Mann aus dem E-Werk und wollte ihm etwas vorbeibringen. Stell dir vor, sie hat zuerst gar nichts gemerkt. So ein Feuer ist am Anfang flüsterleise. Erst als über ihr die Decke zu knarren und krachen begann, kam ihr das komisch vor. Irgendein Instinkt muss ihr gesagt haben, dass sie jetzt nicht die Wohnungstüre aufmachen darf." Juttas Stimme zitterte. „Als sie aus dem Fenster geklettert ist, da stand der Flur schon in Flammen. Nicht auszudenken, wenn sie die Wohnungstüre aufgemacht hätte." Jutta schluchzte. „Der Kommissar sagt, es war Brandstiftung ..."

„Brandstiftung? Wie schrecklich, das arme Kind, sie muss einen Schutzengel gehabt haben ..."

„Ich muss wieder los, mach du uns bitte jetzt nicht auch noch Sorgen ..."

„Mit mir ist alles in Ordnung. Das war nur ein Missverständnis, grüß mir das Kind, ich bin unendlich froh ..."

Offensichtlich endete heute jedes Telefongespräch mit

ihrer Familie grußlos und abrupt.

Brandstiftung also. Lotte legte ganz leise den Telefonhörer auf. Welch ein Tag. Erst Juliane Baberitz und nun diese Geschichte. Ach Gott, und da lagen ja auch immer noch Karls Zähne. Lotte stemmte sich entschlossen aus dem Sessel hoch, in dem eben noch Margot gesessen hatte, humpelte ohne Stock auf das Gebiss zu, bückte sich mit einer für sie erstaunlichen Behändigkeit, fasste es ohne Zaudern an zwei Backenzähnen, lief damit zu ihrer Küchenzeile und warf die Zähne ihres lieben Karl ohne noch einmal darüber nachzudenken in den Abfalleimer.

Dann lief sie so rasch wie möglich wieder in ihr kleines Wohnzimmer, schob den Ottermantel zur Seite, den Margot hingeworfen hatte, ließ sich in ihren Sessel fallen und schlug noch einmal die Zeitung auf. Von Brandstiftung war da noch nicht die Rede, nur von zwei Leichtverletzten und dass der Kommissar noch nichts wusste. „Routine also", dachte Lotte, „es ist ja nichts wirklich Schlimmes passiert." Er wird ein bisschen herumfragen und herumschnüffeln, ein paar Berichte schreiben und dann wird er den Ordner zuklappen und ihn in seiner untersten Schreibtischschublade begraben.

Aber Lisbeth, das arme Kind, sie war in diesem alten Haus, über sich das trockene Fachwerk und diese Sommerhitze und vor der Türe da schleicht einer durchs Haus und das alte Holz, das verrät ihn nicht, es knackt nur ein wenig und wispert und raschelt und dann zuckt es schon unter den ersten Funken und biegt sich und stöhnt und plötzlich da ächzt es und splittert und flackert und aus den Balken wird Feuer, ein loderndes Schwert, auf Lisbeth gerichtet und die, ach ...

Lotte fuhr hoch. „Es ist ja nichts passiert, Lisbeth ist nichts passiert." Lotte stand der Schweiß auf der Stirne.

Feuer, Feuer über dem Dach, Feuer im Herzen der Stadt, Feuer zwischen den Häusern und diese Hitze ... Plötzlich hatte sie das Gefühl eines Doppelbildes, so als würde sie all dies schon kennen und nur noch einmal, wie zur Bestätigung und Erinnerung, ein zweites Mal denken und sehen. Was, was war es nur? Das Feuer, die Flammen, das Fachwerk, was nur, was war es? Damals, auf dem weglosen Weg fort von daheim, in der Weite, im Niemandsland, in diesem ziellosen Zug vorbei an dieser brennenden Stadt, war es dies Bild? Nein, es war viel genauer. Es war hier. In dieser Stadt. Ja. Da war es. Lotte schlug die Zeitung zu und suchte fieberhaft zwischen den Büchern, die sie heute Morgen achtlos auf den Tisch geworfen hatte. Da war es, das Buch. Sie hatte davon gelesen.

Vor dreihundert Jahren. Die Stadt brennt. Sie steht wie eine aufrecht leuchtende Säule im Tal. Eine Fackel aus Holz und aus Stroh und aus loderndem Licht zwischen den welligen Feldern und staubigen Wegen. Ein glühender First von Hitze vor der Trägheit des Flusses. Gleißend, feurig und stumm in der Weite der Nachmittagsglut.

Die Stadt brennt. Wehe, wer ihr zu nahe kommt, wehe, wen ihre schweflige Faust ergreift. Die Dachstühle lodern. Die Eichenbalken glühen zu Kohle. Das Kirchendach zur heiligen Dreifaltigkeit stürzt ein. Die Friedhofskreuze darunter verbrennen zu nichts. Das Rathaus glüht. Die Häuser wimmern. Das Vieh schreit.

Die Stadt brennt. Ihre Mauern sind ein glühender Reif, immer enger geschnürt, ihre Tore sind Schlünde von Feuer, ein Rachen zur Hölle.

Von Westen, hinter der Ruine der Burg, bimmelt die Glocke vom Hügel. Aber der heilige Martin gießt kein

Wasser vom Himmel. Er schürt das Fegefeuer, bis alle Häuser nur noch qualmende Stümpfe sind.

Wo ist er, der Knecht des Bierbrauers? Vier Uhr nachmittags. Eben noch trieb er die Ochsenkarre vorbei, staubig und durstig, geradewegs durch das breite Tor, hoch aufgeladen, dass das Heu gegen den Schlussstein streift. Gerade noch pfiff er den Ochsen und sah nicht den glühenden Stern, der vom tönernen Kamin in die trockene Fuhre fiel.

Und wo sind die Ochsen? Sie brüllen, sie rennen, sie poltern orientierungslos, nur fort, die Fuhre dahinter, der Knecht oben auf, er schreit, sie hören auf nichts und stürmen hinein in die Scheune, die Falle schlägt zu. Ein lodernder Sonnenwagen im Heu. Die Fackel brennt. Erst das Heu. Dann die Ochsen. Dann die Scheune. Dann das Haus. Dann die Stadt.

Eine aufrecht lodernde Säule im Tal. Vielleicht auch Störche darüber, damals schon. Vier Uhr nachmittags. Eine Fackel aus Hitze und Holz. Sechs Uhr nachmittags. Ein glühendes, aschiges, schwarzes Mal.

Lotte sah von ihrem Buch auf. 1706. Ausgebrannt die Stadt, fast bis zum letzten Haus. Vom Kirchtor bis zum Bayreuther Tor, vom Martinsbühler Tor bis zum Buckenhofer Einlass. Das Haus des Perückenmachers und das des Posthalters. Das Haus des Stadtschreibers und das des Richters. Die Brauhäuser und die Stadel. Das Kronenwirtshaus und die Zehntscheuer. Das frühere Rathaus und das Haus des Messners. Die alte Kirche und der längst verschwundene Friedhof rundum. Das Haus nahe bei mit der Scheune, dem Branntweinofen, dem undichten Kamin und dem Feuerfunken, der in das Fuhrwerk gefallen war. Die ganze Altstadt verglüht und vernichtet, mitten im Sommer. Die Gasthäuser und das

Rathaus, die Schule und das Siechenhaus. Nur das Badhaus steht noch vor den rauchenden Mauern und sie alle irren herum, vom Feuer gezeichnet, die Schmiede und Büttner, die Weber und Ziegler, die Steinmetzen und Sattler, die Frauen, die Kinder.

Lotte stutzte, fuhr mit dem Finger noch einmal die Zeilen entlang, ganz langsam und Wort für Wort. Da war es. Sie sah auf. Ein heißer Sommertag. Es war Samstag, der 14. August 1706.

Was sollte sie tun? Sie musste etwas tun. Es blieb nur eins. Sie griff wieder zum Telefonhörer. Nein, nicht Jürgen, das war sinnlos.

Sie verlangte den Kommissar.

Manfred Groß saß an seinem Schreibtisch, die rauchige Lederjacke über der Lehne. Er rülpste, aber auch das schaffte ihm keine Erleichterung. Offenbar war der türkische Zuckerkringel gerade dabei, mit den Resten des Knoblauchdöners in seinem Magen eine toxische Verbindung einzugehen. Er wusste nicht, wie er diesen Tag überstehen sollte.

Die Sekretärin des Kommissariats war langjährig am Amtsgericht tätig gewesen und hatte aus ihrer Zeit bei der Justiz die Angewohnheit, ihm jeden Morgen zwei frisch gespitzte Bleistifte und einen Stapel weißes Papier auf den Schreibtisch zu legen. Weißes leeres Papier hatte in seinen Augen etwas aufreizend Depressives an sich. Ihm fiel nichts ein. Er war todmüde nach der letzten Nacht, wie sollte ihm da auch etwas einfallen. Er griff nach einem der Bleistifte und schrieb in Druckbuchstaben den Namen Buirette auf das Papier. Komischer Name. Er malte mit Schwung einen Kringel darum, der Bleistift brach ab. Er schob das Papier zur Seite, beschloss, seine Notizen zu dem morgendlichen Gespräch mit Buirette später zu machen, wenn es ihm besser gehen würde, und griff nach der Tageszeitung, die die Sekretärin ihm schon aufgeschlagen hingelegt hatte.

Da war der Bericht über den gestrigen Brand. Bei sowas waren die Pressefritzen immer schnell. Er sah sich die Bilder an. Feuerwehrleute beim Einsatz, nichts Besonderes. Aber daneben, Kommissar Groß, der Leiter der Ermittlungen. Er beugte sich etwas tiefer über das Bild. „Nicht schlecht", dachte er. „Gut sehe ich aus", dachte er. „Ernst. Vertrauenswürdig. Entschlossen. Der Bürger kann beruhigt sein. Wir werden das Kind schon schaukeln. Und Karin wird es noch leid tun."

Er fühlte sich angenehm aufgeheitert. Das Telefon klingelte.

„Groß."

Er strich mit dem Finger über das Bild in der Zeitung.

...

„Das sagt mir im Moment leider gar nichts."

Er gähnte herzhaft und roch angewidert die Knoblauchschwade, die sich gleichzeitig im Raum ausbreitete.

...

„Ah, jetzt erinnere ich mich. Frau Askoleit, natürlich, wir kennen uns, Sie sind die Tante von Jürgen. Richtig, ich bin mit ihm in die Schule gegangen, aber man sieht sich viel zu selten. Natürlich kann ich mich an Sie erinnern."

Stock, Popelinmantel, orthopädische Schuhe. Er gähnte wieder.

...

„Eine der Verletzten? Das tut mir leid. Ich habe die Akte von gestern Abend noch nicht auf dem Tisch. Tut mir leid, dass Jürgens Tochter dabei war, aber es ist ihr ja nichts passiert."

Er sah wirklich gut aus auf dem Bild, überzeugend.

…

„Da muss ich Sie enttäuschen, wir stehen ja erst am Anfang der Ermittlungen. Ja, wir gehen von Brandstiftung aus. Beim derzeitigen Stand lässt sich über den Täter noch gar nichts sagen, aber wir arbeiten mit Hochdruck daran."

Die Lederjacke gab ihm auf dem Bild etwas Entschlossenes, sehr gut.

…

„Das kann ich verstehen. Natürlich liegt Ihnen unter diesen Umständen besonders viel an einer Aufklärung des Falles. Aber Sie können versichert sein, die Sache ist hier in guten Händen."

In sehr guten Händen sogar. Karin würde es noch sehr, sehr leid tun. Er malte mit dem zweiten Bleistift noch einen Kringel um Buirettes Namen.

…

„Was soll daran ungewöhnlich sein?"

Man sah ja auf dem Foto nicht, dass ihm von der Größe her ein paar Zentimeter fehlten.

…

„Ein Zusammenhang? Vor dreihundert Jahren? Auch ein Brand und auf den Tag genau zum selben Datum? Auch am 14. August und ganz in der Nähe des jetzigen Brandherdes? Nun ja, es gibt schon erstaunliche Zufälle. Ich kann Ihnen versichern, Pardon, wenn ich das jetzt so sage, aber ich habe in den zwanzig Jahren hier schon Pferde kotzen sehen, es gibt nichts, was es nicht gibt."

Er strich über das Bild. Halbprofil von links war eindeutig am vorteilhaftesten. Darauf sollte man achten.

…

„Ich danke Ihnen jedenfalls für den Hinweis. Ich nehme das zu den Akten. Grüßen Sie mir Jürgen. Auf Wiederhören."

Er legte den Hörer auf, stand auf, ging zum Spiegel über dem Waschbecken, sah gedankenverloren hinein und dachte: „Tatsache, Halbprofil von links ist extrem vorteilhaft. Karin wird es noch sehr, sehr leid tun.“

IX

Kommissar Groß balancierte auf dem linken Bein, zog das andere hoch und trocknete sich mit seinem blauen Handtuch den rechten Fuß ab. Dann warf er das feuchte Handtuch achtlos auf die Fliesen. Dort lag immer noch die nasse Hose von neulich. Trotz der kühlen Dusche begann er schon wieder zu schwitzen. Das Badezimmerfenster war beschlagen, irgendwie hing ein modriger Rauchgeruch im Raum. Ach so, das war die Hose auf dem Fußboden. Sie roch immer noch nach dem Brand.

Er lief barfuß nach nebenan ins Schlafzimmer, vorbei an dem breiten, ungemachten Bett, die Schranktüre stand offen. Verdammter Mist, kein frisches Hemd mehr, kein sauberes T-Shirt mehr, nur noch ein exakt gebügeltes rosa Polo-Shirt im Schrank. Er zog es mit spitzen Fingern aus dem Fach. Rosa mit einem kleinen grünen Krokodil. Ein Geschenk von Karin. Sicher ein billiges, imitiertes Lacoste-Shirt aus der Türkei. Getürkt sozusagen. Karin hatte auf solche Sachen gestanden. Lacoste-Shirts aus der Türkei, Cartier-Uhren aus Hongkong, Ray-Ban-Brillen aus Polen. Musste nicht echt sein, aber etwas hermachen. Wenigstens hatte sie seine Sachen immer gewaschen und ordentlich gebügelt.

Er streifte das rosa Polo-Shirt über den Kopf und blickte in den Spiegel. Es zog Beulen über den Schultern und sah entsetzlich rosa aus. Er sollte bei nächster Gelegenheit seine Mutter anrufen und ihr sagen, dass er den Wohnungsschlüssel unter die Fußmatte legen würde und dass sein Waschpulver leider alle sei. Dann würde sie schon Bescheid wissen.

Er kramte in seinem Schrank nach einer Unterhose, bekam ein tiefrotes, dreieckiges Tüll-Ding in die Finger, auf dem mit Straß-Steinchen „Love“ stand und das unzweifelhaft Karin gehörte. Verdammt, er vermisste sie nicht nur wegen des Bügelns, auch wenn sie einen unseligen Hang zum Kitsch gehabt hatte – Nachthemdchen mit schwarzroten Teufelchen darauf, Hausanzüge mit purzelnden karierten Bärchen und Kaffeebecher mit Gute-Laune-Sprüchen – sie sollte das alles endlich abholen. Er riss das Fenster auf. Der Abend hatte noch keine Abkühlung gebracht. Eine Schwade von Kohl- und Fleischgeruch zog herein. Die Nachbarn kochten also wieder. Osteuropa schien sich auch im Hochsommer von Kohlsuppe zu ernähren. Sein Kühlschrank war natürlich leer bis auf die Bierflaschen. Wann sollte er auch einkaufen bei diesen Arbeitszeiten. Und jetzt auch noch diese Podiumsdiskussion, während alle Welt in den Biergarten strebte.

Er beugte sich vor zum Spiegel, fuhr mit beiden Außenseiten der Hände über Wangen und Kinn, drehte sich ein bisschen ins Profil, dachte: „Vielleicht sollte ich es mit einem Dreitagebart versuchen, das hat was“, und beschloss, auf dem Weg zum Rathaus etwas auf die Hand zu essen.

Als er seine Wohnungstüre zuzog, kamen ihm zwei junge Männer in weißen Muskelshirts entgegen, die eine mattschwarze Stereoanlage mit zwei darauf gestapelten silbrigen Lautsprecherboxen die Treppe hochbalancierten. Ihre Oberarmmuskeln zeichneten sich breit unter ihrer gebräunten Haut ab. Sie diskutierten auf Russisch miteinander und gehörten offenbar zu der undefinierbar vielköpfigen Familie, die sich seit kurzem die Nachbarwohnung teilte.

Er war in der Tiefgarage schon dabei, den Autoschlüssel zu zücken, da fiel ihm Karins Fahrrad ein. Das musste ja auch noch hier herumstehen. Er lief weiter zum Fahrradkeller, knipste das weiße Neonlicht an und war drauf und dran, es sich wieder anders zu überlegen, denn nun fiel ihm wieder ein, dass auch das Fahrrad Karins Hang zum Kitsch zum Opfer gefallen war. Sie hatte ihn vor zwei Wochen erst gezwungen, mit Kabelbinder an ihrem Lenker einen Plastikblumenstrauß zu befestigen, den er ihr im ersten Liebeswahn auf der diesjährigen Bergkirchweih geschossen hatte. Egal. Er schob das Fahrrad die steile Rampe ins Freie hoch. Die beiden Russen aus der Nachbarwohnung waren inzwischen auch auf der Straße und trugen wieder eine Stereoanlage. Manfred Groß konnte nicht unterscheiden, ob es sich um die gleiche wie eben oder um eine andere handelte.

Das Fahrrad hatte einen flachen Dameneinstieg, Manfred Groß schwang dennoch mit Elan im weiten Bogen das rechte Bein über den Sattel und trat in die Pedale. Irgendetwas schleifte am Rahmen, die blauen und roten Plastikblumen auf dem Lenker wippten.

Manfred Groß kurvte um den großen Neubaukomplex, in dem seine Wohnung lag, vorbei an den Containern mit den Glassplittern rundum, vorbei an der Bushaltestelle, an der ein paar zwölfjährige Mädchen in engen weißen Jeans und mit gepiercten Bauchnabeln lehnten.

Die Straße war leer und heiß, Manfred Groß spürte, wie sich Schweißperlen auf seiner Stirne bildeten, ihm war schlecht vor Hunger. Er bog auf den Fahrradweg ein, der erst an der großen Verbindungsstraße in das westliche Neubaugebiet entlang führte, um dann nach rechts in ein Wiesenstück abzuzweigen und Richtung Kanal abzufallen. Je schneller das Rad lief, umso lauter wurde das Schleifgeräusch. Als er mit Tempo in die flache Durchfahrt unter der Trogbrücke des Kanals einbog, steigerte es sich, von den niedrigen Betonwänden verstärkt, zu einem jaulenden Quietschen. Er verfluchte Karin, das Rad und die wippenden Blümchen auf seinem Lenker und tat so, als bemerke er die belustigten Blicke der entgegenkommenden Radfahrer nicht. Er durchquerte das in der Abendsonne vor sich hindämmernde Alterlangen, stieg auf dem Weg über die süßlich riechenden Wiesen entlang des Flusses für einen Moment ab, um mit dem Fuß mehrfach wütend, aber erfolglos gegen den Rahmen seines Damenfahrrades zu treten, und trampelte weiter Richtung Innenstadt.

Die nächste Unterführung unter der Bahnlinie ließ das Quietschen von Karins Fahrrad wieder lauter von den Wänden hallen, dann aber ging alles unter im Rattern eines ICE-Zuges, der über Manfred Groß' Kopf hinwegdonnerte.

Als er unter der Bahnunterführung auftauchte und das Rad steil bergauf Richtung Innenstadt schob, hatte er das Gefühl, dass die Luft mit jedem Meter aufwärts um ein Grad wärmer wurde. Das rosa Polo-Shirt klebte an seinem Rücken, er hatte Durst, die Sandsteinhäuser schienen zu glühen.

Auf dem Marktplatz hockten die Tauben reglos im Schatten, von den letzten unverkauften Rettichen an den Marktständen hing das Grün schlaff herunter. Er verspürte den Wunsch, nach links abzubiegen. Oben am Berg, auf dem Keller, war es jetzt sicher schon angenehm kühl. Eine Maß, schlecht eingeschenkt, aber mit diesem herben Schaum. Bratwürste, etwas verbrannt, aber mit diesem würzigen Majorangeschmack. Ein dickes Stück Emmentaler. Viel zu teuer, aber ganz frisch vom Rad. Manfred Groß seufzte. Scheiß Beruf. Kein Bier, keine

Bratwurst, sondern eine Podiumsdiskussion. Nicht links herum Richtung Berg, sondern rechts herum Richtung Rathaus.

Er beschloss, sich wenigstens dadurch zu rächen, dass er sich wieder aufs Rad schwang und mit wippendem Blumenstrauß geradewegs, quietschend und zügig in die Fußgängerzone hineinfuhr. Irgendein Besserwisser rief ihm etwas hinterher, aber das wurde ja Gott sei Dank durch die Geräusche von Karins Rad übertönt. Auf der Höhe der Sparkasse sah er von links aus den Augenwinkeln zwei Kollegen in Grün nahen, er zog den Kopf ein, trat noch stärker in die Pedale, quietschte noch lauter, schwitzte noch mehr, fuhr weiter, umkurvte auf der Höhe eines Bekleidungshauses klingelnd ein paar allzu sorglose späte Einkäufer und Passanten und bremste erst wieder ab, als an der nächsten Kreuzung die Ampel auf Rot sprang.

Während die Autos vor ihm vorbeirauschten, sah er nach links an der hoch aufragenden Fassadenfront entlang, Richtung Osten, stadtauswärts. Hier sollte das neue Center also gebaut werden. Die heruntergekommenen Häuser mit den grauen wilhelminischen Fassaden waren schon geräumt. Die ungeputzten Fensterscheiben waren noch dunkler und blinder als in den Jahren, als hier noch Studenten gewohnt hatten. Die Fahrräder, die jahrelang übereinander gelehnt den Fußweg versperrt hatten, waren verschwunden. Der türkische Änderungsschneider hatte sich längst eine komfortablere Bleibe gesucht, wo er bis spätabends Hosen kürzen und Rockbünde weiter machen konnte. Nur das Eckhaus, das selbst erst vor dreißig Jahren ein viel prächtigeres verdrängt hatte, wollte offenbar noch der eigenen Vernichtung trotzen.

Die Ampel sprang auf Grün um, jetzt waren es nur

noch ein paar hundert Meter bis zum Rathaus. Manfred Groß beschloss, Karins Fahrrad das letzte Stück zu schieben und nach etwas Essbarem Ausschau zu halten.

Wo kamen auf einmal die vielen Menschen her? Sie schlenderten an Eistüten schleckend vorbei, sie bissen in Leberkäsbrötchen und kleckerten Senf auf die Straße, sie schwenkten Plastiktüten von Bekleidungsketten und schoben Räder mit Körben voller Billiglebensmittel. Manfred Groß kaufte sich an einem Imbissladen eine Laugenstange, die dick mit Speckstücken bestreut und mit einer gelben Käsekruste überzogen war. Das schmeckte salzig und fettig und war vielleicht doch nicht ganz das Richtige für seinen Magen. Mit der einen Hand schob er das Rad, mit der anderen schob er sich die fettige Käsestange in den Mund und war eben mit dem Essen fertig, als er bei den Fahrradständern vor dem Rathaus ankam.

Es war gerade noch ein Ständer neben einem nagelneuen Mountainbike frei. Er rammte das Vorderrad von Karins Fahrrad so lieblos in die Halterung, dass der Kabelbinder mit den künstlichen Blumen zur Mitte rutschte, dadurch locker wurde und die roten und blauen Plastikblumen von der Bergkirchweih zwischen die Speichen fielen. Manfred Groß beachtete es nicht, denn er suchte Karins Fahrradschloss. Das Schloss war auf den Gepäckträger geklemmt. Aber der Schlüssel war nicht da. Manfred Groß fluchte. Dieser Sicherheitsfanatiker nebenan mit seinem Mountainbike hatte sein Rad gleich mit zwei Schlössern hinten und vorne zugesperrt. Und Karin? Hatte ein Schloss und keinen Schlüssel dazu. Egal. Er versetzte dem Rad einen kurzen Tritt gegen den Rahmen und wandte sich Richtung Rathaus.

Er war gerade vor dem großen Ratssaal im ersten Stock angekommen, als er eine Stimme hinter sich hörte.

Eine Frau, Ende fünfzig, praktisch und solide. Sie hielt ihm den Plastikblumenstrauß entgegen. Verloren habe er den bei seinem Fahrrad und sie rate ihm dringend, das Rad abzusperren. Manfred Groß knurrte einen Dank, nahm die roten und blauen Blumen und da stand er im billigen rosa Lacoste-Hemd mit Plastikblumenstrauß im Ratssaal, sah als ersten Klaus Buirette im dunklen Anzug vor sich und dachte: „Scheiße, so geht das nicht, schließlich bin ich im Dienst hier."

Dann sah er nach links zu dem erhöhten, dunkel getäfelten Präsidium. Dort saß der Oberbürgermeister. Er hatte ein rosa Lacostehemd an. Links daneben saß der Wirtschaftsreferent. Er hatte ein hellgrünes Lacoste-Hemd an. Rechts davon saß der Kulturreferent. Er hatte ein hellblaues Lacoste-Hemd an. „Was soll's", dachte Manfred Groß, „Karin hatte eben doch einen guten Geschmack. Aber die Plastikblumen sollte ich loswerden." Er drückte sich auf einen freien Stuhl, ließ die Bergkirchweihblumen unter dem Nachbarsitz verschwinden und machte sein dienstliches Gesicht.

Es waren noch zehn Minuten bis zum Beginn der Veranstaltung. Buirette stand am Fenster, ein paar Leute um sich geschart. Am anderen Ende des Sitzungssaals stand eine Frau. Sie war dabei, einen Laptop zu installieren. Sie sah gut aus. Manfred Groß wandte ihr sein linkes Seitenprofil zu und versuchte Blickkontakt herzustellen. Aber sie hatte offenbar Schwierigkeiten, ihren Laptop mit einem Beamer zu verbinden. Der Oberbürgermeister stand auf, Manfred Groß sah, dass sein Lacoste-Shirt keine Falten warf. Er sah auch, dass der Oberbürgermeister offenbar den Umgang mit Beamern gewöhnt war und die gut aussehende Frau ihn dankbar anlächelte. Manfred Groß versuchte weiter, seine linke Dreiviertelansicht zu präsentieren und Blickkontakt herzustellen. Aber inzwischen hatte der Oberbürgermeister das Beamerproblem gelöst und die gut aussehende Frau in ein Gespräch verwickelt.

Der Saal füllte sich zusehends und Manfred Groß wurde die Sicht auf den Oberbürgermeister und die Frau verstellt. Schließlich sprang der große Zeiger der weißen Ratssaaluhr auf die Zwölf, die Stadtoberen waren offensichtlich gewillt, die Veranstaltung zügig abzuwickeln, der Oberbürgermeister nahm wieder seinen Platz auf dem erhöhten Präsidium ein, begrüßte die zahlreich anwesenden Bürgerinnen und Bürger, lobte Gemeinsinn und Engagement, plädierte für eine faire Diskussion zwischen Befürwortern und Gegnern des neuen Einkaufscenters, auch wenn die Gräben zwischen beiden Lagern noch so tief sein mochten und die Emotionen auf beiden Seiten überkochten, rief die Bedeutsamkeit dieses großen städtebaulichen Projekts für die Zukunft dieser Stadt in Erinnerung, verhehlte nicht seine eigene eindeutige Position in dieser leidenschaftlichen Diskussion, sparte nicht mit Querverweisen auf Universität und Industrie, auf harte und weiche Standortfaktoren und – last but not least – auf die Rolle der Stadt als Gesundheitshauptstadt der Republik. An dieser Stelle hatten etliche der Zuhörer etwas den Faden verloren, horchten aber wieder auf, als der Oberbürgermeister mit den Worten schloss, er sei jedenfalls für das Projekt, sonst gehöre das ganze Areal den Ratzen und dann werde man schon sehen, was man davon habe. Dann erteilte er das Wort der Architektin.

Das war niemand anderes als die gut aussehende Frau.

Manfred Groß setzte sich aufrecht hin und beugte sich konzentriert ein wenig nach vorne. Die Frau war also die Architektin des geplanten Einkaufscenters und sie hatte schöne Bilder mitgebracht. Ihr Beamer warf gläserne Fronten, transparente Durchgänge, lächelnde Familien, begrünte Flächen und entspannte Käufer auf die weiße Wand des Rathaussaals. Sie erzählte in charmantem Plauderton von sensibler Einbindung in das historische Umfeld, von gelösten Verkehrsproblemen und Shoppingvielfalt, von Freizeitflair und gelungenem Branchenmix, von Kaufkraftbindung und von neuen Arbeitsplätzen. Man sah in einer Computeranimation aus Abbruchhäusern und Brachflächen einen gläsernen Konsumtempel wachsen und sich schwesterlich mit der historischen Bausubstanz verbinden und die meisten Anwesenden hätten sich wohl gleich mit einem wollüstigen „Ja! Wann ist es endlich soweit?" den bunten Bildern des Beamers vor die Füße geworfen, wenn nicht da Buirette mit einem donnernden „Jetzt reicht's aber!" der charmanten Präsentation ein Ende gemacht hätte.

Mit ein paar großen Schritten war er vorne neben dem erhöhten Präsidium, wehrte unwillig jemanden ab, der ihm eines der vorbereiteten Diskussionsmikrofone reichen wollte, und donnerte los:

„Wissen Sie überhaupt, mit wem Sie es hier zu tun haben?"

Er zeigte mit dem Finger auf die gut aussehende Architektin. Manfred Groß reckte den Kopf und hoffte, Näheres zu erfahren.

„Diese charmante Dame, die Sie alle so angenehm mit bunten Bildchen einlullt, ist nichts weiter als die Erfüllungsgehilfin eines Großinvestors! Und der sitzt nicht hier, sondern in Hamburg. Und Sie können sicher sein, meine Damen und Herren, weder unsere in Jahrhunderten gewachsene Stadt noch das Schicksal dieses wundervollen Einkaufszentrums interessiert die Herren in den Hamburger Vorstandsetagen in irgendeiner Form. Für die ist das hier“, Buirette machte eine abfällige Bewegung in die Richtung der Ratssaalwand, wo die Zuhörer gerade noch die schönen Einkaufsbilder gesehen hatten, „nichts weiter als ein Investitions- und Abschreibungsprojekt. Die ziehen das hoch und der Rest ist ihnen egal. Aber wir hier in unserer Stadt werden mit dieser Bausünde jahrzehntelang leben müssen. Aber das werden wir von der Innenstadtinitiative nicht zulassen!“

Manfred Groß sah, dass die gut aussehende Architektin jemanden mit einem tragbaren Mikrofon zu sich winkte, und reckte den Kopf. Er hoffte, dass sie tough genug war, um nun ordentlich zurückzuschlagen. Aber Buirette war gerade erst dabei, richtig in Fahrt zu kommen:

„Sehen Sie sich unsere Innenstadt an“, er hielt einen schematischen Stadtplan hoch, auf dem man das mühlebrettartige Straßenschema der Hugenottenstadt erkannte, „ein historisches Kleinod, eine Rarität in seiner logischen Ordnung, seinen menschlichen Dimensionen, seiner planerischen Struktur! Das sollten sich unsere Stadtoberen gelegentlich mal in Erinnerung rufen! Und was tut diese Dame?“

Er zeigte wieder mit dem Finger auf die Architektin.

„Sie legt uns ein Kuckucksei hinein! Sie alle werden sehen, was in dieser Stadt demnächst passieren wird. Der Kuckuck schlüpft und wirft uns alle aus dem Nest!“

„Nun“, schaltete sich der Oberbürgermeister aus dem Hintergrund ein, „ich denke doch, dass wir alle uns an die vereinbarten Spielregeln für diese Veranstaltung ...“

„Ich möchte mir diesen Vergleich mit Nachdruck verbitten“, das war die Architektin mit ihrem Mikrofon, „das Areal Henkestraße/Nürnberger Straße liegt am Rande des historischen Stadtkerns. Im Übrigen, wenn Sie hier wirklich noch glauben, es reichte heutzutage aus, tatenlos in einem warmen Nest zu hocken, dann täuschen Sie sich aller..."

„Wissen Sie überhaupt etwas über diese Stadt, meine Dame?", Buirette war eindeutig größer, lauter und wütender als die Architektin, „hier gibt es noch über einhundertzwanzig inhabergeführte Fachgeschäfte. Die machen Sie mit Ihrem Einkaufsmonster alle platt!"

„Gib's ihm, Mädel", dachte Manfred Groß, „los, schieß zurück!"

„Ich möchte nochmals an die Fairness ...", der Oberbürgermeister im Hintergrund griff zu seiner bronzenen Sitzungsglocke, aber Buirettes Stimme war kräftiger als ihr Läuten:

„Fairness??? Dass ich nicht lache!"

Buirette lief mit drei großen Schritten zu seinem Sitzplatz, griff sich einen dicken Aktenordner und war gleich wieder vorne vor dem Publikum.

„Wissen Sie, was das ist, meine Damen und Herren?"

„Na, ein Aktenordner", dachte Manfred Groß, „damit kriegst du sie nicht."

„Das sind zehn-tau-send Unterschriften – alle gegen dieses Markgrafen-Center!"

„Wollen Sie damit sagen", die Stimme der Architektin wurde gefährlich leise und ruhig, „dass sich also von hunderttausend Einwohnern nur gerade mal zehn Prozent gegen das Projekt ausgesprochen haben? Neunzig Prozent sind also dafür! Und damit wollen Sie mir Angst machen?"

„Sehr gut, Mädel", dachte Manfred Groß, „sehr gut, das saß."

„Angst? Sie HABEN doch Angst vor uns, meine Dame! Dann lassen wir doch mal die Katze aus dem Sack!"

Er baute sich genau zwischen Oberbürgermeister und Architektin auf.

„Diese Dame hier", da war wieder der Zeigefinger, „hat mir als Leiter der Innenstadtinitiative", er machte eine kleine Pause und noch einen Schritt auf den Oberbürgermeister zu, „ja, hören Sie mir gut zu, was ich jetzt sage und ich bin bereit, es unter Eid zu wiederholen", er machte wieder eine Pause, „ei-ne Mil-lion Euro geboten, wenn ich die Unterschriften verschwinden lasse."

Der Oberbürgermeister riss den Kopf hoch, er fegte die schwere bronzene Glocke zur Seite, sprang mit einem Satz von seinem erhöhten Präsidium, lief durch den Raum, wo alles raunte und tuschelte, strich sich erregt über den Kopf, lief zweimal vor Buirette auf und ab, während die Architektin kerzengerade dastand und keinerlei erkennbare Reaktion zeigte. Er starrte Buirette an, setzte an, etwas zu sagen, sagte dann doch nichts, lief noch einmal auf und ab, lief zum Fenster, trommelte dagegen … und dann kam der Schrei:

„Mensch, schaut euch das an! Mein neues Fahrrad! Mensch, der da unten klaut gerade mein neues Fahrrad!!! Ich hab's doch zweimal abgeschlossen!!! Polizei!!!"

Und dann schoss der Oberbürgermeister grußlos zur Türe hinaus, die beiden Referenten rannten hinterher, das Publikum hastete zu den Fenstern, Manfred Groß machte sich in seinem Stuhl ganz klein, Buirette und die Architektin standen unbeachtet und alleine vor dem Präsidium, das Publikum kommentierte den Spurt des Oberbürgermeisters unten aus dem Haupteingang des Rathauses heraus, der sah gerade noch jemanden auf seinem neuen Mountainbike davonradeln, griff sich das nächststehende, quietschende und herrenlose Damenrad und nahm die Verfolgung auf.

Und Manfred Groß, der verlängerte Arm des Gesetzes? Er trat nun doch noch ans Fenster und dachte: „Schade, mit den Plastikblumen an Karins Lenker sähe die Verfolgungsjagd jetzt noch hübscher aus.“

X

Der Wecker summte in rhythmischen Abständen. Jürgen Kallfels drehte sich auf die andere Seite. Das Summen wurde intensiver, die Abstände kürzer. Jürgen Kallfels zog sich die dünne Sommerdecke über den Kopf. Das Summen ging in ein nachdrückliches, hochfrequentes Piepsen über. Jürgen Kallfels seufzte, tastete nach dem Wecker, verfehlte ihn und grub sich tiefer in sein Kopfkissen. Der Wecker wechselte vom Piepsen in ein penetrantes Tuten in Zimmerlautstärke.

„Jutta", brummte Jürgen Kallfels und tastete nach der anderen Betthälfte. Der Wecker tutete kaltherzig weiter, neben ihm rührte sich nichts. Jürgen Kallfels warf sich im Bett herum, suchte blind mit der Hand nach dem Wecker. Der wechselte inzwischen zur höchsten Folterstufe, einem lauten, ununterbrochenen Pfeifton. Jürgen bekam den Wecker zu fassen, versuchte der Schlummertaste einen Schlag zu versetzen, fegte den pfeifenden Wecker vom Nachttisch, der schlug auf dem Boden auf, das Batteriefach sprang auf, Jürgen hörte die Batterie über den Laminatboden kullern, endlich Ruhe. Er grunzte und tastete wieder zum Nebenbett. „Jutta?" Er machte die Augen auf, das Bett war leer. Durch die Spalten der Rollos fiel sommerliches Morgenlicht. Er seufzte, setzte sich auf und fuhr sich durch die Haare.

Auf dem Weg ins Bad trat er auf die Batterie und fluchte. Juttas dünnes hellblaues Nachthemd lag über dem Badewannenrand. Er hörte im Treppenhaus ein trockenes Tapsen auf der Holztreppe. Eigentlich sollte der Dackel die Treppe nur noch hochgetragen werden wegen seiner kaputten Hüfte. Da war er ja. Er stupste die angelehnte Badezimmertüre auf, warf sich auf den weißen Frotteevorleger, streckte Jürgen seinen braunen Bauch entgegen und wedelte dabei so sehr mit dem Schwanz, dass der Badezimmervorleger sich im Kreis bewegte. Jürgen knurrte, drückte sich Zahnpasta auf die Bürste, der Dackel streckte seine Pfoten nach oben und wedelte weiter mit dem Schwanz. Es war warm, Jürgen gurgelte, spuckte das Zahnputzwasser aus und wischte sich mit dem Handtuch den Mund ab. Der Dackel rollte sich herum auf seine vier Beine und bellte. Der weiße Frotteevorleger war voller Haare. Jutta hasste das.

„Ist Frauchen nicht da?"

Der Dackel bellte, sprang an Jürgens nackten Beinen hoch und schnüffelte an seiner Boxershort.

„Na los, dann komm mit runter."

Der Dackel folgte Jürgen schwanzwedelnd zur Treppe und blieb am Treppenabsatz stehen.

Jürgen zögerte kurz. So wie er aussah, wog der Dackel inzwischen zehn Kilo.

„Na komm schon, lauf gefälligst selbst."

Er hörte hinter sich, wie die Dackelpfoten unbeholfen die Treppen hinunterschlitterten.

Jürgens erster Weg führte zum Kühlschrank. Er machte die Türe auf, der Dackel baute sich daneben auf, die Vorderpfoten am Gemüsefach, und schaute mit Jürgen interessiert hinein.

„Nichts Ordentliches da für uns, alter Junge", murmelte Jürgen. Der Dackel konnte gerade noch seine Vorderpfoten vor der zuklappenden Kühlschranktüre in Sicherheit bringen.

„Wenigstens gibt's Kaffee."

Das Lämpchen an der Kaffeemaschine leuchtete, Jürgen füllte sich gähnend eine Henkeltasse bis zum Rand und lief barfuß zur Essecke. Der Dackel folgte. Auf dem Esstisch standen eine Pappschachtel, eine Müslischale und Milch. Jürgen seufzte.

„Pech, alter Junge, es gibt wieder nur Vogelfutter. Mit Trockenobst, dafür ohne Zucker."

Jürgen kippte sich eine ordentliche Portion von den farblosen, staubigen Flocken in seine Schale, der Dackel setzte sich neben Jürgen auf den Boden, reckte die Schnauze nach oben und sah Jürgen erwartungsvoll an.

„Hat sie dich auch auf Diät gesetzt, alter Junge?"

Der Dackel sah Jürgen freundlich an.

„Na komm, du kannst es ja mal versuchen."

Jürgen fischte ein getrocknetes Backpflaumenstückchen heraus und warf es auf die Erde. Der Dackel schnüffelte angewidert, bellte vorwurfsvoll, setzte sich Richtung Flur in Bewegung und Jürgen hörte ihn an der Haustüre theatralisch jaulen. Er zuckte die Achseln, blies in den heißen Kaffee, Dampf stieg auf und legte sich als feuchter Film auf sein Gesicht. Über die Oberfläche des schwarzen Kaffees zogen sich blasse Schlieren. Jürgen blies, den Kopf gesenkt, wieder hinein.

Die Haustüre ging. Er hörte das freudige Gebell des Dackels.

„Jürgen??? Warst du noch nicht Gassi mit ihm?"

„Morgen, Schatz. Warst du schon wieder alleine laufen? Du weißt, ich mache mir Sorgen um dich."

„Dann komm doch mit."

Er hörte, dass Jutta im Flur schnalzende Geräusche machte, die den Dackel zu weiterem begeistertem Gebell animierten, er hörte, wie der Dackel zur Küchentüre hereintrabte, drehte sich von seiner Kaffeetasse um und sah den Hund mit Juttas Laufschuhen im Maul, die er glücklich wedelnd vor Jürgens Füßen absetzte.

Dahinter tauchte Jutta in der Küche auf, auf Strümpfen, mit gerötetem Gesicht, in einer engen, kurzen Laufhose. Sie ging als Erstes zum Spülbecken, drehte kaltes Wasser auf, füllte sich ein Glas voll, hantierte am Schrank, warf eine sprudelnde Tablette hinein und kam dann zur Essecke.

„Morgen Schatz."

„Morgen."

Sie streifte mit dem Mund im Vorbeigehen seine Wange.

„Schon wieder so bald unterwegs?"

„Klar. Macht Spaß. Warum kommst du nicht mit?"

„Du weißt doch, dass ich ein Morgenmuffel bin. Müssen die Kinder nicht raus?"

Jutta ließ sich auf einen Küchenstuhl fallen und schüttelte die schweißfeuchten Haare:

„Jürgen, es sind Fe-ri-en. Seit drei Wochen! Hast du das immer noch nicht mitgekriegt?"

„Wie geht's Lisbeth? Ich habe sie gestern Abend gar nicht mehr gesehen."

Aus Juttas Glas stoben kleine Sprudelfontänen.

„Ich glaube, sie ist wieder in Ordnung. Ich habe sie gestern Vormittag ins Kommissariat gefahren wegen ihrer Aussage. Aber sie sagte, dass sie eigentlich gar nichts von diesem Brand gemerkt hat, bis es fast zu spät war. Es war Brandstiftung, sagt dein Manfred, das ist inzwischen ganz sicher. Nicht auszudenken, was passiert wäre ..."

„Manfred Groß? Hat er den Fall? Dann muss ich ihn unbedingt gleich heute früh anrufen! Ich werde verrückt, wenn ich daran denke, was alles hätte passieren können! Er soll sich gefälligst anstrengen, diesen Mistkerl zu schnappen ... Trotzdem, wir hätten Lisbeth noch eine Nacht in der Klinik behalten sollen, nur zur Vorsicht.

Aber der Chef hat nichts anderes mehr im Kopf als seine Belegungsrate. Er schmeißt meine Patienten raus, obwohl sie kaum auf zwei Beinen stehen können. Das ist unverantwortlich."

Jutta beugte sich vor, auf Stirn und Nase noch kleine Schweißperlen vom Laufen:

„Warum denkst du eigentlich ständig an die Klinik und ärgerst dich? Du kannst diesen Laden doch sowieso nicht ändern."

„Mir geht es um Lisbeth! Wo steckt sie eigentlich schon wieder? Schläft sie noch?"

„Jürgen, es ist kurz nach sieben Uhr morgens. Warum bist du so grantig? Die Kinder haben Ferien!"

„Und wer war der junge Mann, den sie besucht hat, als dieser Brand ausgebrochen ist?"

„Was fragst du mich? Frag sie doch einfach mal selbst."

„Jutta, du weißt genau, dass sie mir zurzeit nur patzige Antworten gibt."

„Nimm dir einfach mal Zeit und behandle sie nicht wie ein kleines Kind."

„Sie ist noch ein Kind, egal wie erwachsen sie tut."

„Wenn du meinst."

Jutta blies eine Strähne ihres schweißnassen Haares nach oben und nahm einen Schluck von ihrem Mineraldrink.

„Du solltest wirklich mit mir mitlaufen. Das ist so toll draußen am frühen Morgen."

Sie sah ihn scharf an:

„Macht gute Laune, das könnte dir heute nicht schaden."

Jürgen knurrte und nahm einen vorsichtigen Schluck von seinem heißen Kaffee:

„Hast du inzwischen überlegt, was ich im Hinblick

auf diese Praxisvertretung tun soll?“

Die Brausetablette hatte rund um das Glas einen weißen Sprudelrand auf dem Tisch hinterlassen. Jutta fuhr mit dem Zeigefinger hindurch und malte eine feuchte Linie auf den Küchentisch.

„Wir sollten das gemeinsam entscheiden, Jutta.“

„Das siehst du falsch. Es ist deine Entscheidung. Wir waren uns ja sowieso einig, dass unser Frankreich-Urlaub dies Jahr ausfallen muss. Ich will unbedingt im Herbst endlich meine Heilpraktiker-Prüfung machen. Du hast also Zeit, wenn dir dein Urlaub dafür nicht zu schade ist.“

„Es geht ja nicht nur darum, ob ich in meinem Urlaub diese Praxisvertretung mache. Vielleicht ist es ein Fingerzeig, dass mein alter Kollege und Kumpel Udo sich gerade jetzt seinen Meniskus ruiniert hat und jemanden für seine Praxis braucht.“

Jürgen nahm noch einen Schluck von seinem Kaffee.

„Du weißt, dass es um mehr geht. Er hat mich schon vor Monaten gefragt, ob ich nicht in der Klinik alles hinschmeißen will und bei ihm in der Praxis einsteige.“

Der Dackel tappte über den Küchenboden und legte sich auf Jürgens nackte Füße.

„Die Vertretung wäre dafür ein Probelauf. Ich könnte feststellen, ob mir diese Art zu arbeiten liegt.“

„Jürgen, was fragst du mich. Ich kenne dich doch. Du hast dich eigentlich schon längst entschieden.“

„Das stimmt nicht. Ich kann das auch nicht alleine. Es geht schließlich um uns alle und es geht um viel Geld. Udo will nächstes Jahr seine Praxis verlegen. Stell dir mal vor, alles wäre ganz neu! Neue Räume, neue Geräte! Ich käme heraus aus dieser Klinik-Mühle! Ich wäre mein eigener Herr, es wäre noch mal ein Neuanfang!“

„Ich sage ja, du hast dich eigentlich schon entschieden.“

Der Dackel unter dem Tisch, auf Jürgens Füßen liegend, gab schmatzende Geräusche von sich.

„So einfach ist das nicht, Jutta. Hast du eine Ahnung, was alleine ein neues Ultraschallgerät kostet? Oder ein neues EKG-Gerät? Und dann muss ich mich ja auch in die Praxis einkaufen. Wie sollen wir das finanziell schaffen?"

Jutta trank einen großen Schluck aus ihrem Glas.

„Frag doch Lotte."

„Tante Lotte? Meinst du? Daran habe ich auch schon mal für einen Moment gedacht."

„Mach's einfach. Sie hat mehr Geld, als du glaubst."

„Aber sie ist nicht meine Tante. Sie ist deine Tante."

„Sie muss es dir ja nicht schenken, nur leihen. Außerdem bist du doch ihr Liebling."

Sie schwiegen, Jürgen blies in seinen Kaffee.

„Ich weiß nicht ..."

„Mach die Vertretung, sieh dir alles an, dann kannst du dich ja entscheiden."

Der Dackel schmatzte und würgte. Jutta tastete mit ihrem bestrumpften Fuß unter dem Tisch herum.

„Was ist das denn? Dreck? Nein, ich glaube, das ist ein Stück Backpflaume. Jürgen, hast du das dem Hund gegeben? Du weißt doch, dass er einen empfindlichen Magen hat. Er wirkt so erschopft. Du hast ihn doch nicht alleine die Treppe hochlaufen lassen?"

Jürgen brummte unbestimmt, Jutta trank ihr Glas in einem Zug aus:

„Er ist schließlich nicht mehr der Jüngste, man muss ihn schonen."

„Wen meinst du jetzt?", Jürgen langte über den Tisch und schubste grinsend Juttas Ellenbogen vom Tisch. Sie lachte, stand auf und sagte:

„Ich gehe als Erste duschen. Okay?"

Jürgen nickte. Er hörte Jutta leichtfüßig auf der Treppe. Er zog seine Füße unter dem Dackel vor, sie waren heiß und feucht. Der Dackel legte den Kopf schräg, knurrte und sah Jürgen böse an.

„Tja, alter Junge", sagte Jürgen, „was machen wir nun? Ich weiß es nicht."

Der Dackel legte die Ohren flach.

„Du bist mir auch keine Hilfe."

Jürgen hörte, wie der Dackel sich unter dem Tisch schwerfällig hochrappelte. Er tappte Richtung Flur, hinter Jutta her. Er hinkte.

Von oben hörte Jürgen die Stimme seiner Frau:

„Jürgen, der Hund will nach oben. Trag ihn doch mal die Treppe hoch."

Jürgen seufzte, stand auf, ging in den Flur und hob den Hund hoch. Er war noch schwerer als gedacht.

„Du hast's gut, alter Junge", murmelte er, „um mich ist sie nicht so besorgt."

Jürgen war mit dem Dackel auf halbem Weg die Treppe hoch, als das Telefon klingelte. Von oben hörte er die Dusche laufen, also machte er mit dem Hund auf dem Arm wieder kehrt, setzte ihn auf der untersten Treppenstufe ab und griff nach dem Telefonhörer.

„Manfred Groß, Kommissariat Erlan..."

„Manni, du? So früh schon im Präsidium? Ich wollte dich sowieso dringend sprechen. Jutta sagt, du kümmerst dich um den Brand in der Altstadt. Ihr müsst unbedingt ..."

„Fass dich kurz, alter Junge und mach dir vor allem keine Sorgen. Ist ja alles noch mal gut gegangen. Wir kriegen den Typen, der das Haus angesteckt hat. Aber jetzt hätte ich gerne noch mal deine Tochter gesprochen."

Der Hund stand beleidigt am Treppenabsatz.

„Lisbeth? Du hast ja keine Ahnung, wie lange Kinder in diesem Alter schlafen. Versuch's doch gegen Mittag noch mal. Wie weit seid ihr mit euren Ermittlungen?"

„Ich habe gerade Lisbeths Aussage auf dem Tisch. Aber ich sehe, es fehlt die Uhrzeit, wann sie zu diesem Costas Papayannis gegangen ist."

„Wer ist das denn?"

Der Dackel knurrte Jürgen böse an, er wollte offensichtlich zu Jutta hochgetragen werden.

„Na, der junge Mann, bei dem sie war, als der Brand ausgebrochen ist."

„Der mit den vielen Haaren auf der Brust, der aus der Notaufnahme?"

„Woher soll ich wissen, ob er Haare auf der Brust hat, das solltest du deine Tochter fragen."

Der Dackel begann unvermittelt wütend zu kläffen.

„Sag mal, ist das dieser verhaltensgestörte Dackel? Lebt der immer noch?"

„Jürgen, lass das arme Tier doch nicht so bellen, du merkst doch, dass er sich aufregt ...", kam es von oben aus dem Badezimmer.

„Du hörst ja, er tyrannisiert uns immer noch", schrie Jürgen in den Hörer.

„Tja, du hast es auch nicht leicht, vielleicht sollten wir mal wieder ein Bierchen zusammen trinken", schallte es zurück.

„Das sollten wir", schrie Jürgen.

„Jürgen! Der Hund!", tönte es von oben.

„Wie wär's denn zum Beispiel mit dem Mittwoch?", kam es aus der Leitung.

„Wo denn?", schrie Jürgen zurück.

„Bei mir, ich hab noch 'nen Kasten Bier daheim!", verstand Jürgen mit Mühe.

„Mensch Papa!" Lisbeths verknautschtes Gesicht

tauchte über dem Treppengeländer auf, der Hund kläffte im Diskant. „Mach doch nicht so 'n Lärm. Ich schlaf noch!" Lisbeths knittriges Gesicht verschwand wieder.

„Jürgen, der Hund!", tönte es wieder aus dem Badezimmer.

„... 'nen schönen Tag noch ...", war das Letzte, was Jürgen von dem Telefongespräch verstand, ehe er den Hörer auflegte, den Dackel hochhob und so endlich wieder für Ruhe im Haus sorgte.

XI

Gibt es etwas Schöneres als zwei Männer und einen Kasten Bier? Die einträchtige Beziehung zwischen einer Bierflasche und dem Mann an sich, die Füße auf dem Tisch? Die schnörkellose Ästhetik eines Flaschenbieres ohne störende Zutaten wie Gläser, Häppchen oder tischschonende Untersetzerchen? Die Freiheit des Trappers bei einem endlosen Zug aus einer braunen Flasche, ungestört durch Geplapper und Gespräche? Die stille Harmonie von sich ausbreitendem Bierdunst und wachsender Erdenschwere des Körpers? Die schweigsame, perfekte Symbiose aus Virilität und Delirium? Den schützenden Schoß zweier saubequemer ausgeleierter Wohnzimmersessel mit einem Bierkasten als spirituellem Mittelpunkt dazwischen? Nein, es gibt nichts Vollkommeneres. Notfalls darf das Bier auch aus dem Kühlschrank kommen.

„Komm rein, ich hab 'nen Kasten Landbier da", begrüßte Manfred Groß seinen alten Schulfreund.

Er schob auf der Wohnzimmercouch ein Badehandtuch, mehrere Socken und ein zerknülltes rosa Lacoste-Shirt für Jürgen auf die Seite.

„Hab meine Mutter für morgen zum Abendessen eingeladen. Sie bringt Rouladen mit und räumt auf."

Jürgen sah sich um:

„Hm. Ist vielleicht keine schlechte Idee."

Manni verschwand wortlos Richtung Küche, kam mit zwei Flaschen Bier in den Händen und zwei weiteren unter die Arme geklemmt zurück, stellte zwei der Flaschen als Vorrat auf dem Tisch ab, reichte die dritte an Jürgen Kallfels und ließ sich mit der vierten in einen Sessel fallen.

Jürgen setzte sich und sah sich, die eiskalt beschlagene Bierflasche in der Hand, suchend um. Manni beugte sich schweigend vor, setzte den Kronkorken der Flasche am Rande seines Couchtisches an und hieb mit dem flachen Handballen darauf. Der Kronkorken flog in einer steilen Ellipse Richtung Boden und rollte unter das Sofa. Manni nahm mit einem seufzenden Glucksen einen langen Zug, wischte erst seinen Mund und dann den Flaschenhals ab, sagte: „Ahhhh“, und schwieg wieder.

Jürgen erinnerte sich an die alten Zeiten, setzte, obwohl er Juttas gestrengen Blick vor seinem inneren Auge hatte, ebenfalls seine Flasche an der Tischkante an, dachte: „Manche Dinge verlernt man nie, wie das Fahrradfahren“, sah dem Flug seines Kronkorkens nach und nahm zufrieden ebenfalls einen tiefen Schluck.

Die beiden Männer schwiegen ein paar Minuten einträchtig, dann stemmte sich Kommissar Groß wortlos aus seinem Sessel hoch, öffnete eine Schublade in der Schrankwand links unterhalb des Fernsehers, holte eine Tüte Erdnussflips heraus, riss die Packung auf, schüttete eine Hand voll für sich heraus, streifte im Gehen beide Schuhe von den Füßen, ließ die offene Packung auf den Wohnzimmertisch fallen, sank in seinen Sessel und setzte wieder die Flasche an.

Nach einiger Zeit sagte er kauend:

„Und? Alles klar?“

„Klar. Alles klar“, antwortete Dr. Kallfels.

Es kehrte wieder Ruhe ein.

„... hätte dich schon fast angerufen“, setzte der Kommissar nach einer geraumen Zeit das Gespräch fort.

„… ahh“, machte Dr. Kallfels, die Flasche zum Mund führend.

„Hab Magenschmerzen. Sodbrennen. Ständig.“

„Stress?“, Dr. Kallfels spülte eine große Portion Erdnussflips hinunter.

„Hm.“

„Gib mir mal noch ’n Bier ... Danke.“

Der nächste Kronkorken flog.

„Du hast nichts“, diagnostizierte Dr. Kallfels nach dem nächsten Zug aus der Flasche.

Der Kommissar nahm aus Solidarität auch einen kräftigen Schluck.

„Woher willst’n das wissen?“

„Ich kenn dich doch. Du hast nichts. Bloß Stress.“

Schweigen.

„Was ist mit dem Brandstifter?“

Manfred Groß zuckte die Achseln:

„Keine Ahnung. Keiner hat was gesehen.“

„Gibt’s doch nicht“, kommentierte Dr. Kallfels.

„Doch“, erwiderte der Kommissar. „Ist aber so.“

„Ihr müsst den schnappen, alter Junge, aber dalli. Schon wegen Lisbeth. War ein ziemlicher Schock, das Ganze.“

„Hm“, machte der Kommissar wieder. „Weiß schon.“

Wieder einträchtige Stille.

„Werd mir diesen Buirette noch mal vorknöpfen. Dem gehört das Haus. Will mir nicht erzählen, wo er war, als es gebrannt hat. Steckt ’ne Frau dahinter.“

„Buirette? Den Namen hab ich doch gerade erst gehört. Verkauft der Medizingeräte?“

„Jaja. Glaub schon.“

„Hab die Tage mit ihm telefoniert, muss mich mal bei ihm nach Preisen erkundigen.“

„Nach Preisen? Was denn für Preisen? Na ja, egal. Jedenfalls ist der 'ne harte Nuss. Leitet ja diese Innenstadtinitiative. Gab 'n riesiges Theater auf der Bürgerversammlung."

„Hab's in der Zeitung gelesen. Die haben ihm 'ne Menge Geld geboten, wenn er endlich die Klappe hält."

„Tja. So isses."

„Tja. So läuft sowas."

„Tja. Was willst'n machen. Und dann wird auch noch das Fahrrad vom OB geklaut. Und der schnappt sich meins."

„Wie? Deins?"

„Na, Karins."

„Ah."

„Und ich soll es jetzt suchen."

„Deins?"

„Nee."

„Karins?"

„Nee."

„Versteh ich nicht."

„Na, seins. Dabei bin ich bei Mord und nicht bei Diebstahl."

„Weiß ich doch. Hast du noch ein Bier? Prost. ... Sag mal, hast du nicht auch was zu essen? Ich meine, was Richtiges? Wurst? Pizza?"

„Glaub nicht ... Warte mal!"

Manfred Groß rappelte sich hoch, schlurfte auf Strümpfen Richtung Küche, kam mit einem angebrochenen Gurkenglas in der einen Hand und dem Bierkasten am anderen Arm zurück, ließ das Glas auf den Wohnzimmertisch und den Bierkasten auf den Boden krachen.

„Hab gleich den Kasten mitgebracht. Ist praktischer. Prost ... Gurke?"

„Klar. Immer."

Gurkenwasser spritzte und tropfte auf Tisch und Parkett. Erdnussflips knackten. Es war warm, ruhig und friedlich und irgendwie wohlig-verhangen im Raum.

Manfred Groß öffnete die nächsten zwei Flaschen an der Tischkante und legte die Beine über die Sessellehne: „Und bei dir? … Wie läuft's so?"

„Klar ... Alles klar. Ich gehe vielleicht weg von der Klinik. Will mich vielleicht niederlassen."

„Echt? Hm. Na ja. Is immerhin 'ne Idee."

„Seit Montag mach ich erst mal eine Vertretung. Da kann man dann ja mal sehen."

„Genau. Erst mal kucken. Mal kucken, wie das so läuft."

„Genau, man muss ja erst mal kucken."

„Hm."

„Läuft aber bisher nicht schlecht."

„Na also."

„Ist mal was anderes."

„Klar, mal was ganz anderes."

„Genau."

„Apropos, wie geht's Jutta?"

„Gut geht's ihr. Klar. Sie lernt für ihre Prüfung und sie läuft viel."

„Alleine?"

„Klar. Alleine."

„Biste dir da sicher?"

„Wie kommst du denn da drauf?"

„Na ja, die is ja 'ne ganz Hübsche."

„Weiß ich doch. Hat dir auch immer gefallen, was?"

„Tät ich schon gut drauf aufpassen."

„Spinnst du?"

„Ich sag ja nur."

„Alter Weiberheld. Und selber?"

„Gib mir mal erst noch 'n Bier und 'ne Gurke … Karin bin ich los, is auch besser so."

„Auf die Nächste, alter Junge."

„Quatsch. Meine Mutter kommt jetzt putzen."

„Da ist ja Schimmel auf der Gurke."

„Quatsch. Trink noch 'n Schluck."

„Die Flaschen sind zu klein."

„Ich find, Frauen, also Frauen, die haben's einfach besser."

„Wie kommste denn da jetzt drauf?"

„Die müssen so 'n Gurkenglas nicht aufkriegen. Und die müssen keine Bierkästen schleppen. Und da reicht's auch, wenn sie nur einsdreiundsiebzig groß sind."

„Warum wirst du immer melancholisch, wenn du trinkst? Dafür darfst du einen Bauch kriegen und niemand kann dir dein Bikinioberteil klauen, ist doch auch was. Darauf trinken wir."

Und dann tranken die Herren noch ein Bierchen darauf, dass Männer in der Sauna entspannt sitzen können, dass sie weder Salatschleudern noch kalorienreduzierten Kaffeeweißer oder silberfarbene Abendschuhe zum passenden Kleid brauchen, um glücklich zu sein, und dass Männer mit zunehmender Verwahrlosung auf Frauen immer interessanter wirken.

Sie rutschten auf Knien unter dem Couchtisch herum, um aus allen Kronkorken einen Turm zu bauen, fanden dabei unter dem Sofa ein reizendes Dessous von Karin, fanden auch im Kühlschrank noch eine angebrochene Dose mit Heringsfilets in Senfsauce und einen Harzer Roller mit kaum überschrittenem Haltbarkeitsdatum, fanden, als der Bierkasten leer war, noch eine halbe Flasche Brandy der Marke Veterano Osborne aus Mannis Zeiten mit einer spanischstämmigen Volontärin im Kommissariat, entdeckten gegen Mitternacht im Fernsehen noch einen alten Tatortkrimi, der in einer düsteren Gegend im Ruhrpott spielte, kommentierten sich gegenseitig die Actionszenen und verlebten so einen gepflegten, geselligen und kommunikativen Abend. Und da sagten Frauen immer, Männer hätten kein Niveau.

Leider und unverständlicherweise begann der nächste Morgen mit Kopfschmerzen.

Jürgen hatte spätabends nach Bier, Tatort und spanischem Brandy noch Manni ins Bett geschafft und ziemlich zielgenau ein Taxi und sein eigenes Bett gefunden.

Leider hörte Manni am nächsten Morgen sein Telefon nicht. Das Erste, was er mitbekam, war sein Sodbrennen, dann erst das Telefon.

Bei Jürgen war es anders. Der hatte ja Jutta. Die weckte ihn. Es wurde für beide Herren ein unangenehmes Erwachen.

XII

Warum es für Manni so unangenehm war? Daran war eigentlich der Unternehmer Friedrich Salomon Pauli schuld, obwohl der zu diesem Zeitpunkt schon fast hundertfünfzig Jahre tot war.

Pauli, der Schnittwarenhändler vom Haus Nummer sechs am Marktplatz, hatte im Jahre 1861 den Tod nahen gefühlt und ein Testament verfasst.

Wollte er seiner Heimatstadt etwas Gutes tun oder wollte er einfach nicht vergessen werden? Beides vermutlich. Es war eine stolze Summe, die er den Erlangern ein Jahr vor seinem Tod für die Verwirklichung seiner Idee verhieß. Nur leider waren die Bürger der Stadt zwar erfreut, aber nicht sehr entschlusskräftig, und so brauchten sie siebenundzwanzig Jahre, bis sie endlich Paulis Wunsch in die Realität umgesetzt hatten: eine Trinkwasserleitung mit Springbrunnen am Marktplatz.

Dafür hatte man freilich mit diesem Brunnen den Beweis erbracht, dass die Kunstgeschichte von der Antike über die Renaissance bis zum Barock auf den Erlanger Marktplatz passte! Antikisierende Gewänder. Allegorische Figuren. Bronzene Reliefs. Sprudelnde Fontänen. Muscheln und Schalen. Karyatiden und Wappen. Löwenköpfe und Girlanden. Drei geschwungene Stufen, dann das Bassin aus Granit. Zwei gebeugte Tritonen und zwei Nereiden. Auf den Schultern der vier Meeresgötter die Muschelschalen aus Kelheimer Kalkstein. Darüber ein steinerner, wappengeschmückter Aufbau. Ganz oben schließlich die kolossale Bronzeschale und darüber noch eine weitere, kleinere. Und über all dies sprudelte, perlte, ergoss sich das gute Erlanger Wasser.

Doch damit nicht genug. Rechts und links der Brunnenpyramide saßen zwei kolossale Damen in eineinhalbfacher Lebensgröße in moosfarben schimmernder Bronze.

Die schwellende Erlangia mit der Mauerkrone auf den Locken sah nach Norden, in einem Arm den Schild mit dem Stadtwappen, in dem anderen ein bronzenes Füllhorn mit Früchten. Wuchs das alles tatsächlich rund um die Stadt, was da herausquoll? Die Artischocken, der Mais, die Melonen, ja die Ananas?

Egal, Erlangia thronte über dem Bassin aus Granitstein als jugendliches Symbol der Fülle und des Wohlstands.

In ihrem Rücken ihre Schwester, die Alma Mater, den Blick nach Süden gewandt, in der Rechten das Universitätsszepter, auf dem Haupt ein Diadem mit vier Sternen, Symbole der vier Fakultäten. Etwas gestrenger sah sie hinab auf die Bürger der fränkischen Provinz. Waren sie es denn wert, dass sie sich hier niederließ mit allen Abzeichen der Würde, mit dem Szepter, den dicken Folianten und der weisen Eule der Minerva? Und wer war würdig genug in dieser Stadt, dass sie ihm den Lorbeerkranz reichte, den sie im Arm trug?

Das interessierte an diesem Donnerstagmorgen freilich niemanden. Die Gemüsebauern reichten sich wie jeden Morgen die frische Fracht vom Nürnberger Großmarkt von den Kleinlastwagen. Sie ratterten mit ihren Stechkarren über den Asphalt, hoch aufgetürmt darauf die Kisten mit Salaten aus dem Knoblauchsland, Paprika aus Spanien, Zuckerschoten aus Kenia und Ananas – nein, nicht von den fränkischen Sandfeldern.

Keiner hatte einen Blick für die beiden leicht übergewichtigen Bronzedamen, die schweigend über dem Geschehen thronten.

Die Verkaufstische mussten aufgeklappt werden, die rotweißen Schirme verzurrt, die Bamberger Hörnle aus den Säcken geschüttet, die Äpfel von den Kersbacher Streuobstwiesen poliert, die Papayas aus Brasilien drapiert und das Wechselgeld sortiert werden.

Die Metzgereiverkäuferinnen ein Stück weiter rangierten ihren Verkaufswagen in Position, klappten ihre Ladentheke herunter und ordneten die Stadtwurstringe in die Auslage. Die frühe Morgensonne schien schräg über den Platz.

Ein Stück weiter dieselte ein Traktor heran, zog einen quietschenden Blumenverkaufsstand hinter sich her, späte Endivienpflänzchen, Sonnenblumen und Freilandrosen im Angebot.

Jemand lief zum Brunnen, stellte eine grüne Plastikgießkanne unter einen der sprudelnden Löwenköpfe in der untersten Brunnenschale und wuchtete die gefüllte Kanne hinüber zu den grünroten Radieschenbünden.

Niemand sah hinauf auf das rote Walmdach des alten Rathauses, wo an die hundert Tauben sich wie graue Wattekugeln plusterten. Nur wenn einer der Vögel im Schrägflug von da oben über den Platz gesegelt kam, sich auf einer Kiste mit Trauben niederließ und hastig zu picken anfing, dann stürzte jemand heran, klatschte in die Hände, zischte und das Tier machte sich flügelschlagend davon.

Niemand sah auch hinauf zu den beiden riesigen Betonpfählen, an denen jeweils zehn Kugelscheinwerfer stramm wie genmutierte Tomaten hingen. Die Strahler hatten sich im Morgenlicht schon vor einer Stunde ausgeschaltet. Nur die altmodischen Straßenleuchten darunter, die den Schaden der beiden riesigen Betonspargel wieder gut machen sollten, leuchteten noch dottergelb gegen die Sonne an. Aber auch das sah niemand.

Niemand sah hinauf über das Brunnenbecken zu den vier Wassermuscheln aus Stein, über den Wappenfries noch höher hinauf zu der großen, kreisrunden Schale dort oben. Ihre Bronze war fast schwarz, nur die Ränder schimmerten im Gegenlicht der Frühe in einem tannengrünen Ton, darüber noch blattreich verziert ein Knauf, ein Ornament, eine Spitze – elegant wie die Plätzchenschale auf dem Nachmittagsteetisch einer Professorengattin. Niemand sah hinauf. Niemand sah, dass das klare Wasser, das jener Schnittwarenhändler Pauli den Erlanger Bürgern bescheren wollte, sich in den Muschelschalen mischte und in einem sanften Rosaton über die Köpfe der Tritonen und Nereiden herunterplätscherte in das große steinerne Umfassungsbecken und dort in einen noch zarteren Farbton überging, der so subtil war, dass er den blass-eleganten Teerosen der Blumenhändler Konkurrenz machen konnte.

Niemand sah im noch schlaftrunkenen Aufbauen, im Rattern und Quietschen, im Herauswuchten und Festzurren hinauf. Dorthin, wo aus der obersten Muschelschale etwas herausragte. Fast so dunkel wie die Bronze. Sehr gerade über den Schalenrand sich reckend wie ein Stock. Schwarz gegen die Morgensonne, fest und stumm. Eine Taube trippelte darauf mit einem Gurren entlang, ein Stück über die Brunnenschale hinaus, von dort oben abwärts flatternd auf die Beute, die Trauben, die letzten Kirschen.

Auch die beiden Damen aus Bronze hielten die Köpfe gesenkt, das Füllhorn, den Lorbeerkranz in den Armen. Hätten sie einmal die Köpfe gehoben, dann hätten sie ihn gesehen. In der großen Bronzeschale den Körper, den linken Arm über den Beckenrand ragend, von oben sanft und stetig berieselt mit dem guten Erlanger Wasser, Friedrich Salomon Pauli sei Dank.

Es dauerte ungebührlich lange, bis Kommissar Groß am Tatort eintraf und auch sein Aufzug war dem Ernst der Situation in keiner Weise angemessen. Er trug ein arg zerknittertes rosa Lacoste-Shirt und sah fast so deprimierend aus wie der Fernsehkommissar aus dem nächtlichen Ruhrpott-Krimi.

Erst beim dritten oder vierten Anruf hatte die Leitstelle ihn erreicht. Zunächst hatte man seinen bruchstückhaften Äußerungen am Telefon entnommen, dass er sich wegen des übermäßigen Genusses von schimmligen Essiggurken am gestrigen Abend dienstunfähig melden müsse, aber als er hörte, wen man wo gefunden hatte, hatte er nur ins Telefon gerufen: „Macht ihr Witze, das muss ich sehen!", und die Leitstelle hatte das so interpretiert, dass er nun doch vorhatte, seinen Dienst anzutreten.

Bis er endlich eintraf, war der Brunnen bereits weiträumig abgesperrt, Spurensicherung, Gerichtsmediziner und Leichenwagen waren verständigt und von den Stadtwerken war im Wege der Amtshilfe ein Fahrzeug mit Arbeitsbühne unterwegs.

Als er um die Ecke zum Marktplatz bog, hatte Manfred Groß das Gefühl eines Säureattentates in seinem Körper. Sein Magen hatte sich zu einem kleinen giftiggrünen Apfel zusammengerunzelt, die Magenschleimhaut hatte sich nach oben Richtung Schlund gedrückt und ganz oben auf, kurz unter dem Kehlkopf, schwammen in einem sauren grünen See aus Senfmarinade und Harzer-Roller-Stückchen fünf pralle Essiggurken.

Doch damit nicht genug. Als Gegendruck von oben schwappte zwischen Schädelkalotte und Hirnrinde eine trübe braune Brühe aus brandig-süßlichem spanischem Schnaps, von oben erwärmt durch eine rasch wärmer werdende Morgensonne. Dazwischen irgendwo fühlte er sein Großhirn eingeklemmt und versuchte nachzudenken. Kein Wunder, dass seine Augen tränten.

Er holte seine Sonnenbrille aus der Hosentasche, wischte sich den kalten Schweiß von der Stirne, legte den Kopf in den Nacken und sah nach oben, direkt in die schlierige Sonne. Davor, in wohl vier Meter Höhe, ragte ein Arm als schwarzer Schattenriss über die oberste Brunnenschale. Er senkte den Kopf wieder und merkte, wie ihm schwindelig wurde.

„Kann mir jemand als Erstes mal Aspirin und was gegen Sodbrennen aus der Apotheke holen?"

„Die haben noch zu um diese Zeit", kam es von dem nächststehenden Grünuniformierten, „aber der Gerichtsmediziner kommt gleich, vielleicht hat der ja ..."

„Ich sehe vielleicht heute so aus, aber ich bin noch nicht tot", raunzte Manfred Groß zurück. „Wie ist er denn da rauf gekommen?"

„Wir haben eine Leiter sichergestellt, die lag an der Hauswand des Landratsamtes. Die Marktleute sagen, gestern war sie noch nicht da."

Manfred Groß sah hinüber zu der weinberankten grünen Fassade des Hauses, in dem einst Friedrich Salomon Pauli gewohnt hatte. Dort knieten zwei Leute von der Spurensicherung vor einer Aluminiumleiter.

„Wir haben von der Feuerwehr schon mal eine andere Leiter an den Brunnen stellen lassen. Es gibt nur eine Stellung, in der es funktioniert."

Der Streifenbeamte deutete auf die Rückseite des

Brunnens.

„Mh“, machte Manfred Groß, nahm die Brille ab, hauchte die dunkel verschmierten Gläser an, wischte die Brille mit einem Zipfel seines rosa Shirts ab, setzte sie wieder auf, überlegte, ob die Schlieren aus seinem Großhirn kamen oder auf seinen Brillengläsern saßen, umrundete den Brunnen und starrte die Leiter an. Ihre Fußstützen standen im untersten Wasserbassin, die Reflexe des Brunnenwassers bewirkten, dass man das Gefühl hatte, die Leiterbeine tanzten im Wasser. Oder waren das auch die Auswirkungen des Brandys in seinem Gehirn?

Die umstehenden Kollegen sahen ihn erwartungsvoll an.

„Dann wolln wir mal“, murmelte Manfred Groß. Jemand stützte ihn, als er auf den Brunnenrand kletterte, er machte einen tastenden Schritt vorwärts und war sich sicher, dass die tanzenden Leiterbeine sich wie Kautschuk unter ihm wegbiegen würden. Er hielt sich krampfhaft an den Aluminiumsprossen fest und kletterte Stufe für Stufe nach oben. Erlangia hielt ihr Haupt mit der Mauerkrone gesenkt, nach oben ragte die Ananas.

„Wir haben das Wasser abstellen lassen, das war doch in Ordnung?“, hörte er von unten.

„Wie, Wasser? Ach so, das Wasser aus dem Springbrunnen, ja das hätte mir noch gefehlt“, dachte Manfred Groß und kletterte höher. Jetzt konnte er in die muschelförmigen Brunnenschalen sehen, die die Meeresgötter in halber Höhe auf ihren Schultern balancierten. Das Wasser war rosa. Ihm wurde schwindelig.

„Was Besonderes?“, hörte er von unten.

„Bin gleich oben“, er versuchte gleichmäßig zu atmen und nicht an die Essiggurken zu denken. Er kletterte höher, an dem bekrönten Zwischensockel mit dem bayrischen, dem städtischen und den markgräflichen Wappen vorbei. Da war die Hand. Sie war jetzt genau auf seiner Augenhöhe. Eine behaarte Männerhand, die Handfläche zur Morgensonne hin geöffnet. Er stieg höher, die Schlieren vor seinen Augen tanzten, der geschwungene Bronzerand der oberen Schale schwankte hin und her.

Noch ein, zwei, drei Sprossen. Da lag er im flachen Wasser, ach, es war nur eine rosarote Pfütze. Die Beine angezogen, den massigen Rücken gekrümmt, als habe er sich im Schlaf auf die Seite gerollt, um es sich besonders bequem zu machen in der Biegung der Schale, nur die Hand eben reckte er über seine bronzene Schlafstatt hinaus, ganz oben im Rund, den Marktplatz zu Füßen, den Tauben und dem Morgenhimmel ein Stück näher, in seinem Rücken die Klinge eines Küchenmessers und ein Stück blutgetränktes Papier.

Es war ein hartes Stück Arbeit, ihn schließlich, viel später, von da oben herunterzuholen. Die Männer in Orange, die die Stadtwerke im Wege der Amtshilfe schickten, und der Kommissar in knittrigem Rosa – die einen auf ihrer heranschwebenden Arbeitsbühne, der andere auf seiner schmalen Leiter –, sie hatten alle Mühe, ihn hinüberzuhieven und zu dirigieren. Da hing er nun hoch oben, wie ein mächtiger Sack über dem viel zu schmalen Gitter der Arbeitsbühne, sein Körper nur notdürftig von einem weißen Leintuch bedeckt, und schwebte langsam hinunter zur Erde; ein letzter, ungewöhnlicher Auftritt für Klaus Buirette.

XIII

Erst als der Leichnam aus dem seichten Brunnenwasser gehoben war und langsam der immer größer werdenden Menge an Schaulustigen und seinem in der Sonne schon geöffnet wartenden Zinksarg entgegenschwebte, sah Manfred Groß da oben, auf seiner Leiter stehend, den Fotoapparat. Er hatte unter dem Toten gelegen, am Grund der bronzenen Schale, Reflexe des rosa Wassers tanzten darauf.

Er hätte hinunterklettern und jemanden von der Spurensicherung hinaufschicken können. Aber dann beugte er sich doch schnaufend vor, so weit es eben ging, und fischte selbst mit der Hand in dem blutigen Wasser, bis er den Umhängegurt des Apparates zu fassen bekam. Die Kamera schleifte über den Schalengrund, Wasser lief aus dem Gehäuse und hinterließ auf Manfred Groß' Hemd Flecken in einem neuen Rosaton.

Bei jedem rückwärtigen Schritt abwärts pendelte der Apparat gegen die Leiterholme, schlug auf halber Höhe gegen das mittlere Muschelbecken, jemand von unten schrie: „Vorsicht!", aber da war Manfred Groß schon abgerutscht.

Später schrieb er es den vom herunterlaufenden Kamerawasser glitschigen Leitersprossen zu, in Wahrheit aber hatte er, dort oben stehend, für den Bruchteil einer Sekunde geglaubt, ein paar Essiggurken in der Brunnenschale schwimmen zu sehen, und da hatten ihn die Kräfte verlassen.

Es war ein Unfall in Dienstausübung und es passierte

auch nichts Schlimmes. Er lag nur eben da unten neben der im Wasser tanzenden untersten Sprosse der Leiter, das zartrosa Brunnenwasser war auch nicht kalt an diesem Sommermorgen und während ein paar Bläschen aus seinem Mund aufstiegen, glaubte er für einen Moment dort oben, über der kräuseligen Wasseroberfläche, das sarkastische Lächeln der Erlangia und daneben das diensteifrige Gesicht des heraneilenden Gerichtsmediziners zu erkennen.

Aber da hatte er sich schon wieder auf die Füße gerappelt, jemand packte ihn an den Armen, half ihm über den Brunnenrand, rosa Wasser lief an ihm herunter, das Wasser hatte sein Lacoste-Shirt ordentlich durchgespült, es klebte an seinem Körper, auch die asservierte Kamera war nochmals gründlich gewässert worden. Der Gerichtsmediziner warnte vor einer Unterkühlung, jemand beschaffte Gott weiß woher noch ein zweites Leintuch, eine rosa Lache bildete sich um die Schuhe des Kommissars, er räusperte sich, straffte die nassen Schultern unter dem Laken und sagte:

„Buirette also. Wer hätte das gedacht. Sieht so aus, als hätte man ihn umgebracht. Möchte wissen, wie der Mörder das gemacht hat."

Alle Umstehenden sahen ihn erwartungsvoll an, aber Manfred Groß fiel nichts weiter dazu ein, denn da waren wieder die Erinnerung an den gestrigen Abend und der Geschmack von Brandy und viel zu viel Essiggurken in seinem Mund.

Währenddessen trat Klaus Buirette seine Fahrt in die Gerichtsmedizin in einem Zinksarg an.

Auch für Jürgen Kallfels begann dieser Morgen wenig heroisch. Es war der vierte Tag der Vertretung in der Praxis seines alten Freundes Udo.

Die Arzthelferin an der Anmeldung empfing ihn mit Missbilligung im Gesicht – dem gleichen Ausdruck, den Jürgen schon bei seinem nächtlichen, nicht ganz geräuschlosen Heimkommen auf Juttas Gesicht gesehen hatte.

„Ich habe hier die Fehlerliste mit Ihren gestrigen Abrechnungsziffern, Herr Doktor. Sie haben bei Frau Seitz ein EKG abgerechnet. Das geht nicht."

Jürgen hatte Kopfschmerzen. Es war wieder mal kein Aspirin im Haus gewesen.

„Und warum nicht?" Er stellte seine Arzttasche auf dem Tresen ab. „Sie hatte Beschwerden."

Die Arzthelferin lächelte fein:

„Sie ist Chronikerin. Ziffer 210. Da können wir nichts extra abrechnen."

„Das verstehe ich nicht", sagte Jürgen, unterschrieb ein paar Rezepte, die für ihn bereitlagen, und sah sich suchend auf dem Tresen um.

„Sagen Sie mal, haben wir hier irgendwo ein paar Aspirin rumliegen?"

Die Sprechstundendame sah ihn verständnislos an:

„Kopfschmerztabletten stehen auf der Negativliste. Wussten Sie das nicht? Die müssen Sie sich schon in der Apotheke kaufen."

Jürgen machte eine unbestimmte Handbewegung und wollte sich in sein Sprechzimmer zurückziehen, aber in seinem Rücken hatte die Stimme seiner Mitarbeiterin nun mehr Nachdruck angenommen:

„Außerdem haben Sie die Nummer 210 neben der Nummer 330 abgerechnet."

„Und?", knurrte Jürgen und drehte sich noch einmal kurz zu ihr um, „das geht vermutlich auch nicht?"

„Das geht vielleicht bei Ihnen in der Klinik, aber bei uns geht das definitiv nicht", kam es triumphierend zurück.

Jürgen fand, dass die Stimme der Sprechstundendame heute Morgen schmerzhaft laut und schrill war, er wollte sich in sein Sprechzimmer flüchten, aber da hörte er sie schon wieder:

„Außerdem haben Sie gestern mit Frau Bauer zwanzig Minuten geredet."

„Ja und?"

Sie kam hinter ihrem Tresen hervor und drohte ihm den Rückzug abzuschneiden:

„Das muss schneller gehen, wegen der Geräteauslastung. Wir müssen im Schnitt acht EKGs am Tag machen, sonst amortisieren sich die Geräte nicht."

Jürgen knurrte.

„Das ist anders als bei Ihnen in der Klinik", setzte sie noch eins drauf, „wir hier müssen wirtschaftlich arbeiten."

Jürgen hätte sie am liebsten einfach zur Seite geschoben.

„Hatten Sie mir nicht gerade erklärt, ich solle keine EKGs mehr machen?"

„Bei neuen Patienten schon, nur nicht bei denen, die in diesem Quartal schon mal da waren", kam es spitz zurück. „Ich habe die Verordnungen nicht gemacht."

„Wissen Sie was? Teilen Sie mir doch einfach mit, wann ich ein EKG machen soll", und damit ließ Jürgen sie einfach stehen und knallte die Türe des Sprechzimmers hinter sich zu.

Aber es half ihm nichts, die Sprechstundendame war in den Jahrzehnten ihres Wirkens hinter dem Tresen kampferprobt. Sie ging ihm nach, klopfte und steckte den Kopf zur Türe herein. Jürgen war gerade dabei, seinen Arztkittel zuzuknöpfen.

„Außerdem hat da schon zweimal eine Dame angerufen. Sie hat ihren Namen nicht genannt. Sie war sehr aufgeregt und klang ziemlich konfus. Sie hat nach einem Jürgen verlangt. Heißen Sie mit Vornamen Jürgen, Herr Doktor?"

Sie sprach den Vornamen aus, als handle es sich um Fußpilz.

„Jaja", murmelte Jürgen, „ich kann mir denken, wer das war. Stellen Sie sie nicht durch, ich habe Kopfschmerzen. Und besorgen Sie mir ein Aspirin verdammt noch mal, sonst mache ich heute gar keine EKGs."

Jürgen glaubte schon, nun werde sich die schwarze Gewitterwolke aus seinem Sprechzimmer verziehen, aber er täuschte sich:

„Und dann wäre da noch etwas", die Sprechstundendame sah ihn streng an und machte erst mal eine Kunstpause. „Eine Leichenschau."

„Och nein", stöhnte Jürgen, „nicht heute. Sagen Sie's dem Dienstarzt."

„Herr Doktor", die Sprechstundendame sprach nun wie mit einem ungezogenen Kind, „hier ist kein Dienstarzt. Sie sind der Dienstarzt."

„Oh, ja natürlich", machte Jürgen, „ich war einen Moment unkonzentriert. Um wen geht's denn?"

„Oberingenieur Wolf aus dem Stift. Da haben Sie doch gestern erst einen Hausbesuch gemacht?"

„Oberingenieur Wolf. Das gibt's nicht."

„Herr Doktor ...", ihre Stimme war nun so sanft, als rede sie mit einem Schwerkranken:

„Herr Doktor, es ist Oberingenieur Wolf."

„Gestern ging's ihm doch gar nicht so schlecht", murmelte Jürgen. Die Arzthelferin sah ihn mitleidig und zweifelnd an, aber da klingelte das Telefon und Jürgen machte den Fehler, selbst abzuheben. Es war Lotte.

„Jürgen, du ahnst nicht, was passiert ist", jammerte

Lotte.

„Doch“, sagte Jürgen, „ich habe es gerade erfahren. Tut mir leid für dich.“

„Was soll ich denn jetzt machen?“

„Tja ...“

„Ich meine, damit konnte doch niemand rechnen!“

„Nun ja, ich habe auch nicht damit gerechnet. Aber mit siebenundachtzig passiert so was eben.“

„Jürgen, ich bitte dich, du bist wirklich sehr uncharmant. Du weißt genau, dass ich noch längst nicht so alt bin! Wer soll denn jetzt mit mir fahren? Ich meine, es gibt so wenig adäquate Begleitung hier oben. Oberingenieur Wolf kann ich nicht fragen, der ist ja krank. Und außerdem so schwerhörig“, klagte Lotte.

„Vor allem ist er tot“, antwortete Jürgen. „Ich dachte, du weißt es schon.“

„Oh Gott, er ist tot? Wie schrecklich.“ Lotte machte eine Pause. „Nun ja“, fuhr sie dann fort, „er war wirklich sehr schwerhörig. Man konnte sich sowieso nicht mehr vernünftig mit ihm unterhalten. Aber weißt du, was mir passiert ist? Du weißt ja, es fing damit an ...“

„Wie auch immer, das Wartezimmer ist voll. Ich habe jetzt wirklich keine Zeit ...“

„Du willst mich nur loswerden!“

„Ich mache dir einen Vorschlag. Ich muss in meiner Mittagspause sowieso in euer Altersheim.“

„Stift, mein Lieber, du meinst ins Stift. Warum hat eigentlich keiner von euch einmal Zeit für mich?“

„Ich habe ja Zeit für dich. Ich komme nachher bei dir vorbei …“

„Ach, das sagst du jetzt nur so …“

„Ich versprech’s. Aber nur, wenn ich ein Aspirin von dir kriege.“

XIV

In seiner Mittagspause fuhr Jürgen ins Stift. Erst zu Oberingenieur Wolf, der eine weiße Mullbinde ums Kinn und ein Blumensträußchen in der Hand hatte, und dann zu Lotte Askoleit, die eine Aspirintablette und eine ausgebreitete Generalkarte der Alpenländer von 1959 auf ihrem Wohnzimmertisch liegen hatte.

Jürgen hatte zu diesem Zeitpunkt schon einen anstrengenden Sprechstundenvormittag, eine Leichenschau bei Oberingenieur Wolf und eine Irrfahrt im Aufzug mit einem Schwadron Rollatoren und einer Riege Stiftsdamen hinter sich. Der Aufzug hatte gnadenlos auf jedem Stockwerk gehalten, Rollatoren waren aus- und eingeparkt worden, man hatte die Aufzugtüren für weitere, am hinteren Ende des Ganges heranrollende Senioren minutenlang aufgehalten, hatte sich ausgiebig über das gerade genossene Stiftsessen (Donnerstag – daher Eintopf) unterhalten und Jürgen war auf Stockwerk vier entnervt ausgestiegen und hatte die letzten Treppen zu Fuß genommen.

So schnaufte er schwer, als er bei Lotte ankam. Die hatte heute das gemeinschaftliche Essen ausfallen lassen, denn was sie an diesem Vormittag erfahren hatte, das hatte ihr wahrlich den Appetit verschlagen.

„Komm herein! Ich verstehe nicht, wie das passieren konnte“, begrüßte sie ihn und humpelte ohne ihren Stock von der Türe zu ihrem Wohnzimmertisch zurück.

„Ich eigentlich auch immer noch nicht“, erwiderte er und folgte ihr.

„Ich hätte mich nie darauf eingelassen, wenn ich geahnt hätte …"

„Ich glaube, ich auch nicht", nickte er.

„Und jetzt stehe ich da", sie schlug mit der flachen Hand auf die ausgebreitete Karte, „und Oberingenieur Wolf hat sich auch aus dem Staub gemacht."

„So könnte man sagen," nickte Jürgen. „Und ich weiß wirklich nicht, warum so plötzlich. Und du, warum hast du diese uralte Karte hier liegen?"

„Na das habe ich dir doch am Telefon schon erklärt! Du hörst mir nicht zu!"

„Wie du meinst", Jürgen zuckte resigniert die Achseln und ließ sich in einen von Lottes Plüschsesseln fallen.

„Vielleicht hätte ich ihn sogar mitgenommen. Zumindest wäre er ein ruhiger Reisegenosse gewesen. Aber das geht ja nun nicht mehr." Sie sah Jürgen vorwurfsvoll an.

„Was denn? Du wolltest verreisen? Mit Oberingenieur Wolf?"

„Na, davon rede ich doch die ganze Zeit", fiel ihm Lotte ins Wort. „Aber was heißt schon wollen? Ich muss!", ihre Stimme zitterte und sie streckte ihm einen computergeschriebenen Brief entgegen.

„Ich wollte doch nur dies Konversationslexikon, oder wenigstens die Hälfte davon, und jetzt passiert mir das."

„Herzlichen Glückwunsch", las Jürgen.

„Die Mafia!", rief Lotte mit klagendem Ton. „Man hört doch ständig davon! Erst reißen sie einem die Handtasche fort und dann mauern sie einen in Beton ein. Karl hätte das nie erlaubt!"

„Was? Du hast den ersten Preis bei diesem Preisausschreiben gewonnen? Eine Busreise für zwei Personen nach Verona? Herzlichen Glückwunsch!"

„Verona!", rief Lotte aus. „Da war ich doch noch nie! Und ich kann auch kein Italienisch! Das geht nicht, Jürgen! Ich meine, da müsste ich mich doch auch impfen lassen vor so einer Auslandsreise. Du musst mir ein Attest schreiben, dass das zu gefährlich ist in meinem Alter! Sieh dir das an!", sie beugte sich über ihre Karte. „Da sitzt man ja tagelang in dieser Hitze im Bus! Und dann die Straßen!"

„Die Karte ist uralt. Da gibt's doch heute eine Autobahn. Verona ist doch gleich hinter dem Brenner. Du musst ja nicht bis Sizilien."

„Das sagst du wieder nur, um mich zu beruhigen! – Und dann das Speiseeis!"

„Welches Speiseeis?"

„Stell dir nur mal vor, es gibt im Hotel Speiseeis! Die verkaufen es dort doch überall. Auf der Straße. Am Strand. Diese Motorroller knattern den ganzen Tag daran vorbei und die Sonne scheint darauf und dann ist es verdorben und dann geben sie es den Touristen in den Hotels."

„Ich finde, du übertreibst."

„Könnt ihr nicht fahren, Jutta und du? Das wäre doch ein schöner Urlaub für euch – ich schenke euch meinen Preis!", Lotte sah Jürgen flehentlich an.

„Jutta und ich? Im Bus nach Verona? Vergiss es."

Es klingelte an der Apartmenttüre.

„Lass nur, ich mache schon auf", Jürgen drückte sich aus dem tiefen Plüschsessel hoch und öffnete.

„Du hier???" Das kam zweistimmig von beiden Seiten der Türe. Wochenlang hatten sie sich nicht gesehen und nun standen sich Jürgen und der Kommissar innerhalb von vierundzwanzig Stunden schon zum zweiten Mal gegenüber, beide erschöpft und mit diesem verquollenen Blick nach einer durchzechten Nacht.

„Herr Kommissar!", Lotte stand wie eine Feldherrin an ihrem Kartentisch. „Waren Sie schon mal in Verona?

Hätten Sie nicht Lust, hinzufahren? Sie haben doch sicher bald Urlaub."

Manfred Groß sah Lotte Askoleit mit rot geränderten Augen an. Sein rosa Shirt war inzwischen wieder trocken. Er hatte es anbehalten müssen, denn in seinem Schrank gab es ja nichts Sauberes mehr. Und außerdem hätte er gar keine Zeit gehabt, nach Hause zu fahren. So hatte er sich im Präsidium eine beigebraune Polizeihose von einem Kollegen geliehen, der trotz seines Alters noch Streife laufen musste, und hatte sein rosa Shirt auf der Polizeitoilette unter dem Händetrockner gefönt.

Er wurde immer noch von Bauchschmerzen und Kopfschmerzen gequält.

„Urlaub?", sagte er. „Frau Askoleit, so wie die Lage sich darstellt, wird daraus in nächster Zeit mit Sicherheit nichts. Wir haben einen Mord. Und was für einen."

„Nett, dass du extra herkommst, um meiner Tante ein bisschen was darüber zu erzählen. Setz dich doch. Sie mag solche Geschichten. Ich hatte übrigens heute auch schon einen Toten. Das scheint nicht unser Tag zu sein."

Der Kommissar sah fahl aus:

„Mir ist heute nicht nach Witzeleien, Jürgen. Nächste Woche wäre ich schon in Urlaub gewesen. Hätte er sich nicht dann erst umbringen lassen können?"

„Wer?", fragten Lotte und Jürgen wie aus einem Mund.

„Buirette", sagte Manfred Groß. „Klaus Buirette."

„Buirette???", kam es zweistimmig zurück.

„Mit dem habe ich doch die Tage noch gesprochen", sagte Jürgen.

„Vor ein paar Tagen war er doch noch ganz munter", sagte Lotte, „was um Himmels willen ist denn passiert?"

„Ihr kennt ihn, alle beide?", der Kommissar sah von einem zum anderen.

„Natürlich, das habe ich dir doch gestern erst erzählt. Ich habe mit ihm wegen der Gerätepreise telefoniert", erwiderte Jürgen. „Sag mal, alter Kumpel, hattest du etwa einen Filmriss gestern Abend?"

Der Kommissar machte eine unwillige Handbewegung und wandte sich an Lotte:

„Und Sie, Frau Askoleit? Woher kennen Sie Klaus Buirette?"

Die beiden Männer sahen Lotte erwartungsvoll an und die beugte den Kopf etwas tiefer über ihren Kartentisch, denn sie merkte, dass sie rot wurde.

„Nun, ich habe ihn kürzlich erst kennengelernt."

Die beiden Herren schwiegen und warteten.

„Es war wegen Karl."

„Tante Lotte, Onkel Karl ist seit Jahren tot."

„Ja eben, darum ging es ja." Sie stützte die Arme auf ihren Kartentisch und richtete sich auf:

„Wenn dieses Einkaufszentrum gebaut wird, dann muss für dieses Riesenprojekt auch die Verkehrserschließung stimmen. Die Leute wollen es heutzutage ja bequem haben mit ihren Autos. Also planen die eine zusätzliche Spur auf der Stadtautobahn."

„Ja und?"

Lottes Stimme bekam einen heiseren Unterton.

„Und die Stadtautobahn führt ja direkt am Altstädter Friedhof vorbei."

„Ja und?", die beiden Herren sahen sie verständnislos an.

„Und", sie fingerte nach einem Taschentuch, „und ganz am Rand, direkt an der Mauer, liegt Karl. Und da kann er dann ja nicht bleiben. Sie müssen ihn verlegen. Sie müssen Karl woanders hintun."

Sie schnäuzte sich und sah auf:

„Jürgen, stell dir das vor. Das ist doch schrecklich. Die

graben dann seine Knochen aus und graben ihn einfach woanders wieder ein."

Sie schnäuzte sich noch einmal kräftig, schniefte noch ein bisschen durch die Nase, richtete sich auf und setzte energisch hinzu:

„Und das kommt überhaupt nicht in Frage. Karl bleibt liegen, wo er liegt. Ich bin gegen das Projekt. Und wenn ihr's genau wissen wollt, ich mache in dieser Bürgerinitiative mit. Herr Buirette war so freundlich und hat mich gefragt, ob ich nicht die stellvertretende Schriftführerin werden könnte. Erst habe ich gesagt, ich bin zu alt dazu, aber dann habe ich es mir überlegt und ich mache es."

Sie schlug mit der flachen Hand auf ihren Kartentisch.

Jürgen und Manfred starrten sie an.

„Du machst da mit nur wegen Karl?"

„Das ist doch meine Sache, oder?"

„Tja," räusperte sich Manfred Groß. „Das ist ja nun die Frage, was aus dieser Bürgerinitiative wird, nachdem Buirette tot ist. Ermordet."

„Nun erzähl doch endlich", sagte Jürgen, „ich muss wieder in die Praxis."

„Wie furchtbar", sagte Lotte, „so ein charmanter Mann."

„Er lag im Pauli-Brunnen", begann der Kommissar. „Ganz oben."

„Du meinst ganz unten, alter Junge", korrigierte Jürgen.

„Ich sagte: Ganz oben", wiederholte Manfred Groß.

„Das geht doch gar nicht", monierte Jürgen.

„Wenn ich es dir doch sagte", die Stimme des Kommissars wurde schärfer. „Ich habe ihn selbst dort liegen sehen. Ganz oben, in der obersten Schale."

„Quatsch", sagte Jürgen, „wie soll er denn da rauf gekommen sein? Das geht doch gar nicht. Weißt du, was du hast? Das nennt man einen alkohol-induzierten Verwirrtheitszustand."

„Er lag in der obersten Schale …", wiederholte Manfred Groß langsam und sehr deutlich.

„… ertrunken, wie schrecklich", flüsterte Lotte.

„Wohl kaum, Frau Askoleit. Dafür ist die Schale zu flach. Er hatte ein Messer im Rücken. Aber das kann es auch nicht gewesen sein. Die Klinge war mit Sicherheit zu kurz."

„Weißt du was, alter Junge, geh einfach nach Hause, schlaf dich erst mal aus und morgen kommst du bei mir in der Praxis vorbei. Wir kriegen dich schon wieder hin. War einfach ein bisschen viel Brandy gestern Abend."

„Hör verdammt noch mal auf, mich wie einen Bescheuerten zu behandeln. Er lag in der obersten Schale. Ich habe ihn heute Morgen mit eigenen Augen dort oben liegen sehen. Und dann bin ich Trottel auf der Leiter ausgerutscht und vor versammelter Mannschaft in das unterste Brunnenbecken gefallen. Kannst du dir die Gesichter meiner Kollegen vorstellen?"

Jürgen sah Manfred Groß einen Moment lang an und dann prustete er los:

„Du bist in den Pauli-Brunnen gefallen? In voller Montur? Du solltest zu saufen aufhören. Das war der Alkoholtremor", Jürgen lachte so sehr, dass sein Bauch über der Hose vibrierte und ihm die Tränen in die Augen traten.

Lotte sah ihn pikiert an, der Kommissar ebenso.

„Ich bitte dich, Jürgen, der arme Herr Buirette …"

„Wenn du dich jetzt bitte mäßigen könntest, ich bin schließlich nicht hier, um dich in deiner Mittagspause zu amüsieren. Ich er-mitt-le hier."

Jürgen wischte sich die Tränen ab und bemühte sich,

wieder ernsthaft zu sein:

„Du ermittelst hier? Bei wem denn? Bei meiner Tante etwa?“

Manfred Groß nickte mit großem Ernst.

„So ist es.“

Lotte, die immer noch vor ihrer Generalkarte stand, sah den Kommissar mit aufgerissenen Augen an:

„Aber ich kenne Herrn Buirette doch kaum.“

„Es geht um einen Zettel. Er steckte mit einem Messer im Rücken des Toten.“

Kommissar Groß winkte Lotte, sie möge sich hinsetzen.

„Das Original ist unter den gegebenen Umständen natürlich feucht und voller Blut und wird im Moment kriminaltechnisch untersucht. Aber es war ein kopierter Zettel, wie er zurzeit hundertfach in Umlauf ist. So einer.“

Er zog aus seiner Lederjackentasche ein Blatt, das er auseinanderfaltete. Lotte erkannte darauf das mühlebrettartige Straßenmuster der Hugenottenstadt und das Logo der Innenstadtinitiative.

„Und so etwas hatte er im Rücken? Wie furchtbar.“

Kommissar Groß nickte, Jürgen griff nach dem Blatt, strich es auf dem Tisch glatt und sagte:

„Und was schließt du daraus?“

„Das liegt ja wohl auf der Hand, oder? Klaus Buirette hatte in seiner Funktion genügend Feinde. Das hat er mir gegenüber auch unumwunden zugegeben. Und dann gab es neulich auf der Bürgerversammlung noch diesen Eklat. Er hat behauptet, dass die Center-Leute ihn bestechen wollten. Mein Problem ist, dass er nicht zum ersten Mal Ziel eines Anschlags war. Möglicherweise haben wir den Brandanschlag auf sein Haus falsch bewertet. Vielleicht hat er an diesem Abend einfach nur Glück gehabt, dass er nicht zu Hause war."

„Und was hat das mit mir zu tun?", Lottes Stimme klang abwartend.

„Ich muss mit den Ermittlungen noch einmal ganz von vorne anfangen. Ich muss alles, was passiert ist, neu sortieren und bewerten. Und da habe ich mich an Sie erinnert."

Lotte machte eine unbestimmte Handbewegung.

„Sie haben mich neulich angerufen, Frau Askoleit. Aber ich muss gestehen, ich kann mich nur noch vage erinnern, worum es ging. Ich habe mir bedauerlicherweise keine Notizen über das Gespräch gemacht. Ich weiß nur noch, etwas an dem Brand kam Ihnen merkwürdig vor. Aber was war es? Ich gestehe offen, ich erinnere mich nicht mehr."

„Ah, also doch retrograde alkoholbedingte Amnesie", murmelte Jürgen und grinste.

„Oh", erwiderte Lotte trocken, „sagten Sie nicht, Sie wollten meinen Hinweis zu den Akten nehmen, Herr Kommissar? Nun gut, ich erkläre es Ihnen trotzdem gerne noch einmal. Es war das Datum, das mich erstaunt hat. Es war der 14. August."

„Genau", schaltete sich Jürgen ein, „und ich hatte natürlich mal wieder Dienst."

„An diesem Tag hat Herrn Buirettes Haus gebrannt", fuhr Lotte unbeirrt fort, „und genau an diesem Tag vor dreihundert Jahren ist schon einmal ganz in der Nähe in der Altstadt ein schreckliches Feuer ausgebrochen. Eigentlich waren es damals nur ein paar Funken, die aus dem undichten Schlot eines Branntweinkessels flogen, aber gerade in diesem Moment kam ein Fuhrwerk mit Ochsen vorbei. Und wie das Unglück es wollte, trafen die Funken ausgerechnet das trockene Heu auf der Ochsenfuhre. Die Tiere gerieten in Panik, der Fuhrmann konnte sie nicht mehr halten. Sie rasten los mit der brennenden Fuhre. Herr Kommissar, gibt es solche Zufälle wirklich? Sie rasten auf einen Stadel zu. Der Stadel war voll Heu, dass Tor stand offen. Hätte nicht jemand die Einfahrt auch zumachen können, Herr Kommissar?"

Sie schwieg einen Moment.

„Und so ist alles verbrannt", setzte sie schließlich hinzu.

„Hm", machte der Kommissar. „Zwei Brände am gleichen Tag."

Er schwieg.

„Das könnte natürlich auch ein Zufall sein."

„Ich sprach ja gerade davon", erwiderte Lotte sanft: „Was ist Zufall, Herr Kommissar?"

Der Kommissar rutschte auf dem Plüschsessel nach vorne. Er fühlte sich sichtlich unwohl.

„Immerhin waren es bei unserem Brand keine zufälligen Funken aus einem Kamin wie vor dreihundert Jahren. Es war Brandstiftung."

„Hm", schaltete sich Jürgen ein. „Ein bisschen merkwürdig ist das schon. Der wortgewaltige Sachwalter unserer historischen Innenstadt wird genau an dem Tag fast das Opfer eines Brandanschlages, an dem es hier schon einmal gebrannt hat. Sehr sinnig, nicht wahr? Und dann liegt er tot im schönsten Brunnen seiner Stadt mit einem seiner Flugblätter im Rücken. Bei so einer Anamnese, würde ich sagen, ist die Diagnose nicht schwer zu stellen. Er muss sich ziemlich unbeliebt gemacht haben."

„Ihr tut euch leicht, ihr Mediziner", das Gesicht von Manfred Groß war noch um einen Schatten grauer als bei seiner Ankunft. „Eure Patienten liegen im Bett. Mein Täter ist fort. Und ich habe keine Ahnung, wo er steckt."

„Sie schaffen das schon, Herr Kommissar", Lotte legte mütterlich ihre Hand auf seinen Arm, „und wenn Sie ihn gefunden haben, dann fahren Sie mit Ihrer lieben Frau in aller Ruhe mit dem Bus nach Verona. Ich würde Ihnen gerne eine Busreise schenken."

„Vielen Dank, Frau Askoleit", sagte Manfred Groß, „aber ich fürchte, daraus wird aus mehreren Gründen nichts."

XV

Manfred Groß und Jürgen Kallfels brachen gemeinsam auf. Lotte sah ihnen noch einen Moment nach, wie sie sich Richtung Aufzug entfernten. Es war ruhig geworden auf den Fluren des Stifts. Die Bewohner hielten ihr Mittagsschläfchen.

„Und, nimmst du das Angebot mit der Busreise an, Manni?"

Manfred Groß lachte trocken auf:

„Klar, sobald Karin zurück ist und ich diesen Mord geklärt habe."

Er trommelte mit den Fingern ungeduldig gegen die Stahltüre des Aufzuges.

„Was wirst du nun als Nächstes unternehmen in deinem Mordfall?"

„Ich muss ganz dringend die Architektin dieses Markgrafen-Centers sprechen, bevor die Geschichte morgen in der Zeitung steht. Möchte wissen, wie sie reagiert, wenn ich ihr erzähle, dass ihr Hauptwidersacher heute Morgen tot im Pauli-Brunnen lag."

„Ist sie hübsch?", Jürgen knuffte ihn in die Seite.

„Hör auf mit dem Quatsch, ich bin im Dienst. – Aber wenn du's wissen willst, ich finde, sie sieht nicht schlecht aus."

Noch während der Aufzug durch das schläfrige Haus nach unten ratterte, telefonierte Manfred Groß mit dem Präsidium, bat darum, man möge schnellstmöglich die Architektin des Markgrafen-Centers auftreiben und wenn irgend möglich mit ihr ein Treffen in einem der Cafés am Schlossplatz arrangieren. Er wollte sich gerade auf dem Parkplatz von Jürgen verabschieden, der wegen der Nachmittagssprechstunde schon nervös auf die Uhr sah, als der Rückruf kam. Ja, in einer Dreiviertelstunde könne die Architektin ein kurzes Treffen einrichten.

Und weil sie so gut aussah, wollte Manfred Groß ihr nicht in seinem rosa Polo-Shirt gegenübertreten. Schon dreimal getragen, verknittert, im Pauli-Brunnen durchweicht, mit Buirettes Blut behaftet, auf einem türkischen Basar von seiner Ex-Freundin erstanden und rosa wie es war.

Die Zeit war knapp. Sie reichte gerade zum Kauf eines kurzärmeligen lindgrünen Herrenoberhemdes, mit dem Manfred Groß nicht wirklich glücklich war. Immerhin aber harmonierte es noch am ehesten mit der geborgten beigebraunen Polizeihose, außerdem war es bügelfrei und belastete sein Budget nicht allzu sehr. Er trug es in der Einkaufstüte zum Café.

Von den Stühlen im Freien waren nur wenige Plätze besetzt. Das Pflaster vor dem Schloss schien sich zu wellen in der Sonne und unter der Markise des Cafés kroch die Hitze in Blasen von Tisch zu Tisch. Er bemerkte, dass er seine Sonnenbrille im Auto vergessen hatte, und drückte die Glastüre zum Lokal auf. Kühle kam ihm entgegen. Er suchte sich einen Zweiertisch am Fenster, legte seine Tüte ab und überlegte, ob er etwas essen sollte, aber sein Magen signalisierte ihm Protest.

Hinter dem geschwungenen Bartresen unter einem raumhohen Spiegel, der eine bunte Flaschenbatterie reflektierte, lehnte die Bedienung. Sie hatte die Arme verschränkt und starrte ins Leere. Es dauerte eine Weile, bis sie ihn wahrnahm. Sie kam mit trägen Bewegungen, den schwarzen Gürtel mit dem Geldbeutel auf der Hüfte, auf seinen Tisch zu. Er bestellte sich einen großen Pfirsich-Eistee, stand auf und verschwand erst einmal auf die Toilette, wo er sich Karins rosa Shirt über den Kopf zog, sein Gesicht unter den Wasserhahn hielt und das neue lindgrüne Oberhemd überstreifte. Er merkte sofort, dass es ein Fehlkauf war. Die Farbe ließ ihn im Spiegel so magenkrank aussehen, wie er sich fühlte, und außerdem schlug der Polyester schon jetzt knisternde Falten. Er stopfte das rosa Shirt und die Einkaufstüte in den kleinen Abfalleimer in der Herrentoilette und ignorierte den irritierten Blick der Bedienung, als er in Lindgrün statt in Rosarot an seinen Fensterplatz zurückkehrte.

Vielleicht wäre es besser gewesen, er hätte nicht so lange auf die Architektin warten müssen. Der Blick aus dem bodentiefen Fenster hinaus auf den staubigen, mittagsmüden Platz deprimierte ihn.

In der Mitte, auf dem Sockel des Markgrafendenkmales, lungerten ein paar Schüler, zwei große Wasserflaschen neben sich.

Die Bäume rund um den Platz in den ausgesparten Karrees zwischen dem Kopfsteinpflaster verloren schon die ersten Blätter. Wahrscheinlich goss sie niemand.

Ein auswärtiges Auto kam von links in sein Gesichtsfeld. Der Fahrer war ahnungslos durch das Einbahnstraßengewirr Richtung Schloss gefahren und hier war Schluss. Nun rangierte er entnervt zwischen den auf allen Seiten aufgestellten Pfosten, um der Falle wieder zu entkommen.

Manfred Groß nahm einen Schluck von seinem Eistee. Die Eisstückchen im Glas klapperten und er spürte, wie die Kälte des Getränkes in seinen Magen biss.

Die Achterreihen der Fenster im linken Schlossflügel, den er von seinem Sitzplatz aus sah, waren alle fest geschlossen gegen die Hitze. Manfred Groß dachte an die staubigen, halb dunklen Räume dahinter, in denen die wenigen Universitätsangestellten, die jetzt noch nicht in Urlaub waren, versuchten, sich aus dem Verdauungstief herauszuarbeiten.

Der Universitätsgründer selbst stand fest auf seinem Sockel in der Mitte des Platzes und blickte geradewegs hinüber zum Pauli-Brunnen. Manfred Groß sah das Standbild nur im Profil. Er bemerkte mit Verwunderung, dass der bronzene Mantel und der Hinterkopf der Statue so meergrün leuchteten wie das Wasser in einer sandigen Bucht. Verdammt, er brauchte endlich Urlaub. Dann würde es auch seinem Magen wieder besser gehen.

Nur unterhalb des rechten Ohres der Statue war ihr Profil schwarz verfärbt, als habe man ihr an dieser Stelle in den Kopf geschossen und schwarze Bronze sei herausgelaufen.

Ja, er war urlaubsreif.

Wie war es nur möglich, jemanden auf einem so weiten Platz ohne Zeugen umzubringen? War dieser Platz nicht eine riesige Bühne mit unzähligen Fenstern, alles Logenplätze für einen Mord? Gab es in dieser Arena nicht Hunderte von Augen, denen nichts entging, was in diesem Geviert geschah?

Aber all die Zuschauer gingen irgendwann am Ende eines Tages nach Hause. Die Scheinwerfer und die Straßenlaternen leuchteten weiter, aber die nächtliche Arena war leer, das Publikum war fort und es war die Frage, wer, außer dem bronzenen Universitätsgründer, den Matador, Klaus Buirette, bei seinem letzten Auftritt noch gesehen hatte.

Da kam sie.

Sie trug eine schwarze knöchellange Hose und eine ärmellose Bluse und dazu signalorange leuchtende Turnschuhe und eine gleichfarbige viereckige Umhängetasche. Das ließ sie sehr jung aussehen. Sie lief mit entschlossenen Schritten auf das Café zu, blieb einen Moment im Freien stehen, ließ den Blick über die Stuhlreihen streifen und drückte dann die Eingangstüre auf. Manfred Groß erhob sich ein wenig von seinem sonnengelb gepolsterten Kaffeehausstuhl und sie kam direkt auf ihn zu.

„Ich habe mir schon gedacht, dass Sie dieser Kommissar sind, der mich herbestellt hat", sagte sie statt einer Begrüßung und Manfred Groß hatte das Gefühl, dass ihr Blick einen Moment zu lange abschätzig an seiner geborgten Polizeihose hängen geblieben war.

„Worum geht es denn?", während sie sich zu ihm setzte, sah sie auf ihre überdimensionale Armbanduhr und legte ein silbernes Handy neben seinen Eistee.

Der Kommissar sah sie an und schwieg. Sie hatte streichholzkurzes, blauschwarz gefärbtes Haar und schon mehr Fältchen um die Augen, als er erwartet hatte. Ihre nackten Oberarme waren schmal, aber gut definiert. Sie machte mit Sicherheit regelmäßig Krafttraining. Noch ein Pluspunkt für sie.

Sie legte den Kopf schräg und sah ihn unverwandt an.

Er beschloss, sie noch ein wenig zappeln zu lassen. Aus dem Hintergrund hörte man Stimmengemurmel und das Zischen der Espresso-Maschine.

„Sie wissen, worum es geht?"

„Natürlich nicht."

Sie wirkte kühl und selbstsicher.

„Wenn Sie hier aus dem Fenster sehen, rechts, weiter nach rechts, was sehen Sie dann?"

„Was soll das?"

Die Bedienung kam, nahm ihre Bestellung für ein Mineralwasser und einen doppelten Espresso auf.

„Nun, was sehen Sie?"

„Was soll das?", wiederholte sie. „Aber bitte: Ich sehe einen leeren Platz, dann ein paar Marktstände, kaum Kundschaft, schlecht gehende Geschäfte."

„Denken Sie immer nur an Umsatzzahlen?"

Sie war wirklich attraktiv und Manfred Groß ärgerte sich, dass er so ruppig zu ihr sein musste.

„Unter anderem dafür werde ich bezahlt. So wie Sie offensichtlich für merkwürdige Fragen."

„Sie sehen den Brunnen zwischen den Marktständen?"

Sie wandte sich zur Bedienung, die gerade mit der Bestellung kam, und nickte ohne hinzusehen:

„Scheußlich, dieser Gründerzeit-Schwulst."

„Tja, es kommt eben darauf an, mit welchen Augen man die Vergangenheit betrachtet. Die meisten mögen das hier. Sie wollen keine Veränderungen. Sie wollen, dass das alles so bleibt. Die Marktstände. Der Platz. Und der Brunnen. Klaus Buirette mochte ihn sicher auch. Bis er heute Nacht dort umgebracht wurde."

Es war schwer, ihre Reaktion abzuschätzen. Die Unterlider ihrer Augen zogen sich, soweit er das von der Seite sah, einen Moment zusammen. Sie griff nach ihrer orangen Tasche, holte eine Sonnenbrille heraus, wollte sie aufsetzen, legte sie aber dann ostentativ auf den Tisch und sah ihn sehr direkt an.

„Haben Sie mich deshalb herbestellt?"

„Möchten Sie nicht wissen, wie er gestorben ist?"

Sie nickte knapp und nahm einen Schluck Wasser.

„Man hat ihn heute Morgen in der obersten Brunnenschale liegend gefunden. Er hatte ein Messer im Rücken mit einem Flugblatt der Innenstadtinitiative."

„Und da haben Sie sofort an mich gedacht."

„Ein paar Tage nachdem er ziemlich spektakulär auf einer Bürgerversammlung Ihren Bestechungsversuch öffentlich gemacht hat, wird er ermordet."

„Meinen Bestechungsversuch?! Ich bitte Sie! Dazu können Sie sich Folgendes merken. Erstens: Wenn daran überhaupt etwas Wahres gewesen sein sollte, was wir jetzt ja nicht mehr klären können, so kann es sich dabei nur um ein internes Gesprächsangebot gehandelt haben, mehr nicht. Zweitens: Ich bin Angestellte, nicht Betreiberin des Projekts."

„Aber Sie verdienen doch gut daran?"

„Natürlich werde ich anständig bezahlt. Es ist ja auch ein heikles Projekt, sowohl architektonisch als auch hinsichtlich der öffentlichen Akzeptanz. Wir wollen ja schließlich, dass die Leute gerne zum Einkaufen in das Center kommen, wenn es fertig ist."

„Und dafür dürfen Sie schon mal eine Million Euro Schweigegeld anbieten?"

„Selbst wenn es so gewesen wäre, Herr Kommissar, was ist schon eine Million bei einem Investitionsvolumen von hundert Millionen? Das ist gerade mal ein Prozent!"

Der Kommissar stutzte einen Augenblick:

„Vielleicht war ihm das zu wenig? Vielleicht hat er mehr gefordert?"

Nun allerdings war ihre Reaktion eindeutig. Sie knallte ihre Espressotasse auf den Unterteller, ihre Augen waren jetzt schmal wie die eines Eskimos und sie fauchte:

„Jetzt reicht's aber, Herr Kommissar. Das muss ich mir wirklich nicht bieten lassen. Ihre Fantasie scheint mit Ihnen durchzugehen. Ich nehme mal an, Sie haben keine weiteren Fragen? Ich jedenfalls habe gleich einen wichtigen Termin. Guten Tag."

Sie musterte ihn knapp und fügte hinzu:

„Bei weiteren Fragen wenden Sie sich an mein Büro."

Dann stand sie auf, packte ihre signalfarbene Tasche

und rauschte hinaus. Er sah sie schräg über den Platz stürmen und erst jetzt fiel ihm auf, dass sie nicht einmal ihren Espresso und das Wasser bezahlt hatte.

„Schade“, dachte er, „ich mag temperamentvolle Frauen. Ich hätte Mutter mit ihren Rouladen abbestellen können. Aber daraus wird jetzt wohl nichts.“

XVI

Die Hitzewelle nahm kein Ende. Während am Schlossplatz vertrocknete Blätter von den Bäumen auf das Kopfsteinpflaster segelten und die Erlanger Bürger am nächsten Tag sich nach der Lektüre ihrer Morgenzeitung mit wohlig schaudernder Neugier den Tod von Klaus Buirette im Pauli-Brunnen vorzustellen versuchten, wartete Manfred Groß auf die Anrufe.

Die Zeitung hatte nachdrücklich dazu aufgerufen, alle Beobachtungen, die auch nur entfernt mit den Ereignissen am Marktplatz im Zusammenhang stehen könnten, an eine eigens geschaltete Rufnummer zu melden.

Bis zum späten Vormittag hatte Manfred Groß zwei Zeugenaussagen vorliegen. Eine Anruferin aus der Goethestraße teilte mit, dass sie irgendwann nachts eine Gruppe von randalierenden Jugendlichen gehört habe, aber es schon lange aufgegeben habe, deshalb aus dem Fenster zu sehen. Eine zweite rief an, um sich zu beschweren, dass ihr gestern Morgen der Zugang zu ihrem gewohnten Markthändler neben dem Pauli-Brunnen wegen der laufenden Ermittlungsarbeiten verwehrt worden sei, was sie überhaupt nicht verstehen könne, schließlich sei der Ermordete ja nicht in dem Verkaufsstand zwischen den Radieschen liegend gefunden worden.

Daraufhin beschloss Manfred Groß, den Schwerpunkt seiner Ermittlungen erst einmal zu verlagern.

Im Gehen drückte ihm jemand eine Mappe mit den Obduktionsergebnissen in die Hand. Er ging zu seinem Wagen, warf die Mappe ungelesen neben sich auf den

Beifahrersitz und fuhr los.

Die vierspurige Strasse stadtauswärts nach Osten führte direkt an dem riesigen Firmengebäude vorbei, aber weit und breit war kein Parkplatz zu finden. Während Manfred Groß eine Schleife nach der anderen fuhr, wurde ihm bewusst, dass er wieder nicht gefrühstückt hatte. Er klemmte seinen Wagen schräg auf den Bürgersteig hinter einen Hydranten und lief zurück zu dem Bürogebäude.

Na also, da war ja der rote Schriftzug des allseits vertretenen Erlanger Backimperiums. Mochte es auch keine Postfilialen in der Stadt mehr geben und keine Lebensmittelgeschäfte, Bagels, Muffins und Ciabattas wurden jedenfalls an jeder Ecke aufgebacken. Er bestellte sich einen Cappuccino und eine Laugenbreze. Die war noch wunderbar lauwarm und schmeckte intensiv nach frischem Teig und Salzlauge. Er stellte sich mit seinem Pappbecher an eines der Stehtischchen am Fenster.

Genau gegenüber lag das Bürogebäude, eine hoch aufragende Schachtel mit ein paar Antennen als Ausrufezeichen darauf, quer dazu ein zweites, niedrigeres Gebäude. „Grün und weiß“, dachte Manfred Groß, „wie mein Brötchengeber.“ Er versuchte die Fenster zu zählen, aber all die gleichförmigen gläsernen Rechtecke verschwammen ihm vor den Augen, er verbrannte sich an dem Cappuccino den Mund und beschloss, den Pappbecher erst einmal mitzunehmen. Er überquerte die Straße und ging auf das Gebäude zu.

Hinter ihm ratterte es. Er drehte sich um und sah einen Mann, der trotz der Temperaturen einen dunklen Anzug trug, einen kleinen Rollenkoffer hinter sich herzog, mit hochgezogener Schulter eine flache Umhängetasche trug und dabei ziemlich schnell in ein Klapphandy sprach. Manfred Groß ließ den Mann vorbei und folgte ihm. Ein langes, überdachtes Entree führte wie bei einem Luxushotel auf den Eingang zu, nur dass es hier keinen roten Teppich gab und am Ende kein farbiger Liftboy in Fantasieuniform wartete, sondern eine sehr junge, sehr ernste Dame hinter einem sehr eleganten Tresen. Sie sah ihn so streng an, wie es von ihr erwartet wurde.

Manfred Groß stellte erst einmal seinen Pappbecher mit dem Kaffee auf ihrem Tresen ab und sagte dann:

„Ich komme wegen Herrn Buirette."

Die sehr strenge, sehr junge Dame sah ihn an, als habe sie hier eine Festung zu verteidigen.

„Herrn Buirette?"

„Richtig. Er arbeitet hier im Vertrieb."

„In welcher Angelegenheit, wenn ich fragen darf?"

Manfred Groß schob den Pappbecher etwas zur Seite und sah die junge Dame seinerseits nun ohne ein Wort zu sagen so streng an, dass sie noch etwas von ihm hätte lernen können.

„Es tut mir sehr leid, es ist nur so", sie räusperte sich, „er ist leider nicht im Hause."

„Das kann ich mir denken", knurrte Manfred Groß. „Kriminalpolizei, ich ermittle in der Mordsache Buirette. Ich hätte gerne seinen Vorgesetzten gesprochen."

Das Mädchen warf einen Blick auf seinen Dienstausweis und trat ein paar Schritte von ihrem Tresen zurück, um zu telefonieren.

Manfred Groß nahm einen Schluck aus seinem Pappbecher auf dem Tresen und sah sich um.

In einer spiegelnden Vitrine hing ein dezent ausgeleuchtetes Plakat mit einer Gruppe von Weißbekittelten, die an einem Schreibtisch saßen, den Stift in der Hand, der Problemlösung auf der Spur. Sie saßen da in schöner

Ausgewogenheit, drei Männer und drei Frauen. Zwei der Frauen waren Asiatinnen mit undurchdringlich-freundlichem Gesichtsausdruck, die dritte war eine blonde Frau. Von den Männern war einer ein Farbiger. Aber man erkannte an der silbern geränderten Brille sofort, dass er ein intellektueller Farbiger war. Nicht dass etwa jemand auf die Idee kommen sollte, diese Weltfirma mache mit rückständigen Dritteweltländern Geschäfte.

„Tut mir leid, wenn ich Sie habe warten lassen. Aber nun kann ich Ihnen kurzfristig in Ihrer Angelegenheit einen Termin mit unserem Herrn Dr. Dorstett anbieten."

Sie sagte das mit einem fast ungläubigen Stolz, als habe man ihr gerade eine Sondergratifikation zugesagt.

„Und wo finde ich den?", Manfred Groß hatte sich schon in Richtung auf die Aufzüge in Bewegung gesetzt.

„Ich begleite Sie gerne", das klang so entschlossen, als habe die strenge junge Dame vor, widerwillig aber höchst persönlich die Zugbrücke für den Eindringling herunterzulassen.

„Möchten Sie Ihren Kaffee mitnehmen?"

Manfred Groß sah sie mit seinem Pappbecher nahen, der auf dem glänzenden Tresen einen hässlichen feuchten Ring hinterlassen hatte.

„Lassen Sie nur, vielleicht hat ja Ihr Herr Dorstett einen Kaffee für mich."

„Dr. Dorstett", sagte sie sanft und drückte eigenhändig die Aufzugstaste.

„Sie erlauben, dass ich vorausgehe", sagte sie, als sie ziemlich weit oben angekommen waren. Offenbar hatte sie Anweisung, den Eindringling persönlich zu übergeben. Der Teppichboden schluckte jegliches Geräusch ihrer gerade noch businesstauglichen Absätze. Ihr Hinterteil bewegte sich vor ihm dynamisch und appetitlich in einem kniekurzen Rock.

Kommissar Groß schaffte es dennoch, im Gehen in ein paar der weit offen stehenden Türen zu schauen. Dahinter sah es überall gleich aus. Flachbildschirme, Stahlrohrschreibtische, Ständerwände, ergonomische Schreibtischstühle. Grau. Aktenordner an den Wänden. Lamellenvorhänge vor den Fenstern. Kaffeetassen auf den Schreibtischen. Auf einer Pinnwand neben einer Weltkarte las er in großen Buchstaben das Wort „Eruption". Das kam ihm so passend vor wie eine Sambatänzerin in der Negev-Wüste.

Der Rock vor ihm bewegte sich immer weiter den lautlosen grauen Flur entlang.

Gerade schoss ihm der Gedanke durch den Kopf, dass es im ganzen Kommissariat keine einzige Sekretärin von diesem Format gab, da blieb sie stehen und klopfte rechts an einer Türe. Dahinter war ein Raum in der dreifachen Größe seines Dienstzimmers mit einer sehr hübschen Sekretärin, die ihm aufgrund ihrer schon in sitzender Position gut sichtbaren, erheblichen Oberweite sofort noch besser gefiel als seine Begleiterin.

„Hier bringe ich Ihnen Herrn Kommissar Groß", sagte die, als sei sie dabei, eine eben unter Lebensgefahr festgenommene Geisel richtig zu überstellen.

„Meinen Sie, ER", sie nickte ehrfürchtig in Richtung auf eine weitere, geschlossene Türe, „kann es wirklich einrichten?"

Die andere hinter ihrem Schreibtisch nickte wohlwollend und herablassend und flötete:

„Das lassen Sie mal meine Sorge sein. Sie können jetzt gehen."

Schade, zwei hübsche Sekretärinnen waren besser als eine. Er hörte noch nicht einmal, wie die hohen Absätze sich auf dem Flur entfernten.

„Sie können gerne hier eben noch für einen Moment Platz nehmen", sagte die Oberweite hinter dem Schreibtisch. „Und wenn Sie mir bitte sehr nochmals Ihren Dienstausweis und Ihr Visitenkärtchen reichen würden."

Die bayerische Polizeiordnung sah das Mitführen von Visitenkärtchen nicht vor, was von der Oberweite schweigend, aber mit unverhohlenem Misstrauen registriert wurde.

Man ließ ihn ohne Kaffee warten. Gelegentlich summte das Telefon, aber aus den kurzen Gesprächsfetzen konnte Manfred Groß nicht entnehmen, woran Dr. Dorstett und die Oberweite hier eigentlich arbeiteten. Jedenfalls schien es wichtig zu sein. Auf ein weiteres Summen ihres Apparates stand sie auf und kam auf ihn zu. Oh, das war wirklich beachtlich.

„Wenn ich vorausgehen darf?!", sie klopfte an einer Türe, die von ihrem Vorzimmer weiterführte, und ließ ihm den Vortritt. Er ging nahe an ihr vorbei und sah ziemlich weit vorne einen schlammgrauen, sehr edlen Schreibtisch stehen mit einem sehr voluminösen Schreibtischsessel und einem sehr intensiv telefonierenden Dr. Dorstett, der, den Hörer zwischen Ohr und Schulter geklemmt, sich mit einem Füllfederhalter Notizen machte und ihn mit einer kurzen Kopfbewegung auf den Stuhl vor dem Schreibtisch wies.

Dr. Dorstett ließ sich nicht stören, offenbar war er sich sicher, dass sein Gegenüber sowieso nichts von dem Gespräch verstehen würde. So war es auch. Es ging um irgendwelche Zahlen, die Dorstett notierte. Manfred Groß sah aus dem großen Doppelfenster hinter dem Schreibtisch.

Sie mussten fast bis ins oberste Stockwerk gefahren sein. Der Blick war jedenfalls spektakulär. Er reichte über die Dächer des Stadtostens bis weit über den sommerlich-diesigen Reichswald.

Dorstett legte auf.

„Ich weiß nicht, wie es Ihnen geht, ich persönlich schätze diese Headsets im Büro nicht."

Kommissar Groß hätte erwidern können, dass die bayerische Polizeiordnung Headsets im Büro ebenso wenig vorsah wie Visitenkärtchen. Aber vielleicht wollte Dorstett damit auch nur ein Statement abgeben, dass der Verkauf des Handysegments durch seine Firma die unternehmerisch richtige Entscheidung gewesen war. Bei diesen Burschen wusste man ja nie.

Kommissar Groß hatte vor kurzem in Nürnberg an einer Polizei-Fortbildungsveranstaltung zur nonverbalen Kommunikation erfolgreich teilgenommen. Man machte ihm also hier nichts vor.

Er wusste, was es zu bedeuten hatte, dass Dorstett hinter seinem schlammfarbenen Schreibtisch sitzen blieb, nicht um seinen Kommandostand herumkam, um ihm die Hand zu geben, ihn nicht in seine Sitzecke bat und ihm auch keinen Kaffee anbot.

Dr. Dorstett schraubte seinen Füllfederhalter zu und legte ihn akkurat neben seine Notizen auf die lederne Schreibunterlage. Manfred Groß hatte schon lange niemanden mehr gesehen, der einen Füllfederhalter benutzte. Im Kommissariat gab es nur weißgrüne Kulis.

„Sie kommen wegen unseres Herrn Buirette?"

„So ist es. Sie haben heute davon in der Zeitung gelesen?"

„Exakt. Er lag in diesem Marktplatz-Brunnen? Wie das? Woran ist er gestorben?"

Oh Gott, der Obduktionsbericht. Wo war der? Im Auto? Im Stehkaffee? Bei der Zugbrückenwächterin?

„Der Obduktionsbericht ist gerade erst fertig geworden, ich, ähm, hatte bedauerlicherweise noch keine Gelegenheit, ihn einzusehen …“

„Ach“, sagte Dr. Dorstett in einem Tonfall, als wollte er sagen: „Vielen Dank für das Gespräch, aber für unser Unternehmen wären Sie definitiv ungeeignet.“

„Nun“, kam es spöttisch: „vielleicht können Sie das ja bei Gelegenheit nachholen, Herr Kommissar, und ich kann Ihnen einstweilen dennoch behilflich sein.“

Er stand auf und trat ans Fenster. Die Anzugjacke saß präzise auf den Schultern, die Anzughose fiel faltenlos bis genau auf den richtigen Punkt der dunklen Lederschuhe.

„Sie sind – das heißt Sie waren – der Vorgesetzte von Herrn Buirette?“

Dr. Dorstett lächelte ein feines Lächeln:

„Nicht der unmittelbare Vorgesetzte, neinnein, da liegt schon noch ein bisschen was dazwischen. Aber ich will Sie mit unseren firmeninternen Strukturen nicht langweilen. Unsere Dame vom Empfang hat es eben gut gemeint und wir sind als Unternehmen ja auch an einer aktiven, vertrauensvollen und verantwortungsbewussten Kommunikation mit allen öffentlichen Entscheidungsträgern interessiert.“

Er lächelte Manfred Groß zuversichtlich an.

„Aber ich kenne Herrn Buirette natürlich seit Jahren. Einer unserer erfolgreichsten Außendienstler. War jahrelang für uns in der Welt unterwegs, Fernost und so weiter, das kann ich Ihnen alles zusammenstellen lassen. Wollte dann mal wieder vor Ort sein, arbeitet jetzt als Vertriebsbeauftragter für Nordbayern/Thüringen.“

Er machte eine kurze Pause.

„Arbeitete, um präzise zu sein. Tja, was wäre unser Unternehmen ohne solche Männer. Eine starke Persönlichkeit.“

„Diesen Eindruck hatte ich auch von ihm. Aber eine

nicht unumstrittene, nicht wahr? Wie standen Sie zu seinem Engagement in Sachen Markgrafen-Center?"

„Ach wissen Sie", Dr. Dorstett kontrollierte mit einer knappen Bewegung den Sitz seiner matt glänzenden Manschettenknöpfe, „ach wissen Sie, er war ja verwurzelt in dieser Stadt, das findet man heute selten. Alte Hugenottenfamilie, damals gottweißwann aus Frankreich eingewandert. Er hat mir erzählt, dass er definitiv noch Hugenottenblut in seinen Adern hat. Nun ja, da hat man möglicherweise ein anderes Verhältnis zu den Dingen als wir Zugereisten. Wir nehmen diese Provinzpossen vielleicht nicht immer ganz so ernst", er lachte kameradschaftlich.

„Aber", fuhr er fort, „ganz abgesehen davon. Sein Engagement entspricht – entsprach – auch durchaus unserer Firmenphilosophie. Corporate Citizenship, Sie wissen, was ich meine?"

Manfred Groß räusperte sich.

Dr. Dorstett steckte die rechte Hand ganz leicht in die Hosentasche, wechselte Standbein und Spielbein und plauderte weiter wie in einem seiner Führungsseminare:

„Corporate Citizenship – das ist unser Engagement für diese Gesellschaft und ihren Wertecodex, das ist das Leitbild, nach dem wir erfolgreich handeln. Es prägt unsere Firmenkultur seit den Gründungszeiten und wird es auch in Zukunft tun. Verantwortung. Nachhaltigkeit. Innovation. Kundenfokus. Das ist unsere Strategie. Mit einem Wort: Corporate Responsibility."

Er sah Manfred Groß siegesgewiss an.

„Tja", sagte Manfred Groß, „und was heißt das jetzt konkret? Er hat ja mit seiner Bürgerinitiative ordentlich auf den Putz gehauen."

„Noch einmal", Dr. Dorstett bemühte sich um Geduld und Nachhaltigkeit, „Corporate Citizenship bedeutet in unserem Verständnis eine Unternehmenskultur, die auf der Verantwortung des Einzelnen und dem Engagement für die Gesellschaft basiert. Wir haben für uns insgesamt drei Felder definiert, auf die unser Unternehmen seinen Beitrag fokussiert. Erstens …"

„Also", unterbrach Manfred Groß, „das heißt, Ihre Firma hatte nichts gegen Buirettes lautstarken Protest?"

„So dürfen Sie es gerne auch formulieren. Unser Unternehmen pflegt seit jeher eine produktive Streitkultur."

Er hatte nun die linke Hand in der Hosentasche, den rechten Ellenbogen auf das marmorne Fensterbrett aufgelegt und die Rechte spielerisch zur Faust geballt. Manfred Groß fiel auf, dass es genau die Haltung war, die auch der Vorstandsvorsitzende auf dem Foto über der Sitzecke einnahm.

„Und dann hätte ich noch eine zweite Frage."

Dr. Dorstett nickte aufmerksam.

„Dem Mord an Buirette vorausgegangen ist ein Brandanschlag auf sein Haus. Er selbst hatte Glück. Er war an dem Abend nicht zu Hause, sondern bei einer Frau, deren Namen er uns nicht preisgegeben hat. Offenbar war es eine Mitarbeiterin Ihrer Firma. Ich muss sie dringend sprechen. Wissen Sie, mit wem in Ihrem Hause Buirette ein Verhältnis hatte?"

Es war deutlich, dass Dr. Dorstett lieber noch weiter über Leistung, Strategie, Effizienz und Innovation gesprochen hätte.

„Flurfunk", bellte er, „ich bitte Sie. Wir mischen uns nicht ins Privatleben unserer Mitarbeiter."

„Das heißt, Sie können mir keinen Namen nennen?"

„Definitiv nein. Mich interessieren Ergebnisse. Keine Affären." Aber Manfred Groß ließ nicht locker:

„Herr Dorstett, es geht hier um Brandstiftung und um Mord."

Dorstett ging mit langen Schritten zu seinem schlammgrauen Schreibtisch, trat hinter seinen Kommandosessel und stützte sich mit beiden Armen auf die Lehne:

„Verstehen Sie mich recht, Herr Kommissar, Buirette war im Außendienst. Ich bin nicht mit dem Tagesgeschäft befasst. Man sieht sich natürlich bei gewissen Gelegenheiten. Mehr aber auch nicht. Ich will Ihren Ermittlungen keineswegs im Wege stehen. Vielleicht sollten Sie ...", er umrundete seinen Kommandosessel, beugte sich zu seinem Schreibtisch, stützte sich mit der Linken auf, griff im Stehen nach der Maus, die zu dem stahlgrauen, glänzenden Laptop auf der linken Schreibtischhälfte führte, klickte ein paar Mal und fuhr dann fort:

„... vielleicht sollten Sie nächste Woche an unserer Informationsveranstaltung teilnehmen, die er regelmäßig organisiert hat. Er selbst kann sie ja nun nicht mehr leiten, aber da treffen Sie alle seine Mitarbeiter von der Technik und vom Vertrieb. Ich drucke Ihnen den Termin aus."

Der Drucker schnurrte, Dorstett zog ein Papier heraus und dann kam er doch tatsächlich um seinen schlammgrauen Kommandostand herum, reichte den Terminzettel Manfred Groß, der sich schnell von seinem Stuhl erhob, drückte ihm die Hand und sagte:

„Es hat mich gefreut. Ein Erfolg Ihrer Arbeit ist auch im Sinne unseres Unternehmens."

Manfred Groß war schon auf dem Weg zur Türe, da hörte er noch einmal Dorstett hinter sich:

„Klare Ziele, konkrete Maßnahmen, eindeutige Konsequenzen. Das ist meine Handlungsmaxime. Ich nehme doch an, das gilt auch für Ihre Arbeit, Herr Kommissar."

Tja, und dann geleitete ihn die Oberweite persönlich über die lautlosen Flure, mit dem schnurrenden Fahrstuhl abwärts an der Zugbrückenwächterin vorbei bis zur Türe und Manfred Groß war zu beeindruckt, um sie auf einen Kaffee einzuladen.

Am Auto angekommen, fiel ihm wieder der Obduktionsbericht ein. Er lag auf dem Beifahrersitz. Manfred Groß ließ sich auf den Sitz fallen, schlug den Bericht auf und was er da las, damit hatte er nicht gerechnet.

XVII

Im Kommissariat wurde Manfred Groß schon erwartet. Die Sekretärin stand mit einer gelben Plastikgießkanne am Fenster und goss ihren rachitischen Königsfarn. Manfred Groß konstatierte einmal mehr, dass der Polizeidienst offensichtlich keine Anziehungskraft auf Sekretärinnen mit Idealmaßen ausübte.

„Wenn Sie nicht bald gekommen wären, hätte ich die Zeugin wieder weggeschickt", die Sekretärin sammelte mit spitzen Fingern die vertrockneten Blätter von der Blumentopferde.

„Soll ich sie jetzt reinholen?"

Die Sekretärin warf die verwelkten Blätter in den Papierkorb und ging an Manfred Groß vorbei, um die Zeugin zu holen. „Man sollte diese geblümten Hosen und diese Fußbett-Sandalen verbieten und alle Grünpflanzen rausschmeißen", dachte Manfred Groß, „wir sind doch hier nicht im Waldorf-Kindergarten, hier ist die Mordkommission! Klare Ziele! Konkrete Maßnahmen! Eindeutige Konsequenzen!"

Er ging nach nebenan in sein Büro, warf den Obduktionsbericht auf seinen Schreibtisch und sah missmutig auf das Papier-Chaos und seinen unbequemen Bürostuhl.

„Kann der Hund mit rein?"

„Welcher Hund?"

„Sie hat einen Hund dabei."

Die Sekretärin fächelte sich mit irgendeinem Schriftstück Luft zu und Manfred Groß dachte: „Warum hat sie eigentlich dieses Klimakteriumsrot in den Haaren, Dorstett käme so was nicht in sein Vorzimmer."

„Ist mir egal", knurrte er, „Hauptsache, ich kriege einen Kaffee."

„Die Maschine ist kaputt, es gibt nur Pulverkaffee."

„Die Maschine ist doch schon seit zwei Wochen kaputt!"

Die Sekretärin zuckte fatalistisch die Schultern.

„Ich hab's weitergemeldet. Mehr kann man nicht machen."

„Kann ich jetzt reinkommen?"

Manfred Groß sah zunächst nur einen von einer Baseball-Kappe verschatteten Kopf mit einem blonden Pferdeschwanz in der Türe.

Dann hörte er das trockene Trappeln von Hundepfoten auf dem Linoleum. Ein großes weißes Etwas kam auf ihn zu, wedelte fast raumfüllend mit einem buschigen Schwanz, setzte sich auf die Hinterpfoten und sah Kommissar Groß freudig und erwartungsvoll an.

„Das ist Benno. Tut mir leid, er ist noch jung und sehr verspielt."

„Und wer sind Sie?"

„Anne Berthold", sie sah von ihrem Hund hoch, streckte ihm ihre Hand entgegen, Manfred Groß sah ihr ins Gesicht und dachte: „Welch ein Tag. Wie kann jemand solche Augen haben."

Er wies wortlos auf den Besucherstuhl an der Schmalseite seines Schreibtisches, schob einen Aktenstapel zur Seite und drehte seinen Bürostuhl so, dass er ihr ins Gesicht sehen konnte. Der Hund Benno legte sich neben sie, die Schnauze auf den Vorderpfoten, sein Fell an der Flanke war feucht.

„Tut mir leid, wenn ich in so einem Aufzug hier erscheine, aber ich musste mit dem Fahrrad kommen und den Hund mitnehmen."

Zwischen der abgeschnittenen Jeans und den Turnschuhen waren ihre Unterschenkel von diesem schmelzenden Bronzeton, wie er erst am Ende des Sommers entsteht.

„Ich habe es einfach nicht länger ausgehalten."

Sie hatte ihre Beine nicht übereinander geschlagen, sondern sie parallel nebeneinander gestellt.

„Ich bin die Frau, die Sie suchen, Herr Kommissar."

„Ja", dachte Manfred Groß, „ja. Das bist du."

Sie senkte ihren Kopf, sodass er nur das Markenlogo auf ihrer Kappe sehen konnte, und sagte leise:

„Ich muss Ihnen etwas gestehen … Ich bin die Frau, die Sie suchen … Ich bin die Geliebte von Klaus Buirette."

Manfred Groß starrte sie einen Moment lang an, wie sie da saß mit den braunen Beinen, die linke Hand im Fell ihres Hundes und dachte:

„Quatsch. Das kann nicht sein. Damit hast du nichts zu tun. Du siehst aus, als wärest du direkt aus einem blauen See gestiegen ..."

Er straffte sich, räusperte sich nachdrücklich und laut, drehte abrupt seinen Bürostuhl von ihrem Gesicht fort, in eine exakte Linie zu seinem Schreibtisch, und erwiderte:

„Und? Was haben Sie mir zu sagen?"

Der Hund Benno hob einen Moment seinen Kopf, als sie anfing. Kommissar Groß starrte auf seine Papierstapel.

„Wir kennen uns aus der Firma. Es hört sich so banal an, weil er mein Chef war. Aber irgendwann fing es eben an. Ich hab ihn wirklich gemocht. Er war wie – wie ein riesiger Baum."

„So", knurrte der Kommissar in Richtung seiner Papierstapel, „soso, wie ein Baum. Mit anderen Worten, Sie hatten eine dieser Büroaffären. Und wie lange ging das schon so?"

„Schon eine ganze Weile."

Wie lange ist eine ganze Weile, wenn man in diesem blühenden Alter ist? Ein paar Monate? Ein paar Jahre? Manfred Groß hatte keine Lust nachzufragen.

„Er war schon lange geschieden und ich glaube, es wusste wirklich niemand von unserer Beziehung. Wir waren sehr vorsichtig. Ich mag dies Getratsche nicht."

„So?", raunzte Manfred Groß. „Ihnen war das Ganze peinlich, ja? Warum denn? Mit dem eigenen Chef was anzufangen, das ist doch nicht ungewöhnlich. Das kennt man doch."

Er blätterte in dem Obduktionsbericht. Warum war er eigentlich so ekelhaft zu ihr?

Am Knarzen des Besucherstuhls hörte er, dass Anne Berthold ihre Sitzhaltung veränderte.

„Er war bei mir, als es gebrannt hat. Gottlob."

Sie schwieg. „Aber schließlich hat es ihm doch nichts genützt."

„Was wollen Sie denn damit sagen? Soll das heißen, dass Sie zwischen dem Brandanschlag und seinem Tod einen Zusammenhang sehen?", er nahm aus den Augenwinkeln wahr, dass sie ihre Turnschuhbeine übereinander geschlagen hatte.

„Ich weiß es nicht. Aber irgendwie denke ich – doch, ja. Das kann doch kein Zufall gewesen sein."

Ihre Stimme klang zögernd und ein wenig unsicher.

„Dieser Brand – ich habe ihn danach fast nicht wieder erkannt. Das war schrecklich für ihn. Vielleicht verstehen Sie nicht, wie sehr er an diesem alten Haus gehangen hat! Traditionen waren ihm so wichtig."

„Er stammte aus einer alten Hugenottenfamilie?"

Anne Berthold nickte unter ihrer Schirmmütze:

„Daher der französische Name."

Es war still im Raum, nur Benno auf dem Fußboden schnaufte laut und regelmäßig. Kommissar Groß klappte abrupt den Obduktionsbericht zu und drehte seinen Stuhl mit einem Ruck wieder in ihre Richtung. Er versuchte, ihren Augen auszuweichen und sie so schroff wie möglich anzufahren:

„Und? Wann haben Sie ihn zuletzt gesehen?"

Plötzlich war ein Schleier über ihren Augen und er bekam Angst, dass sie gleich zu weinen anfangen würde. Sie bückte sich nach dem Hund, die Schirmmütze verbarg ihr Gesicht und sie fuhr mit der Hand durch das weiße Hundefell:

„Gestern in aller Frühe. Er hat wenig Schlaf gebraucht und war oft frühmorgens schon mit dem Fotoapparat unterwegs – er hat an einem Bildband über seine Stadt gearbeitet. Außerdem hat er manche Motive für die Flugblätter verwendet. Er wollte im Sonnenaufgang am Marktplatz fotogra..."

„... man hat ihn nicht einfach auf dem Platz liegend gefunden, sondern in der obersten Schale des Pauli-Brunnens", schnitt Manfred Groß ihr das Wort ab und knallte seinen Kuli auf den Tisch. „Finden Sie das normal?"

Er sah, wie Anne Berthold zusammenzuckte, und hätte am liebsten nach ihrer Hand gegriffen.

„Er wollte den Platz von oben in der Morgendämmerung fotografieren. Das Spiel von Kunstlicht und Morgenröte fasziniert mich, hat er gesagt."

„Aber der Springbrunnen lief doch", blaffte Manfred Groß, „er konnte da oben gar nicht fotografieren! Seine Kamera wäre nass geworden!"

Sie schüttelte den Kopf und über ihrer Nase bildete

sich eine Falte:

„Neinnein. Der Springbrunnen wird erst morgens wieder eingestellt. Es gibt eine Zeitschaltuhr."

„Und die Leiter?"

„Er hat meine mitgenommen. Ich habe gedacht, früher oder später finden Sie's sowieso heraus. Er hat mein Auto genommen, weil die Leiter in seinen Sportwagen nicht hineingepasst hätte."

„Und Ihr Wagen? Wo ist der jetzt?", lauerte Manfred Groß.

Sie zuckte hilflos die Achseln.

„Ich weiß es nicht. Vielleicht hat er ihn auf dem Großparkplatz hinter dem Bahnhof abgestellt ..."

Auch ihre nackten Arme hatten diesen bronzenen Ton.

„Haben Sie sich nicht gewundert, dass er danach nicht wieder zu Ihnen kam?", Manfred Groß hörte den schneidenden Unterton in seiner eigenen Stimme.

Sie schüttelte den Kopf, ihr Pferdeschwanz tauchte für einen Moment rechts und links von ihren flach anliegenden Ohren auf.

„Er wollte danach gleich zur Arbeit. Er ist sehr viel im Außendienst tätig. Deshalb habe ich ihn nicht vermisst. Ich habe es durch Zufall gestern nach der Arbeit erfahren, weil ich mit dem Fahrrad auf dem Weg nach Hause noch Obst kaufen wollte. Die Marktfrau hat mir von einem Toten im Brunnen erzählt und da wusste ich, das musste er sein."

Ihre Stimme war immer leiser geworden.

„Und warum sind Sie nicht sofort zu mir gekommen?"

Sie erwiderte seinen Blick und Manfred Groß spürte eine mahlende Wut auf Buirette, der dieses Mädchen gehabt hatte, und auf sie, die auf diesen selbstgefälligen Typen hereingefallen war, nur weil er ihr Chef war und ...

„Erst wollte ich, dass niemand von uns erfährt. Wissen Sie, es war keine von diesen banalen Büroaffären."

„Klar. Das sagten Sie schon", unterbrach Manfred Groß barsch.

„Aber jetzt will ich nur noch, dass der Täter gefunden wird und ...", der Kopf senkte sich zu dem weißen Hund, ... „und dass Sie mir sagen, wie er gestorben ist."

„Tja", Manfred Groß trommelte mit den Fingern auf den Obduktionsbericht, dass der Hund den Kopf hob und ihn freundlich ansah. „Die Sache ist komplizierter, als es zunächst aussah. Er stand auf der obersten Leitersprosse, vermutlich mit einem Fuß auf dem steinernen Schalenrand, und hat wohl ahnungslos Richtung Schloss fotografiert. Der Täter scheint ihm gefolgt zu sein, hat sich von hinten an den Brunnen geschlichen und sich ein paar Schritte von der Leiter entfernt in Position gebracht. Von dort aus hat er geschossen. Laut Obduktionsbericht ist der Eintrittskanal der Kugel spitzwinklig. Von schräg unten nach oben in den Rücken."

„So war das also", flüsterte Anne Berthold.

„Das ist noch nicht alles", setzte der Kommissar nach, „der Täter wollte sein Opfer offenbar nicht nur töten, er wollte ein sichtbares Bekenntnis ablegen. Er ist die Leiter hinaufgestiegen und hat genau an der Stelle, wo die Kugel das Sakko durchschlagen hat, auch noch mit einem Messer zugestoßen, auf das ein Flugblatt gespießt war. Ein Flugblatt der Innenstadtinitiative."

„Hass", flüsterte Anne Berthold, „so viel Hass."

Der Stuhl unter Manfred Groß ächzte.

„Ja, Hass. Und Blut. Sehr viel Blut."

„Wer macht nur so etwas?", flüsterte Anne Berthold.

„Tja, wer macht so etwas?", bellte Manfred Groß. „Dieser Jemand muss die Gewohnheiten von Buirette jedenfalls genau gekannt haben. Niemand lauert auf gut Glück seinem Opfer früh um fünf Uhr morgens auf. Wie sieht es mit Ihnen aus? Haben Sie für die Tatzeit ein Alibi?"

Sie griff nach unten, zum Halsband des Hundes, und der setzte sich mit einem Ruck auf.

„Gestern Morgen? Wo soll ich gewesen sein? Im Bett. Nein, ich habe kein Alibi, nur Benno."

Ihre Augen unter der Kappe glitzerten.

„Kann ich jetzt gehen?"

Und dann hörte Kommissar Groß wieder das trockene Tappen der Hundepfoten, sah die gebräunten Fesseln in den Turnschuhen, das Wippen des Pferdeschwanzes von hinten, hörte das Klappen der Türe, das plötzliche hemmungslose Schluchzen auf dem Flur, fegte wütend den Obduktionsbericht vom Schreibtisch und spürte auf einmal wieder diesen brennenden Schmerz in der Magengegend, als habe man ihm und nicht Klaus Buirette ein Messer in den Körper gestoßen.

XVIII

„Bleiben Sie mir bloß vom Hals mit Ihrem Würstchen!“, Frau Dr. Grabert funkelte den Stiftsleiter empört an. Der ließ die Grillzange sinken und sah sie traurig und auch ein bisschen beleidigt an.

Er war ein Mann der Schrift, er liebte sein Büro, die ordentlichen Stöße mit Akten, die Vorgänge, die er säuberlich und zuverlässig bearbeitete. Es kostete ihn jedes Jahr eine nicht geringe Überwindung, sich an die Spitze des Frohsinns und der Unterhaltung hier im Stift zu setzen. Dabei gab es für ihn zwei jahreszeitlich wiederkehrende Hürden: den Stiftsfasching und nun wieder, wie jedes Jahr, das Sommergrillen.

Der Stiftsfasching hatte den Vorteil, dass er jahreszeitlich bedingt in geschlossenen Räumen stattfand, die Abläufe dadurch leichter zu kontrollieren, der Frohsinn leichter zu steuern und zu einem festgelegten Zeitpunkt zu beenden war, indem man die Stiftsbewohner irgendwann sanft, aber nachdrücklich zum Gehen aufforderte und die Räume hinterher abschloss.

Mit dem Sommergrillen hingegen war das so eine Sache. Naturgemäß fand dieses im Sommer und somit im Freien statt. Aller Erfahrung nach fing die Veranstaltung am frühen Abend damit an, dass matte und von der Hitze dehydrierte Senioren im Schatten auf den eigens aufgestellten Bierbänken lustlos die Würstchen aßen, die der Stiftsleiter persönlich, wenn auch unter Mithilfe mehrerer Küchenkräfte, auf einem ebenfalls eigens aufgestellten Holzkohlengrill gebraten hatte.

So weit war die Veranstaltung noch unter Kontrolle. Dann aber, mit hereinbrechender Dämmerung, fing alljährlich die Rehydrierungsphase an. Die Stiftsdamen begannen die ihrem Körper von den sommerlichen Temperaturen entzogene Flüssigkeit mittels Frankenwein wieder zuzuführen. Die sich stark in der Minderheit befindlichen Stiftsherren taten dies alljährlich mittels ungespundetem Landbier. Eigens hierfür hatte sich vor einiger Zeit ein (ausschließlich männlich besetzter) Festausschuss etabliert, der über die Auswahl des Bieres beriet und auch für den zügigen Nachschub an frisch gezapftem Bier im Verlauf des weiteren Abends sorgte.

Dies führte immer wieder zu unschönen Szenen. Die Stiftsherren nützten das sommerliche Grillen zu hemmungslosem Alkoholkonsum, was ihnen im restlichen Jahr wegen der nahezu lückenlosen Kontrolle durch ihre aufmerksamen Ehefrauen kaum noch gelang.

Aber auch manche der verwitweten Stiftsdamen ertränkten an diesem Abend ihren Kummer im Frankenwein.

Der Rest war kaum noch zu kontrollieren. Grölen auf den Bänken, Übergriffe vereinsamter Damen auf die wenigen verbliebenen, ebenfalls vereinsamten Herren, Verunreinigungen in den Rosenbeeten. Der Stiftsleiter schauderte hinter seinem Grill beim Gedanken an den weiteren Verlauf des Abends.

Und da nahte schon wieder Frau Dr. Grabert. Sie hielt in jeder Hand ein dickes, blutiges Steak zwischen den rot lackierten Fingern.

„Ich hätte sie gerne sanglant, schaffen Sie das?"

Sie baute sich vor dem Grill auf und sah dem Stiftsleiter scharf auf die Finger.

„Es war nicht einfach, irgendwo vernünftiges Fleisch

aufzutreiben, also lassen Sie Ihre verbrannten Würstchen und passen Sie auf meine Steaks auf. Ich kann es nicht ausstehen, wenn das Fleisch zu Tode gebraten wird."

Der Stiftsleiter hustete im Würstchendampf. Frau Dr. Grabert schüttelte ihr rotes Haar, zupfte die provenzalische Bluse zurecht und trank einen Schluck von ihrem Rotwein, den sie ebenfalls aus eigenen Beständen mitgebracht hatte.

„Was gibt es denn zum Fleisch dazu?"

„Brötchen", hustete der Stiftsleiter und goss einen Schuss Bier in das aufflammende Grillfeuer.

„Hören Sie doch auf mit dem Bier!", schrillte Frau Dr. Grabert, „doch nicht auf das schöne Fleisch! Und haben Sie kein Baguette?"

„Wir hätten Kartoffelsalat ..."

„Pahhh", machte Frau Dr. Grabert, „das reicht. Geben Sie schon her, sonst sind sie ja verkohlt, ich wollte sie blutig haben."

Sie streckte ihm zwei der stiftseigenen Teller entgegen, der Stiftsleiter holte gottergeben die zwei halb rohen Steaks wieder vom Rost und Dr. Grabert nahm mit ihrem Fleisch Kurs auf Lotte Askoleit.

Die saß mit ein paar anderen Damen im Schatten und biss gerade in ein Bratwurstbrötchen.

„Herrgott, nun legen Sie doch dies alberne Würstchen weg. Ich habe ein Steak für Sie."

Der weiße Stiftsteller knallte auf den Biertisch vor Lotte Askoleit, Dr. Grabert schwang ihr unbestrumpftes Bein über die Bierbank und ließ sich neben Lotte auf die Bank fallen.

Rote Flüssigkeit lief von den beiden Steaks Richtung Tellerrand.

„Bon appétit", sagte Frau Dr. Grabert und stach lustvoll in ihr blutiges Fleisch, „er hat es tatsächlich à point gebraten, ich hätte es ihm ja nicht zugetraut", kommentierte sie kauend. „Schade, dass wir kein Baguette haben. Nun essen Sie doch!"

Lotte Askoleits Blick folgte mit aufgerissenen Augen dem Weg des nächsten tropfenden Stück Fleisches auf der Gabel vom Teller bis zum Lippenstiftmund von Frau Dr. Grabert.

„Danke vielmals, aber ich habe gerade ein Bratwurstbrötchen gegessen, es war wirklich köstlich."

„Pahh", machte Frau Dr. Grabert wieder, „Sie sind so was von erzkonservativ. Wie soll das erst werden, wenn wir in Italien sind? Venezianische Leber! Florentiner Kutteln!"

Lotte setzte sich kerzengerade hin.

„Was meinen Sie denn damit?"

„Na, die Spatzen pfeifen es inzwischen doch von den Dächern, dass Sie das große Los gezogen haben und nach Italien fahren. Verrrona!"

Sie rollte das „r" theatralisch und schnitt wieder in ihr Fleisch.

„Es liegt doch auf der Hand, dass ich die einzig adäquate Reisebegleiterin für Sie bin." Sie kaute genüsslich. „Oder fällt Ihnen sonst jemand hier in diesem Altersheim ein?", sie zeigte mit dem blutigen Messer einmal ins Rund.

„Ich wollte die Reise eigentlich meinem Neffen schenken …"

„Haben Sie mir nicht neulich erst erzählt, dass er in seinem Urlaub eine Praxisvertretung macht?"

„Oder meiner Großnichte …"

„Die mit der Rauchvergiftung?"

Mit einer qualmenden, rothaarigen Dr. Grabert in Italien – unvorstellbar. Und dann noch, gute Güte, ihre allseits bekannten speziellen Neigungen ...

„Ich weiß auch gar nicht, ob wir überhaupt zwei Einzelzimmer bekämen ...“

„Aber meine Liebe“, das Fleisch tropfte, „da werden wir uns doch arrangieren“, sie lachte herzhaft und Lotte rutschte auf ihrer Bierbank ein Stück weiter weg.

„Ich hatte eigentlich schon an jemanden gedacht, für den Fall, dass ich selber reise ...“

„Soso“, forschte Dr. Grabert und rutschte wieder an Lotte heran. „Sie haben sich also schon ein Opfer ausgesucht? Ich dachte, Oberingenieur Wolf sei tot.“

Zum Glück wurde Lotte einer Antwort enthoben, denn in diesem Moment marschierte der Shanty-Chor auf. Wie der Stiftsleiter hatte auch der Shanty-Chor nur zwei öffentliche Auftritte im Jahr, zu Fasching und zum Sommerfest.

Auch für den Shanty-Chor war der Auftritt im Sommer problematisch. Einmal natürlich wegen der ungünstigen Akustik im Freien, zum anderen aber insbesondere deshalb, weil es in der Natur der Seemannslieder lag, dass sie von rauen Stürmen und tosender See, kurzum von ungünstigen Wetterverhältnissen, handelten. Das passte eigentlich nicht zum fränkischen Sommer mit Bratwürstchen.

Der Shanty-Chor war aber entschlossen, die Stimmung zu seinen Gunsten herumzureißen, und schmetterte mit dem ersten Sturmlied los, sodass Lotte für sich, wenn auch nicht in aller Stille, darüber nachdenken konnte, mit wem sie denn tatsächlich gerne nach Verona fahren würde.

Während sich Frau Dr. Grabert unbeeindruckt von Piraten und tosender See ihrem Steak widmete und der Chor bei der Strophe „Gischtende Brandung überwältigt ihn nicht, stolz sieht der Wiking der Gefahr ins Gesicht“ war, beschloss Lotte die Gunst der Stunde zu nützen und sich unbemerkt seitlich aus ihrer Bank herauszudrücken.

Sie war mit Jürgen verabredet. Er wollte sie hier im Stift abholen und war natürlich wieder unpünktlich. Sie stand gerade auf zwei Beinen und griff schon nach ihrem Stock, da hatte Frau Dr. Grabert sie mit jahrzehntelang geschultem Pädagogenauge doch erwischt:

„Frau Askoleit, wo wollen Sie denn hin? Wir sind uns doch nun einig, ich begleite Sie …"

Lotte tat so, als höre sie nichts, denn der Shanty-Chor setzte gerade zum ersten Höhepunkt seines Auftritts an:

„Bricht auch der Mast / Zerbirst auch das Schiff / Schwimmend entgeht der Wiking dem tückischen Riff."

Das Sommerpublikum, das langsam in Fahrt kam, jubelte der Darbietung des Shanty-Chores zu, der sah sich dadurch zu einem weiteren martialischen Seeräuberlied animiert und Lotte flüchtete sich über die Wiese von den Bierbänken weg zum Grill, wo der Stiftsleiter gerade ganz für sich, hingebungsvoll, aber nicht völlig tonsicher die nächste Strophe über ein ratterndes Enterbeil mitsummte.

„Ahoi! Ihr seid ja schon schwer in Fahrt. Da kann ich dich doch unmöglich hier wegholen."

Lotte drehte sich um.

„Jürgen! Ich bin froh, dass du endlich hier bist. Mir war dieses Grillfest immer zuwider. Außerdem lässt Frau Dr. Grabert mir keine Ruhe. Sie will partout mit mir nach Verona fahren. Lass uns endlich gehen."

Aber da kam schon der Stiftsleiter hinter seinem Würstchengrill hervor, um Jürgen zu begrüßen. Ein guter Kontakt zu den behandelnden Ärzten im Stift war ihm wichtig, auch wenn Dr. Kallfels nur als Urlaubsvertretung ins Haus kam.

Er reichte Jürgen ein Würstchen. Jürgen erklärte, er

wolle nur eben Frau Askoleit abholen, seine Frau warte auf sie beide mit dem Abendessen zu Hause; er aß aber dann doch mit Appetit, der Stiftsleiter sah wohlgefällig zu, Jürgen machte ein Kompliment über die rösche Bratwurst, der Stiftsleiter lächelte erfreut. Der Stiftsleiter bot ein zweites Bratwurstbrötchen an, Jürgen sagte auch diesmal nicht nein, der Shanty-Chor pries Schleswig-Holstein, meerumschlungen. Der Stiftsleiter bot ein drittes Bratwurstbrötchen an, Jürgen meinte, na gut, eins noch, weil es so gut sei, der Stiftsleiter empfahl einen Schluck Bier dazu, Jürgen lehnte auch dies nicht ab. Der Stiftsleiter machte sich auf, ein frisch gezapftes Landbier zu organisieren, Jürgen biss in die dritte Bratwurst, der Shanty-Chor nahm wieder Kurs auf die tobende See. Der Stiftsleiter kam mit zwei Krügen, die Herren stießen an, Jürgen setzte gerade den kalt beschlagenen Krug an den Mund – da sah Lotte, wie Dr. Grabert ihr unbestrumpftes Bein wieder über die Bierbank schwang und mit einem weißen Stiftsteller Kurs über den Rasen auf Lotte nahm. Auf dem Teller lag immer noch Lottes blutiges Steak.

Das war für Lotte das Signal, die Segel zu reffen, den Anker zu lichten und auf der Stelle den Rückzug anzutreten. Sie drehte sich auf dem Absatz um und ging grußlos. Sie lief auf den Stock gestützt einfach geradeaus, am Haus entlang und ohne sich noch einmal umzusehen um die Ecke Richtung Parkplatz.

Irgendwann hörte sie Schritte hinter sich, sie versuchte, schneller zu laufen, aber da war Jürgens Stimme hinter ihr:

„Tante Lotte, nun warte doch auf mich! Frau Grabert lässt dir ausrichten, das Steak schmeckt auch kalt sehr gut. Sie bringt es dir morgen früh vorbei."

Lotte drehte sich im Laufen um:

„Zum Frühstück? Ist sie wahnsinnig? Ich will es nicht! Hörst du, Jürgen, ich will ihr blutiges Fleisch nicht! Und ich will auch nicht mit ihr nach Italien fahren!“

„Ahoi! Ahoi!“, sang im Hintergrund der Shanty-Chor.

„Dann nimm doch einfach Otto mit“, Jürgen hatte sie nun eingeholt und sagte das, als wäre nichts nahe liegender.

Lotte blieb abrupt vor den parkenden Autos stehen.

„Otto? Ich kann doch nicht mit Otto nach Italien fahren.“

„Warum denn nicht? Er langweilt sich zu Hause. Ihr vertragt euch doch gut, oder?“

„Naja“, murmelte Lotte. „Schon.“

„Na also“, sagte Jürgen und schloss seine Wagentüre auf. „Margot ist sowieso ständig unterwegs. Frag ihn doch.“

„Nein“, sagte Lotte, „das geht nicht“, und ließ sich auf den Beifahrersitz fallen. „Nein ... Nein ... Kannst du ihn nicht fragen?“

„Klar kann ich ihn fragen“, er steckte den Zündschlüssel ein, „im Moment tue ich dir sowieso fast jeden Gefallen. Das Angebot, das du mir gemacht hast, ist schließlich mehr als großzügig.“

Lotte verstaute ihren Stock und schnallte sich an.

„Du weißt doch, ihr seid meine Familie. Soll ich mein Geld mit ins Grab nehmen? Richte dir eine schöne Praxis ein, wenn du unbedingt aus der Klinik weg willst.“

Jürgen rangierte rückwärts aus der Parklücke und legte den ersten Gang ein:

„Jutta hat für uns Abendessen vorbereitet. Sieh dir einfach die Pläne einmal an und ich erkläre dir alles. Dann kannst du dir in Ruhe überlegen, ob du wirklich dein Geld in mich investieren willst.“

Lotte tätschelte seine Hand, die auf dem Schaltknüppel lag.

„Du weißt, dass ich dir blind vertraue."

„Ich zeig dir im Vorbeifahren erst mal, wo die Baustelle sein wird", antwortete Jürgen und gab Gas.

Aber dann wäre Lottes großzügiges Angebot beinahe gescheitert. Denn niemand hatte bisher erwähnt, wo sich Jürgens neue Praxis befinden würde.

Als sie von Osten kommend am Studentenhaus und am musischen Gymnasium vorbeirollten und immer geradeaus im Schatten der schwarz verfärbten Häuserblocks Richtung Innenstadt fuhren, sagte Jürgen kurz bevor sie die Fußgängerzone kreuzten:

„Hier links ist es."

Er deutete auf eine dunkle Front mit leeren Fensterhöhlen.

„Die Häuser werden abgerissen und das ganze Areal dahinter wird bebaut. Das waren sowieso vollkommen heruntergekommene Wohnungen und dahinter sind Garagen, Hinterhöfe, ein bisschen vergammeltes Grün, das kommt alles weg. Stattdessen entsteht eine Shoppingmall parallel zur bestehenden Fußgängerzone. Büros, Praxen, mehrere Parkebenen – du wirst sehen, das wird sehr schön."

„Halt mal an!", rief Lotte.

„Ich kann hier nicht halten, hinter mir ist ein Bus."

„Halt mal an!", rief Lotte noch einmal. Jürgens Handy klingelte. Er bremste ab, blinkte und fuhr seitlich mit einem Holpern vor einem Backshop auf den Gehsteig. Der Busfahrer hupte und gestikulierte im Vorbeifahren. Das Handy klingelte weiter.

„Aber hier wollen die doch dieses Markgrafen-Center bauen!"

„Natürlich. Und da ist dann auch meine neue Praxis drin", erwiderte Jürgen und versuchte, sein Handy aus der Tasche zu fischen.

„Aber dann muss doch Karl weg!"

Jürgen sah sie einen Moment verständnislos an, das Handy in seiner Tasche verstummte.

„Karl? Meinst du diese Geschichte mit seinem Grab, von der du neulich geredet hast? Aber man kann doch nicht im Ernst ein Einkaufszentrum nur deshalb nicht bauen, weil dann Karls Grab verlegt werden muss."

„Doch", sagte Lotte trotzig und kramte nach einem Taschentuch.

„Sie müssen eine zusätzliche Autobahnspur bauen und dann muss Karls Grab weg. Außerdem gibt es noch viele andere Argumente ..."

„... die dich aber alle überhaupt nicht interessieren. Du bist nur wegen Karl dagegen."

„Na und", sagte Lotte, „außerdem sind die Altstadtbewohner auch dagegen." Sie schnäuzte sich.

Jürgens Handy begann wieder zu schrillen.

„Hallo", sagte er und dann: „So ein verdammter Mist. Ich hab's vergessen. Und was machen wir jetzt mit ihr?"

Es war nur ein kurzes Gespräch. Er stellte sein Handy wieder aus und sah Lotte an:

„Es tut mir leid. Ich muss ganz dringend zu einer Veranstaltung. Präsentation von neuen Medizingeräten. Ich habe den Termin verschlampt. Jutta hat die Einladung dafür gerade auf meinem Schreibtisch gefunden. Ich fahr dich ganz schnell wieder heim."

„Nein!!!", rief Lotte, „das kannst du mir nicht antun. Dieser Shanty-Chor! Und dann Frau Dr. Grabert mit ihren Steaks!"

Jürgen zögerte einen Moment, sah sie an und sagte dann kurzentschlossen:

„Na gut. Dann musst du eben mitkommen!“

XIX

Sie waren viel zu spät dran, so sehr sich Lotte mit ihrem Stock auch eilen mochte. Als das kastenförmige Bürogebäude endlich in Sicht kam, war es schon fast zwanzig Minuten über die Zeit. Sie hasteten nebeneinander das überdachte Entree entlang bis zum Eingang.

Heute waren die Tore geöffnet, die Zugbrücke heruntergelassen. Man erwartete die Ankömmlinge mit einem Lächeln und einem Glas Prosecco in der Hand, auch die Letzten noch, die da verspätet und verschwitzt in der Glastüre auftauchten. Niemand fragte nach einer Einladung, niemand fragte, ob die alte Dame mit dem Stock hier denn richtig sei. Der Kunde war König und wenn er mit wessen Großmutter auch immer kommen sollte.

Man bot dem ungleichen Paar etwas zu trinken an, aber die beiden lehnten ab und so eskortierte man sie eine Treppe hinauf zum Vortragssaal. Die alte Dame stieß mit ihrem Stock im Halbdunkel zweimal gegen eine Stuhlreihe und drohte zu stolpern, aber dann hatte man die beiden doch wohlbehalten in einer der hinteren Sitzreihen geparkt und ihnen flüsternd einen informativen Abend gewünscht.

Der Vortragssaal war locker gefüllt. Rechts vorne, ein wenig erhöht, war der Kommandostand, von dem aus man die anwesende interessierte Ärzteschaft durch den Abend navigieren wollte: ein silbernes Cockpit, das Platz für eine ganze Raumschiff-Crew bot. In einer Reihe saßen dort Herren mit gedeckten Anzügen, vor sich schwarze Notebooks und spinnendünne Mikrofone. Alle trugen die gleichen orangefarbenen Krawatten und sahen ernst und konzentriert ins Publikum.

Einer von ihnen hatte die Aufgabe des Conférenciers übernommen. Man hätte keinen Besseren casten können. Er sah aus wie Siegfried und Roy, schlank, leicht gebräunt, zuversichtlich, kompetent und mit gewelltem Haar wie ein alternder Surflehrer. Er trug eine schmale Lesebrille und natürlich eine orangefarbene Krawatte neben dem gleichfarbigen Einstecktuch seines Jacketts. In der Linken hielt er einen Laser-Pointer, mit dem er gelegentlich und wie beiläufig über die Zahlensäulen, Grafiken und Bilder glitt, die ein Beamer auf die riesige Leinwand an der Front des Saales warf.

Lotte sah, dass er zu seinem schönen dunklen Anzug flache zweifarbige Slipper trug – ein kleiner Stilbruch, der gerade so weit reichte, dass er dem Betrachter ein Gefühl von Persönlichkeit, nein, von personality vermittelte.

Innerhalb kürzester Zeit ertrank Lotte in einer Flut von Zahlen und Worten, die sie nicht verstand. Sie sah Grafiken mit großen schwarzen Säulen, bei denen immer links die größte Säule der Firma gehörte. Sie hörte den Surflehrer vorne auf seiner Plattform reden von Philosophie und Strategie, von Prozessoptimierung und Innovation, von pushing technology und software packages und sah, dass fast alle Folien auf Englisch beschriftet waren. Neben sich hörte sie Jürgen schwer und gleichmäßig atmen, es schien ihr, als hätten Bratwurstbrötchen und Bier auf dem Rasen des Seniorenstifts ihn erschöpft.

Sie selbst saß aufrecht und sah sprachlos auf einen Strom von Worten und Bildern, von denen sie nie geahnt hatte, dass es sie gab, geschweige denn, dass sie sich vorstellen konnte, was sich dahinter verbarg. Aber der Surflehrer glitt gewandt und sicher über Statistiken und Diagramme, über Planskizzen und Modelle, Angiographen und Ultraschallsysteme, ließ seinen roten Leuchtpunkt für einen Moment über einen besonders eleganten Magnetresonanztomographen tanzen und schwang sich dann in einem furiosen Monolog weiter über molekulare Bildgebungsverfahren und Vakuumtechnologie bis zur audiologischen Technik.

Die weitere Herrenriege im Cockpit sagte nichts. Sie sah nur ernst und gesammelt auf den Surflehrer und seinen Powerpoint-Vortrag.

Schließlich schien ein Ende des Vortrages in Sicht. Auf der weißen Riesenleinwand flammte nach all den Zahlen, Statistiken und all dem technischen Gerät ein riesiges Firmenlogo in leuchtendem Orange auf und mit einer letzten großen Redewelle, die davon handelte, dass die Firma in der Medizintechnik global exzellent aufgestellt sei und weltweit gesehen in den e-health-Lösungen die Zukunft im Visier habe, segelte der Surflehrer an Land.

Die Herrenriege im Cockpit klappte wie auf Kommando ihre schwarzen Laptops zu, die Lichtregie sorgte dafür, dass sich die Augen der Zuhörer schonend wieder an die Helligkeit gewöhnten, Jürgen stand steifbeinig auf und rieb sich die Augen und der Surflehrer lud via Mikrofon die sich langsam erhebende Ärzteschaft zu einem Imbiss und einem individuellen Informationsgespräch nach unten ins „Solution Center“ ein, wo die „gesamte Mannschaft“ gerne alle Fragen beantworte.

Lotte brauchte eine Weile, um Stock und Handtasche zu sortieren und sich aus ihrem tiefen Sitz hochzustemmen. So hatte Jürgen Zeit, seine Augen über die Zuhörerreihen schweifen zu lassen. Und dabei entdeckte er ihn, ein paar Reihen weiter vorne. Fast hätte er ihn im ersten Augenblick von hinten nicht erkannt. Die Körperhaltung war ihm fremd, das nach vorne Gebeugte und die Hand in der Magengegend. Aber dann fiel sein Blick auf den Stoppelhaarschnitt und die Lederjacke. Was machte Manni hier?

Während Lotte noch mit ihrem Stock hantierte, bahnte sich Jürgen einen Weg durch die hinausdrängelnden Zuhörer zu seinem alten Freund und schlug ihm unvermittelt und kräftig auf die Schulter. Manni schreckte zusammen und fuhr herum.

„Na, alter Kumpel, schon wieder Magenschmerzen? Du solltest weniger trinken."

„Jürgen? Was machst du denn hier? Mach bloß keine Scherze, mir geht's wirklich nicht gut."

Jürgen sah ihn scharf an:

„Du solltest doch mal bei mir in der Praxis vorbeikommen. Wirklich."

Manfred Groß machte eine abwehrende Handbewegung:

„Jaja, bei Gelegenheit. Sag mal, ist das da hinten etwa deine Tante? Was habt ihr zwei denn hier zu suchen?"

Lotte dort, ein Stück weiter hinten, hob in diesem Moment die Hand und winkte dem Kommissar freundlich zu. Manfred Groß reagierte mit einer matten Bewegung.

„Tja", sagte Jürgen und legte den Arm um Manni Groß, „ich will ja nun eventuell den Absprung aus der Klinik wagen. Müsste mir dann natürlich ein paar neue Geräte anschaffen. Deshalb bin ich hier. Ich habe leider den Termin heute verpennt und musste deshalb Lotte mitnehmen. Und du? Bist du dienstlich hier wegen Buirette ..."

„Wenn ich Sie einen Moment stören dürfte?"

Oh, das war ja die adrette Zugbrückenwächterin von neulich. Sie trug ein marineblaues Kostüm in sehr vorteilhafter Länge und ein orangefarbenes Einstecktüchlein an der Jacke und streckte Manfred Groß lächelnd ihre Hand entgegen:

„Herr Kommissar, ich darf Sie sehr herzlich in unserem Hause willkommen heißen und Ihnen einen schönen Gruß von unserem Herrn Dr. Dorstett übermitteln. Er hat mich gebeten, Ihnen heute Abend zur Verfügung zu stehen."

Manni straffte sich und war nun wieder fast der Alte und Jürgen grinste.

Die Zugbrückenwärterin hatte eine leichte Röte an den Ohrläppchen, machte eine kleine Pause und schien nach den geeigneten Worten für ihre komplizierte Mission zu suchen:

„Wir sind natürlich sehr an der Klärung der … äh ... Vorgänge um Herrn Buirette interessiert, wären Ihnen aber dankbar, also, es wäre uns sehr daran gelegen, wenn Sie die notwendigen Gespräche heute Abend mit der größtmöglichen Diskretion führen könnten."

Jürgen grinste wieder, aber Manfred Groß nickte ernst.

Die Zugbrückenwärterin machte eine einladende Bewegung Richtung Ausgang, Manni und Jürgen folgten ihr.

„Da haben sie dir aber eine hübsche Aufpasserin verpasst. Du bist ein Glückspilz", flüsterte Jürgen und deutete auf die wohlgeformten Waden, die sich vor ihnen dynamisch Richtung Ausgang bewegten. Aber Manni machte eine unwirsche Handbewegung.

Sie waren gerade an der Türe zum Vorraum, da rief Jürgen: „Halt mal! Wo ist eigentlich Lotte?"

Aber Lotte war fort.

Sie hatte sich vom Pulk der Zuhörer Richtung Ausgang schieben lassen und war dort stehen geblieben, um auf Jürgen zu warten. Und dort hatte einer der Herren im dunklen Anzug mit dem orangen Einstecktüchlein die alte Dame mit dem Stock stehen sehen, die so gar nicht hierher passte, hatte sie kurz taxiert und dann angesprochen:

„Gnädige Frau", hatte er gesagt, „ich glaube, ich beleidige Sie nicht, wenn ich sage, Sie dürften heute Abend unsere älteste Kundin sein. Schön, wenn wir auch bei Medizinerinnen Ihrer Generation noch ein offenes Ohr für unsere Neuentwicklungen finden."

„Oh Gott", stotterte Lotte und wurde knallrot, „Entschuldigung, es ist nicht so, wie Sie denken. Ich bin nur die Tante. Ich bin mit meinem Neffen da. Er ist Arzt. Oberarzt."

Ihr Gegenüber sah so gar nicht aus wie die anderen Herren aus dem Raumschiff-Cockpit. Er war korpulent und nicht sehr groß und er hatte keinerlei Ähnlichkeit mit einem trainierten Surflehrer. Er lachte kurz auf und sagte dann:

„Soso. Und jetzt hat Ihr Neffe Sie hier einfach stehen lassen. Ich heiße Scheßlitzer. Was machen wir denn jetzt mit Ihnen? Ach, kommen Sie doch einfach mit."

„Jetzt bringt er mich zur Türe und schmeißt mich raus", dachte Lotte und ging mit gesenktem Kopf hinter ihm her. Scheßlitzer hüpfte behände wie ein Gummiball vor ihr her vom Vortragssaal die Treppe hinunter, bugsierte sich einen Weg frei zu einem Getränkestand, schnappte sich ein Weinglas und drängte sich damit durch die große Zahl der durstigen Zuhörer wieder zu Lotte.

„Trinken Sie erst mal, er wird schon wieder auftauchen."

Hätte Lotte sagen sollen, dass sie nie Alkohol trank, weil sie ihn weder mochte noch vertrug? Sie nahm einen langen Schluck, schon um Zeit zu gewinnen, denn Scheßlitzer stand immer noch neben ihr und sah sie ziemlich unverblümt von der Seite an, aber da tauchte zum Glück Jürgen auf der Treppe auf. Er war in Begleitung des Kommissars und eines Mädchens im kurzen Kostüm. Die drei steuerten direkt auf sie zu und das Mädchen ergriff sofort das Wort:

„Herr Kommissar, ich würde Sie gerne mit einem Herrn aus unserer Technik bekannt machen. Herr Buirette hat sehr eng mit ihm zusammengearbeitet. Das ist unser Herr ..."

„... Scheßlitzer", sagte Lotte, „er war so freundlich, mir einen Wein zu besorgen. Du hast mich ja einfach stehen lassen, Jürgen. Prost."

Sie nahm einen zweiten langen Schluck.

„Soso, Sie sind also von der Polizei und wegen Klaus hier. Komisch, ich habe mir schon vorher gedacht, ein paar Gesichter hier fallen aus dem Rahmen."

Scheßlitzer sah erst den Kommissar und dann Lotte an. Die wurde wieder rot.

„Wie weit sind Sie denn mit Ihren Ermittlungen, Herr Kommissar?"

Scheßlitzer sagte das, während er mit einer sehr bestimmten Geste eine der jungen Damen herbeiwinkte, die jetzt mit vollen Tabletts unterwegs waren. Lotte trank in einem dritten Zug ihr Glas leer und griff nach einem neuen.

„Nun, wir kommen voran. Sie kannten Herrn Buirette gut?"

Scheßlitzer trank erst einen Schluck, bevor er erwiderte:

„Wir haben zusammengearbeitet, Klaus Buirette und ich. Wissen Sie, Sie können ein Produkt nur optimieren, wenn die Kommunikation zwischen Technik und Vertrieb stimmt. Das gehört zum unternehmerischen Einmaleins. Bei uns hat das hervorragend geklappt. Daraus hat sich mit den Jahren eine Freundschaft entwickelt. Er war wie ein Bruder für mich. Sein Tod ist mir ein Rätsel. Vor allem die Art und Weise, wie es passiert ist."

„Im Brunnen. Und dann das ganze Blut", sagte Lotte. Der Kommissar sagte nichts. Er wartete darauf, dass Scheßlitzer weitersprach:

„Ich frage mich die ganze Zeit: Warum hat der Täter diesen Ort gewählt? Wenn ich jemanden umbringen wollte, dann würde ich es vielleicht in der finsteren Ecke eines Parkhauses tun, aber doch nicht mitten auf einem öffentlichen Platz. Das Risiko, beobachtet zu werden, ist doch unvergleichlich viel höher …"

„... außer, jemand hatte einen besonderen Grund, warum er gerade diesen Ort wählen wollte ...", brummte Manfred Groß.

„Sie meinen, der Todesort als ein Symbol? Stimmt es, dass er ein Flugblatt im Rücken hatte?"

Der Kommissar nickte wortlos und legte eine Hand in die Magengegend.

„Tja, so muss es wohl sein. Der Täter wollte ein Zeichen setzen", nickte Scheßlitzer und die anderen, Jürgen, Manni und das Zugbrückenmädchen, nickten auch.

„Jaja, dieses Markgrafen-Center, ich bin auch strikt dagegen", ergänzte Lotte lebhaft und fasste Scheßlitzer vertraulich am Ärmel. Das Glas Wein tat langsam seine Wirkung. „Herr Buirette hat völlig recht gehabt! Die machen uns unsere Innenstadt kaputt!"

„Vor allem machen sie Karls Grab kaputt", brummte Jürgen, aber das ging bei dem Geräuschpegel ringsum unter.

„Tja, vielleicht haben Sie ja recht. Vielleicht sollte ich mich auch in dieser Bürgerinitiative engagieren. Schon aus Respekt für Klaus ...", fügte Scheßlitzer nach einer Weile zögernd hinzu.

„Ja!", rief Lotte mit Verve, „tun Sie das! Sie müssen das tun! Herr Scheßlitzer, wir müssen weiterkämpfen!"

Ihr war ein wenig schwindelig. Jemand rempelte sie an. Sicherheitshalber hängte sie sich bei Jürgen ein.

Dennoch bemerkte sie, dass die Zugbrückenwärterin den Kommissar möglichst beiläufig auf die Seite zu ziehen versuchte:

„Ich wollte Ihnen gerne noch jemanden vorstellen, Herr Kommissar", flüsterte sie.

Aber nicht nur Lotte, auch den anderen entging der diskrete Versuch nicht. Die Augen von Jürgen, Lotte und Scheßlitzer wandten sich nach ihr. Und so blieb der Zugbrückenwächterin nichts weiter übrig, als die näher kommende junge Frau mit dem Pferdeschwanz der ganzen Runde vorzustellen:

„Wenn ich Sie mit unserer Frau Berthold bekannt machen darf? Sie ist – sie war die rechte Hand von Herrn Buirette."

Der bernsteinfarbene Pferdeschwanz wippte rechts und links am Ohr vorbei.

„Guten Abend, Herr Kommissar, ich heiße Berthold", sagte sie und Manfred Groß hatte das Gefühl, sie blinzle ihm verschwörerisch zu. Sie trug heute ein dunkles Kostüm und ihre Beine waren bronzefarben.

Bemerkte irgendjemand, wie fahl Manfred Groß in diesem Augenblick wurde?

„Freut mich, Frau Berthold. Freut mich, Sie kennenzulernen. Freut mich wirklich. Groß ist mein Name", stieß er hervor.

„Wollen Sie nicht auch in unserer Bürgerinitiative mitmachen? Herr Scheßlitzer hat sich gerade dazu bereit erklärt. Ist das nicht wunderbar?", schaltete sich Lotte lebhaft ein.

Aber Anne Berthold lächelte nur freundlich und unbestimmt, als habe sie die Frage im allgemeinen Stimmengewirr nicht verstanden. Währenddessen wischte sich Scheßlitzer mit einem weißen Taschentuch über die Stirn, verstaute es wieder unterhalb seines imposanten Bauches in seiner Hose und wandte sich dann an die junge Frau:

„Tja, Frau Berthold, eigentlich hat Klaus Buirette dies Event hier jedes Jahr organisiert. Nun müssen wir die Sache ohne ihn stemmen. Er fehlt heute Abend an allen Ecken."

Anne Berthold nickte mit gesenktem Kopf.

„Komisch, Herr Kommissar", Lotte verhaspelte sich ein bisschen und hielt sich an Jürgen fest, „für einen Moment dachte ich eben, Sie und Frau Berthold kennen sich schon."

„Wie kommen Sie denn darauf, Frau Askoleit", sagte Manfred Groß tonlos und auch Anne Berthold schüttelte den Kopf. Lotte schwankte ein bisschen an Jürgens Arm und lachte dann unvermittelt laut auf:

„Oh, sehn Sie mal! Was haben die Leute da drüben vor der Leinwand denn für ulkige Brillen auf?"

„Ich zeige es Ihnen gerne", sagte die Zugbrückenwärterin. „Kommen Sie."

„Toll", machte Lotte, hakte sich bei ihr unter und zog die Zugbrückenwärterin auf die Leinwand zu.

„Und uns entschuldigen Sie bitte", sagte Scheßlitzer zu Jürgen und dem Kommissar, „Frau Berthold und ich, wir müssen uns jetzt dringend um unsere Kunden kümmern."

Die beiden Herren standen nun alleine in der Menge. Ein Mädchen kam vorbei, beide griffen nach einem Glas

Wein. Jürgen nahm gerade einen tiefen Zug, da hörte er Mannis dumpfe Stimme:

„Jürgen, das ist sie. Das ist DIE Frau."

Jürgen sah ihn verständnislos an:

„Von wem redest du? Von dieser Frau Berthold? Sag mal, hatte Lotte etwa recht? Du kanntest sie schon? Was soll das Theater?"

Manfred Groß schnaufte tief.

„Ja, ich kenne sie schon. Sie ist neulich mit ihrem Hund bei mir im Kommissariat aufgetaucht und hat eine vertrauliche Aussage gemacht. Sie wollte nicht, dass jemand von unserem Gespräch erfährt, deshalb haben wir beide so getan, als würden wir uns heute zum ersten Mal begegnen. Jürgen, als sie im Kommissariat die Türe aufgemacht hat und ich sie zum ersten Mal gesehen habe, da wusste ich es sofort, das ist DIE Frau. Ich will die oder keine."

„Ach komm", Jürgen lachte auf und stieß Manni in die Seite, „das sagst du doch immer. Mir erzählst du nichts, du fliegst doch auf alles, was einen Busen und zwei X-Chromosome hat."

Manfred Groß schüttelte den Kopf.

„Die ist anders, Jürgen. Ganz anders. Ich weiß das. Die ist ganz anders. Ich will die. Die oder keine."

„Mensch, Manni. Du bist überarbeitet. Wir kennen das doch alle. Entspann dich. Lös deinen Fall und mach Urlaub."

Er reckte sein Glas Manni entgegen, um mit ihm anzustoßen, aber der reagierte nicht.

„Das Schlimme ist nur", setzte Manfred Groß dumpf dazu, „irgendwie ist sie in diesen Mordfall verwickelt. Sie war seine Geliebte …"

„Wessen Geliebte? Doch nicht Buirettes Geliebte? Sag mal, bist du noch zu retten? Dann gehört sie doch wohl eindeutig zu den Verdächtigen! Mensch Manni, lass dich nicht auf solche Geschichten ein. Du bringst dich in Teufels Küche. Ich kenne dich. Wenn du in eine Frau verschossen bist, verlierst du jegliche Urteilskraft. Das kannst du dir nicht leisten. Du kennst sie ja kaum. Die erzählt dir irgendwas."

Aber noch bevor Manni zu einer Antwort ansetzen konnte, stieß Jürgen hervor:

„Sag mal, was ist denn da drüben los? Was macht Lotte da um Himmels willen?"

Lotte Askoleit hatte eine 3D-Brille auf. Damit konnte man den Film ansehen, der auf der Leinwand dort drüben zu klassischer Musik gezeigt wurde. Man reiste durch den eigenen Körper. Man glitt schön langsam von einer rosigen Zunge abwärts durch die Speiseröhre in den Magen und drehte dort eine Pirouette. Dann schwang man sich abwärts vom Magen in den Zwölffingerdarm. Man tastete sich wieder hinaus, flutschte durch den Dünndarm und schlängelte sich dann in vielen Windungen durch einen rosig glänzenden Dickdarm. Und kurz bevor die Reise zu Ende war, da war Lotte endgültig schlecht geworden von den vielen Kurven auf der Fahrt durch ihren eigenen Körper. Einfach schwindelig und komisch. Sie hing am Arm der Zugbrückenwärterin und würgte. Jürgen war mit drei Schritten bei ihr und nahm ihr die 3D-Brille ab. Lotte blinzelte ins Licht, hustete, keuchte und schwankte ein wenig vom Wein und von der kurvigen 3D-Reise und meinte zu der Zugbrückenwärterin:

„Sie müssen entschuldigen, ich hatte heute schon einen Sh-Sh-Shanty-Chor und zwei Bratwürstchen. Ich glaube, ich hätte es jetzt gerne, wenn mich mein Neffe, er ist nämlich Oberarzt, müssen Sie wissen, also wenn er mich jetzt bitte schön gleich nach Hause fahren könnte."

Und so endete Lottes Auftritt im Solution Center schwankend und mit einem wenig rühmlichen Abgang.

XX

Als Jürgen Lotte nach Hause gebracht und sicherheitshalber bis in ihr Apartment begleitet hatte und schließlich selbst daheim ankam, war Jutta schon im Bett. Als er am nächsten Morgen aufstand, war Jutta schon wieder unterwegs, vermutlich joggte sie irgendwo leichtfüßig durch den Wald. Die Kinder? Ehrlich gesagt, er wusste es nicht. Man sah sie so selten. Wahrscheinlich schliefen sie oben in ihren Zimmern wieder bis mittags.

Er hatte keine Lust, sich alleine einen Kaffee zu machen, und holte sich aus dem Kühlschrank ein Glas mit viel zu kaltem Orangensaft. Der Dackel winselte und wollte Gassi gehen. Jürgen machte ihm die Haustüre auf und ließ ihn in den Vorgarten, auch wenn das auf Juttas strengste Missbilligung gestoßen wäre.

Auf dem Küchentisch lagen die Prospekte und Preislisten, die er gestern Abend im Gehen noch rasch zusammengerafft hatte. Schöne, nagelneue Geräte, hoch auflösend, chromblitzend, ergonomisch perfekt – die Zutaten für seine Traumpraxis. Er blätterte, besah sich den Hochglanzkollegen im gestärkten Kittel, der sich da kompetent und Anteil nehmend mit einem Schallkopf über den flachen Bauch einer lächelnden Zwanzigjährigen beugte, und dachte sich, irgendetwas ist falsch. Meine Klinikkittel haben diesen Grauschleier vom tausendfachen Waschen, meine Patienten sind fast alle über siebzig, ihre Organe liegen unter so viel Fett und Luft, dass die stärksten Schallwellen brechen, oder das Untersuchungsergebnis, das ich auf dem Monitor sehe, macht mir selber Angst. Den ganzen Tag brennen die Neonleuchten in meinem Klinikzimmer, ich kontrolliere Befunde und Laborwerte und wenn ich nach Hause komme, sind alle beschäftigt oder nicht da, nur der Dackel kläfft mich an. Und jetzt, wo ich Urlaub habe, jetzt, wo endlich der Sommer da ist, sitze ich wieder in einem neonbeleuchteten Zimmer, mache eine Praxisvertretung und die Bäuche sind genauso dick und gebläht. Dabei würde ich viel lieber ...

Er starrte auf den Hochglanzstapel. Ja was? Zwei Wochen mit Jutta nach Frankreich fahren wie letztes Jahr und nächstes Jahr? Es war immer schön und es war erholsam und das Essen war fantastisch und dahinter war dieses Wispern, du bist in einer Endlosschleife. Du treibst in einer trägen Strömung, man merkt ja nicht einmal das Gefälle, nur das Wasser wird immer flacher und breiter, zu flach zum Schwimmen, man watet nur noch und man möchte an einem anderen Ort sein. Nur wo? Und schon am frühen Abend kommt die Müdigkeit, die kommt nicht vom Rotwein, sondern von der Vorhersehbarkeit. Denn das Beste was ich sagen kann, ist, dass es wieder so wie gestern war, wie letztes Jahr, wie immer schon. Nein, ich darf mich nicht beklagen. Ich sehe die Katastrophen jeden Tag. Wie viele Urteile habe ich schon verkünden müssen, die den freien Fall ins Ungewisse bedeuten und das Ende von allem, was war. Mir geht es gut, Jutta geht es gut, vor allem den Zwillingen geht es gut. Aber. Aber, aber, aber. Etwas ist leer. Ich kann nicht sagen, was es ist. Es ist immer da. Es ist wie ein Grundrauschen unter allem. Und es flüstert und flüstert daskennenwirschondaskennenwirschon.

Vielleicht hätte ich mit Jutta tatsächlich damals auf eine Ostseeinsel ziehen sollen. Das Sprechzimmer neben dem Wohnzimmer und nachmittags bindet sie sich eine

Schürze um und backt einen Gugelhupf, ich rieche es in meinem Sprechzimmer, und abends sitzen wir nebeneinander noch eine Stunde auf der Bank vor dem Haus. Blödsinn. Ich bin nicht der Landarzt aus der Vorabendserie. Ich sollte lieber endlich mein Versprechen einlösen und mit Max zu einem Club-Spiel gehen und mit Lisbeth zu einem Robbie-Williams-Konzert. Oder interessiert sie sich inzwischen für einen anderen Typen? Ich weiß es eigentlich nicht mehr. Was treibt sie nur den ganzen Tag? Wo steckt sie? Und wo ist Jutta?

Er stand abrupt auf, holte sich Stift und Papier vom Telefontischchen, schlug die Hochglanzseiten seiner Prospekte auf, notierte und rechnete. Die Zahlensäule auf seinem Zettel wurde immer länger und schiefer.

Die Haustür klappte, er hörte Juttas Schritte, das unrhythmische Pfotentappeln des hüftkranken Dackels und Juttas Stimme: „Jürgen, du hast den Hund doch nicht in den Garten pinkeln lassen?" Dann war sie hinter ihm, wuschelte ihm durchs Haar, sagte im Vorbeigehen: „Gut geschlafen? Was rechnest du?", stand an der Spüle, trank in großen Schlucken und er sagte: „Das ist Wahnsinn, da nützt uns Lottes Geld auch nicht viel."

Sie kam näher, beugte sich über die Zahlenkolonnen, er roch den feuchten Wald in ihren Haaren und sie sagte: „Warum willst du eigentlich unbedingt aus der Klinik fort?"

Ja, warum? Um aus dieser ratternden Spurrille zu kommen? Um noch einmal an einem anderen Ort zu sein? Um noch einmal eine offene Rechnung zu haben? Eine verdammt offene Rechnung, wenn er sich die Zahlen ansah.

„Was meinst du, bin ich zu alt, um noch mal etwas Neues anzufangen?"

Sie antwortete nicht, stand nur neben seinem Stuhl

und trank in hörbaren Schlucken ihr Leitungswasser. Schließlich sagte sie zögernd:

„Warum willst du unbedingt raus aus allem? Was macht dich so unzufrieden?“

Jürgen schwieg.

Sie beugte sich zu ihm herunter, streifte mit den Lippen seine Schläfe und sagte:

„Du weißt, wenn du noch mal neu anfangen willst, dann bin ich auch dafür.“

„Ich weiß es nicht, Jutta. Ich weiß es nicht. In den letzten Tagen habe ich manchmal gedacht, in Udos Praxis ist es auch wie in der Klinik, immer die gleichen Abläufe, die gleiche Hektik, der gleiche Ärger. Nur das finanzielle Risiko kommt noch hinzu.“

„Wollte Lotte nicht ...?“

„Lotte?“, er lachte auf. „Jaja, Lotte ist ein Schatz. Sie wollte uns unbedingt Geld dazu geben. Aber sie hat nicht die leiseste Ahnung, was es kosten würde, mich in Udos Praxis einzukaufen, plus die neuen Räume, plus die neuen Geräte. Mir wird langsam erst klar, was da auf uns zukommen wird. So reich ist Lotte auch wieder nicht. Übrigens war sie gestern ziemlich angetrunken.“

„Lotte? Nie!“

„Glaub es mir, so wie auf dieser Firmenveranstaltung habe ich sie noch nie gesehen. Das mit Karls Grab nimmt sie mit. Sie will unbedingt verhindern, dass es verlegt wird. Manni war übrigens gestern auch da. Er ermittelt in Buirettes Firma. Und hat sich ausgerechnet in eine seiner Verdächtigen verliebt. Ich mache mir Sorgen um ihn, er sieht schlecht aus in letzter Zeit. Ich muss ihn mir mal näher ansehen, aber er sagt, er hat keine Zeit und das einzige, was ihm fehle, das sei eine Frau. Diese Frau. – Verdammt, ich muss auch dringend los. Wo sind die Kinder? Ach, noch etwas! Ich glaube, Lotte würde gerne doch selbst nach Verona fahren. Am liebsten mit Otto. Meinst du, er macht da mit?“

„Otto???“

Ja. Otto.

Er sagte sofort zu. Margot war nicht da. Die Reise war umsonst. Die Wanderstiefel standen immer frisch geputzt im Keller. Er machte sich zwar nichts aus Bruschetta, Mozzarella und dem anderen Schnickschnack, aber er konnte ja eine Hartwurst einpacken und auf dem Weg nach Verona vom Bus aus die nächste Gebirgstour planen. Nur eines machte er entschieden zur Bedingung: keine Opernaufführungen, keine Museumsbesuche über eine Stunde und keine Belehrungen über gesunde Ernährung, sonst könne er auch gleich mit Margot wegfahren. Im Übrigen freue er sich.

Lotte freute sich auf einmal auch. Nur Frau Dr. Grabert war zutiefst beleidigt. Ein paar Tage lang hatte Lotte versucht, ihr aus dem Weg zu gehen. Sie hatte am nächsten Morgen nicht geöffnet, als sie durch ihren Spion Frau Dr. Grabert mit einem weißen Stiftsteller voll kaltem Fleisch vor der Türe stehen sah. Sie hatte eine Magen-Darm-Infektion vorgetäuscht und sich von der Etagendame Blässliches aufs Zimmer servieren lassen, um einer unliebsamen Begegnung im Speisesaal zu entgehen. Sie hatte sich trotz der Hitze quasi in ihrer Wohnung verbarrikadiert, bis ihr am dritten Tag das eingeschweißte Frühstücksbrot nach Gutshofart ausgegangen war und sie sich – wie sie glaubte taktisch geschickt – während der allgemeinen Mittagspause durch die Flure zum Stiftsladen geschlichen hatte. Vielleicht hatte Frau Dr. Grabert ihr aufgelauert, jedenfalls trat sie plötzlich hinter dem Regal mit den Weinflaschen hervor und donnerte:

„Und, was ist nun, Frau Askoleit? Wann fahren wir?"

Da musste Lotte beichten, dass sie sich für eine männliche Begleitung entschieden hatte. Frau Dr. Grabert war nicht enttäuscht. Sie war zutiefst getroffen. Sie fand das im höchsten Maße degoutant. Geschmacklos. Niveaulos. Mit einem Mann. Na dann viel Spaß. Sie langte in ihre Handtasche, holte ein Päckchen filterlose Zigaretten hervor, zündete sich noch im Lebensmittelladen eine an, schnaubte den Rauch wie ein Drache aus beiden Nasenflügeln und zischte:

„Frau Askoleit, wie können Sie nur!"

Und zur herbeieilenden Kassiererin schnaubte sie: „Sie brauchen sich gar nicht über meine Raucherei aufzuregen. Es gibt hier Dinge, die sind noch viel geschmackloser."

Und damit stürmte sie aus dem Laden, eine Rauchfahne hinter sich herziehend.

Es mochte ja sein, dass sich jedes Jahr Millionen Bundesbürger auf den Weg in den Urlaub machten. Nach Bangkok, Brunei oder Birma. Nach Venezuela oder Vancouver, aber eben nicht nach Verona. Das war etwas anderes. Die Landkarte log. Verona war mindestens dreitausend Kilometer entfernt. Selbst Karl war dort zeit seines Lebens nie gewesen. In Verona gab es Legionen von Salmonellen im Eis, Schwadrone von braun gebrannten Mopedfahrern, die alten Damen die Handtaschen entrissen, außerdem literarisch vorbelastete Balkons, die sicher einsturzgefährdet waren, und eine antike Arena, in der nachts italienische Arien gesungen wurden. Und das war mit Otto auch nicht zu machen.

Lotte war in ernsthafter Sorge. Sie hätte sich sehr gerne mit Jürgen über ihre Reisevorbereitungen ausgetauscht, aber in der Praxis, in der er vertrat, weigerte man sich, sie durchzustellen. Sie telefonierte der Etagendame so lange mit höchster Dringlichkeitsstufe hinterher, bis diese endlich erschien und ihr den grünen Plastikkoffer vom Schlafzimmerschrank wuchtete, der dort seit dem letzten gemeinsamen Urlaub mit Karl in Wörishofen vor sich hin staubte.

Sie packte schon mal probeweise den Koffer ein und wieder aus, schrieb Einkaufslisten und neue Packlisten, die sie in immer kürzeren Abständen überarbeitete und verwarf. Sie machte sich auf den Weg in die kleine plüschbraune Sparkassenfiliale und holte ihr Testament aus dem Bankschließfach, um es noch einmal in allen Punkten durchzugehen. Sie borgte sich einen Reiseführer aus der Stiftsbibliothek und notierte in einem alten Schulheft die wichtigsten Sehenswürdigkeiten. Sie machte einen Termin mit ihrer Friseuse und kaufte Vitamintabletten in der Apotheke und einen weißen Popelinhut gegen die Sonne. Und schließlich rief sie am letzten Abend, der ihr blieb, bei Jürgen und Jutta an, um sich zu verabschieden.

„Na dann, viel Spaß", sagte Jutta leichthin.

„Du redest dich leicht", erwiderte Lotte dumpf. „Nun sind die Würfel gefallen. Ich finde, Jürgen hätte mich nicht einfach so fahren lassen dürfen. Ohne Impfung. Ohne Medikamente. Nach Italien! Weißt du was? Ich habe gelesen, im Mittelalter sind die meisten deutschen Kaiser auch dort gestorben. Hepatitis! Salmonellen! Exsikkose! Malaria! Lebt wohl. Grüß mir die Kinder. Otto kann euch ja erzählen, wie es war."

Sie schwieg einen Moment und setzte dann düster hinzu:

„Wenn ich daran denke, dass sie Karl und mich bald wieder ausgraben werden und unser Grab verlegen … na ja, aber das ist dann euer Problem …"

XXI

Dann kam der nächste Morgen. Da passierte noch gar nichts. Denn der Bus fuhr erst abends los. Offenbar wollte sich der Reiseunternehmer die erste Nacht im Hotel sparen.

Lotte nahm sich ein Taxi zum Busbahnhof hinter den Bahngleisen. Sie war die erste. Dann kam lange niemand. Dann kamen ein paar Rentner mit Rollenkoffern. Dann kam der Bus. Der Reiseleiter war höchstens dreißig und hatte einen Ring im Ohr. Im Bus saßen bereits die Reiseteilnehmer, die man in Bamberg und im Oberland zusammengeklaubt hatte. Sie waren schon ein wenig verärgert wegen all der Stopps, wo man doch nach Italien wollte, und sahen von oben, von ihren gepolsterten, geblümten Plüschsesseln auf Lotte hinunter, die mit dem beringten Reiseleiter an der Gepäckladeklappe auf der Längsseite des Busses stand.

„Askoleit, Lotte. Sind Sie diese Preisträgerin? Na dann herzlichen Glückwunsch. Und wo ist Ihr Mann?"

Er kniff die Augen über seiner Teilnehmerliste zusammen und buchstabierte: „Kallfels, Otto."

„Er muss gleich hier sein, aber es ist nicht wie Sie denken. Er ist nicht mein Mann, er ist der Vater meines angeheirateten Neffen, der ist Oberarzt und seine Frau, also nicht von meinem Neffen, sondern von dessen Vater, also Margot ist Vorsitzende von so einem Hausfrauenverein und viel unterwegs und da dachten wir, also ehe der Preis verfällt …"

„In fünf Minuten bin ich hier weg." Das war der Busfahrer, der sich in einer senffarbenen Knautschlederjacke aus dem Einstieg lehnte.

Von den Businsassen klopfte jemand gegen die Scheibe und deutete gestikulierend auf seine Uhr.

„Er ist sicher gleich hier, er ist immer pünktlich, ich versteh es nicht, er wird doch keinen Unfall gehabt haben …"

„Ist er das, da hinten?"

Der beringte Reiseleiter deutete auf eine kurz behoste Gestalt mit einer kleinen Sporttasche und einem umgeschnallten Wimmerl, der ein wenig krummbeinig, aber entschlossen auf den Bus zumarschierte.

„Sie haben notiert, dass wir zwei Einzelzimmer brauchen?", Lotte fingerte nervös an ihrer Handtasche herum.

„Ich weiß, ich weiß, die haben mir in der Firma jedes Mal wieder einen Zettel hingelegt, wenn Sie angerufen haben. So, sind wir jetzt endlich komplett?"

„Klar", sagte Otto, der in diesem Moment den Bus erreichte. Er trug eine kurze Wanderhose, seine geputzten Stiefel und ein khakifarbenes Hemd mit unzähligen Taschen. Er warf seine kleine Reisetasche mit Schwung in die offen stehende Ladeluke, noch bevor der Reiseleiter sie ihm abnehmen konnte, drückte Lotte einen geräuschvollen Kuss auf die Wange, schwang sich mit Elan die Treppen in den Bus hoch und Lotte hörte von innen, wie er die wartenden Insassen mit einem fröhlichen „'n Abend zusammen, dann wolln wir mal los nach bella Italia" begrüßte.

Als sie endlich die Stufen in den Bus erklommen hatte und sich mit Stock und Handtasche durch den Mittelgang tastete, winkte er ihr schon aus der Mitte des Busses, ließ sie zum Fensterplatz durchrutschen, verstaute ihren Stock, kramte aus seinem Wimmerl eine Dose Bier und ließ sich, als der Bus anfuhr, auf seinen Sitzplatz plumpsen. Er warf Lotte einen munteren Blick zu, zog mit einem Ratsch den Ringverschluss seiner Bierdose auf, hielt sie Lotte hin, die dankend abwehrte, nahm wohlig seufzend einen kräftigen Schluck, pfiff etwas durch die Zähne, was klang wie „Zwei kleine Italiener, die träumen von Napoli“, trank zügig sein Dosenbier aus und noch bevor ihr großer lila Reisebus das Autobahnkreuz Nürnberg erreicht hatte, schlief er.

Er hatte die leere Dose vor sich neben der Spucktüte verstaut, die Hände über dem Bauch und dem Hemd mit den vielen Taschen gefaltet, seine nackten, behaarten Beine in der kurzen Wanderhose schwankten leise nach links und rechts und sein Kopf war friedlich nach vorne gekippt. So saß er bis Ingolstadt und bis München und auch noch als der Bus die Autobahn Richtung Innsbruck nahm. Lotte thronte steif daneben, die Handtasche auf den Knien. Von oben blies ihr ein unangenehm kalter Luftzug auf die frisch gewellte Frisur. Ihre Knie schmerzten. Sie hatte vergessen, zu Abend zu essen. Überall raschelte Papier, sie hörte Lachen und Schwatzen um sich herum, die erwartungsvolle Kulisse wie vor einem lange geplanten Theaterabend.

Der Reiseleiter ging herum und verkaufte Getränke in Dosen, aber der Gang auf eine schwankende Trockentoilette in einem winzigen, knarzenden, rollenden Kabuff kam ihr wie ein gefährlicher Hochseilakt vor und so wagte sie nicht, etwas zu trinken.

Dann wurde es langsam stiller um sie. Die beiden grauhaarig ondulierten Köpfe vor ihr kippten auf die Seite, der Busfahrer stellte endlich die Musik ab und knipste die Deckenbeleuchtung aus, nur noch ein paar der kleinen Leselampen brannten, hinter sich hörte sie jemanden wispern: „Der ist doch eindeutig viel jünger als sie“, aber vielleicht hatte sie sich auch getäuscht.

Draußen war es inzwischen Nacht. Der Bus schnurrte vor sich hin, die Scheinwerfer der Autos auf der Gegenfahrbahn strichen von rechts nach links über die Fenster des Busses, gelegentlich huschte die Rückseite eines viereckigen Autobahnschildes vorbei, dann schoben sich die dunklen Buckel der Berge ins Bild und wuchsen immer höher und gratiger in die Nacht. Die einzelnen, flackernden Lichter der Häuser wanderten auf der Fensterscheibe immer weiter nach oben, bis kurz unter die Gepäckablage des Busses.

Ottos Kopf fiel zur Seite und jetzt lag er auf ihrer Schulter. Seine Wange fühlte sich durch den Stoff ihrer Bluse schlafwarm an. Seine weißen Haare kitzelten sie im Gesicht. Seine Schultern hoben und senkten sich kaum merklich. Er roch nach Otto. Nach Rasierwasser und Energie.

Sie saß still. Die Berge rollten vorbei, eine blendend helle Tankstelle, die Konturen einer Stadt an einem Fluss. Sie merkte, wie ihr Kopf nach vorne sackte und wie Otto neben ihr sich bewegte, und dann schlief sie wohl doch für eine Stunde ein.

Ihr Nacken schmerzte, als sie aufwachte. Der Bus stand auf einem Parkplatz, der Busfahrer stakste mit einem Pappbecher und einer Zigarette im Mund auf dem Asphalt auf und ab. Der Himmel war nicht mehr schwarz, sondern steingrau und Otto war wach.

„Es ist vier Uhr“, sagte er munter, „bald sind wir am Gardasee, Lotte.“

Lotte griff nach ihrer Frisur, die Locken links fühlten sich platt an.

„Tja, die Südtiroler sind scho Hund“, fuhr Otto, der nun offensichtlich ausgeschlafen hatte, fort. „Ich bin für einen Alpenstaat. Bayern und Tirol, das wär's. Nix NRW, nix Bremen."

Lotte fühlte sich für eine so weit reichende politische Grundsatzdiskussion noch zu matt. Aber Otto brauchte sie dafür auch nicht: „Wir nehmen die Südtiroler noch mit rein, bis nach Salurn, von mir aus auch bis Trient. Die Alpini waren schon im Ersten Weltkrieg Hund. Und dann der Andreas Hofer. Das war ein Kerl. Schwarzer Bart, fünf Schuh groß, dreizehn Schuss haben sie in Mantua gebraucht, um ihn umzulegen."

Otto summte „Zu Mantua in Banden", was Lotte aber nicht zu würdigen wusste, da sie in ihrer Kinderzeit in Ostpreußen keine Tiroler Freiheitslieder gelernt hatte. „Ja", sagte sie, „Italien. Kennst du das Land wo die Zitronen blühn. Jetzt sind wir fast da."

Der Busfahrer stieg wieder ein, startete den lila Reisebus, fädelte sich wieder in die Autobahn ein, drehte das Radio an und schaltete die Deckenbeleuchtung ein. Das Mikrofon knackte und dann meldete sich über den Köpfen der schlaftrunkenen, wehrlosen Reisenden die Stimme des ohrberingten Reiseleiters. Einen wunderschönen guten Morgen und es gäbe da leider ein kleines Problemchen. Kurzfristig habe sich herausgestellt, dass in Verona nicht so viele Zimmer wie gebucht zur Verfügung stünden. Die Italiener seien da eben immer ein bisschen larifari, die ganze Stadt sei voll wegen dieser Opernaufführungen in der Arena. Aber da könne man halt jetzt auch nichts machen und das müsse ja auch niemanden beunruhigen, er könne stattdessen wirklich 1a-Zimmer am Lago di Garda also quasi am Gardasee anbieten. Transfer nach Verona et cetera – alles kein Problem und er würde jetzt die Zimmer verteilen.

Sofort waren alle hellwach und die friedlich dösende Busbesatzung aus Rentnern und Witwen verwandelte sich innerhalb weniger Augenblicke in die meuternde

Mannschaft der Bounty. Allgemein wurden Rufe laut, das habe der Reiseleiter garantiert schon zu Hause gewusst, Überbuchungen, das kenne man schon, das müsse man sich nicht bieten lassen. Einige Pensionäre erhoben sich sogar von ihren Plüschsitzen, ließen sich zu Beschimpfungen hinreißen und drohten damit, die nächsten für dieses Jahr vorgesehenen Urlaubsreisen mit einem anderen Busunternehmen zu absolvieren.

Der beringte Reiseleiter meinte, Herrschaften, nun mal ganz ruhig, der Lago di Garda also quasi der Gardasee sei als Urlaubsgebiet eigentlich sowieso sauberer und preiswerter, also quasi für den deutschen Urlaubsgast irgendwie näher dran und besser geeignet, also wenn er es sich quasi aussuchen könnte, würde er selbst allemal …

Und auch Lotte dachte bei sich: „Der Gardasee ist einfach nicht so tief in Italien drin wie dies Verona", sie warf Otto einen fragenden Blick zu, der fixierte stoisch seine behaarten Knie und brummte: „Lotte, also mir ist alles recht."

Darauf hob Lotte zaghaft den Finger und erklärte, sie beide würden sich gerne als Freiwillige für das Quartier am Gardasee melden.

Die Dame hätte es sich anders überlegt? Also doch ein Doppelzimmer?, rief der Reiseleiter quer durch den Bus, was anderes gäbe es also quasi am Lago di Garda nämlich nicht. Daraufhin zog Lotte augenblicklich ihr Anerbieten zurück und dem Reiseleiter blieb nichts anderes übrig, als ein paar der am wenigsten renitenten Reisenden herauszupicken und sie mit der Aussicht zu ködern, dass sie am Lago di Garda quasi supersauber und in Toplage untergebracht würden.

Und während der große lila Reisebus immer weiter Richtung Süden schnurrte, die Berge hinter sich ließ und die

Wogen der Aufregung an Bord des Busses langsam wieder verebbten, tauchten gegen den rötlichen Morgenhimmel auf einem sanft geschwungenen Hügel zwei dicke schwarze Ausrufezeichen auf – die ersten Zypressen, wie mit Tusche in den Himmel gezeichnet.

Lotte verfiel über diesen Anblick in eine solche Verzückung, dass sie unwillkürlich nach Ottos Knie fasste und rief:

„Mein Gott ist das schön, Otto! Pinien! Jetzt verstehe ich, was Goethe gefühlt haben muss, als er über die Alpen ritt!"

„Ich glaube, es sind Zypressen", erwiderte Otto trocken, griff nach der leeren Bierdose, die vom Vorabend immer noch neben der Spucktüte steckte, zerdrückte sie mit einem lauten Knacken und sagte: „Mensch, diese Busfahrt macht mir einen solchen Durst."

„Mignon", schwärmte Lotte weiter, „so muss sich Mignon gefühlt haben: Ein sanfter Wind vom blauen Himmel weht, die Myrte still und hoch der Lorbeer steht – kennst du es wohl? Dahin! Dahin möchte ich mit dir, o mein Geliebter ziehn!"

Sie sah ihre Hand auf Ottos haarigem Knie liegen, zuckte hoch, als habe sie sich an einer heißen Herdplatte verbrannt, und hörte ihn, während die Röte sie überflutete, sagen:

„Wirklich, ich hab einen tierischen Durst."

Und dann war er da, der Gardasee. Zumindest theoretisch. Denn das Hotel in Toplage, wo man die erste Gruppe von Reisenden absetzte, war nicht wirklich direkt am See, auch wenn der Reiseleiter versicherte, also der Lago di Garda sei quasi um die Ecke und alle, die hier schon aussteigen dürften, seien wirklich zu beneiden.

Die verbliebenen Businsassen stimmten darüber ab, dass man ohne weitere Verzögerung und ohne Frühstückspause nun endlich nach Verona wolle, breiteten sich auf den frei gewordenen Plätzen aus und verfielen wieder in schläfriges, erschöpftes Dösen.

Auch Otto nickte ein, nur Lotte war hellwach und sah hinaus auf dieses Land, das nun flach und staubig und immer heller wurde, sie las die fremden Namen auf den Autobahnschildern, die nun grün leuchteten, sie sah die staksigen Betonskelette der Fabrikneubauten und all die flachen Häuser, die so rötlich, dachlos und unfertig wirkten. Ihre Blase begann zu drücken. Sie sehnte sich danach, ihre Knie auszustrecken.

Dann endlich war es soweit. Sie verließen die Autobahn, der Busfahrer stoppte an einer Art Grenzhäuschen und musste offensichtlich eine Gebühr bezahlen, dann knackte wieder das Mikrofon, der Reiseleiter meldete, nun sei man quasi schon angekommen in der Stadt von Romeo und Julia.

Der Bus kurvte durch immer enger werdende Gassen, der Busfahrer klappte seine Außenspiegel ein, rangierte und fluchte, Lotte sah von ihrem erhöhten Sitzplatz auf kleine Lokale direkt an der Straße, wo die Leute in aller Seelenruhe auf weißen Plastikstühlen saßen und Kaffee tranken, sah was sie schon befürchtet hatte – junge Männer auf Motorrollern vorbeiflitzen, sah junge Frauen in lästerlich kurzen Röcken und kleine Läden mit im Abgasdunst aufgetürmten Obstbergen davor und dann hielt der lila Reisebus vor dem Hotel.

All seine grünen Fensterläden waren zugeklappt, als halte es Siesta. Der Reiseleiter schwang sich vom Sitz, um die Formalitäten zu regeln, und während die erschöpften Businsassen noch ihre Habseligkeiten sortierten und Otto sein Wimmerl umschnallte, war der Reiseleiter schon wieder im Bus, kratzte sich hinter seinem beringten Ohr und verkündete vorne über das Mikrofon in die schnatternde Gruppe, die schon Richtung Ausstieg drängelte, mit diesen Italienern sei es doch immer das selbe, er habe gerade an der Rezeption die Zimmerliste gecheckt und habe leider quasi festgestellt, dass es hier auch nur Doppelzimmer gäbe, Romeo und Julia ließen grüßen. Dabei hatte Lotte das Gefühl, dass er sie ansah.

Nun, was sollten sie machen? Otto hatte großen Durst und Lotte musste dringend auf die Toilette. So fanden sie sich mit Lottes grünem Plastikkoffer, Ottos kleiner Sporttasche, Lottes Stock und Ottos Wimmerl in einem Doppelzimmer wieder. Der Fußboden war in Schwarz und Weiß gekachelt, auf dem Bett waren zwei braune Wolldecken über ein doppelt breites Laken gespannt und auf der unglaublich tief liegenden Toilette gab es nur Klopapier in einzelnen Blättern. Lotte war den Tränen nahe. Sie schwor sich, kein Kreuzworträtsel mehr anzurühren, und Otto sagte mannhaft: „Mach dir keine Sorgen, ich finde schon irgendwo noch ein Plätzchen für die Nacht. Hauptsache, ich krieg jetzt ein Bier.“ Lotte war schwindelig, weil sie seit dem Vortag nichts gegessen und getrunken hatte, und so beschlossen sie, die Lage vor Ort erst einmal in Augenschein zu nehmen.

Als sie aus dem grünlichen Schatten des Hotels traten, schlug die Hitze Lotte wie eine Feuerqualle ins Gesicht. Sie hielt unwillkürlich die Hand über die Augen und blinzelte nach oben, aber sie sah keine Sonne am Himmel, nur ein sandiges Hellgrau hoch über den rostfarbenen Häusern mit den verschlossenen Läden. Und dazu diese Geräusche. Ein Wirbel aus Knattern und Rufen, ein Strudel aus Hupen und Lärmen. Ein Gebräu aus Gerüchen von Staub und Benzin und Hitze und scharf gebranntem Kaffee, und das alles wirbelte und schnaubte und kreiselte und schwappte zwischen den engen Häusern und den Mopeds und den hupenden Kleinlastwagen hin und her und Otto konnte sie gerade noch festhalten und sagte: „Los jetzt, du musst sofort was essen, hak dich unter, du bist ganz blass."

Er führte sie zu einem Platz und bugsierte sie auf einen schattigen Stuhl vor einem Café, ein Kellner in schwarzer Hose und weißem langärmeligem Hemd kam und fragte: „Signori?" Otto, immer noch kurz behost und in Wanderstiefeln, sagte: „Birra prego", und Lotte flüsterte: „Tee." Der Kellner brachte einen riesigen, kalt beschlagenen Bierkrug und ein Tässchen Espresso. Lotte sagte: „Tee!", und der Kellner sagte: „Si si, cafè." Otto machte „Ahhhh" und dann bestellten sie noch zwei dreieckige, gefüllte Brote, die weich waren und weiß und sich bogen, wenn man hineinbiss. Und dann waren beide sehr müde, Otto von dem sehr großen Bier und Lotte von der sehr schlaflosen Nacht, und sie fanden mit Mühe wieder das Hotel mit den grünen Läden und waren beide in der Kühle und in dem dämmrigen Licht so erschöpft, dass sie einfach ihre Schuhe auf die schwarzweißen Kacheln fallen ließen und nebeneinander auf den braunen Wolldecken sofort einschliefen.

Lotte wurde erst wach, als es klopfte. Sie fuhr hoch, sah streifiges Licht auf der gegenüberliegenden Wand und – neben sich einen Mann. Otto. Er lag flach auf der braunen Wolldecke ausgestreckt und schnarchte gleichmäßig in Zimmerlautstärke. Lotte fuhr hoch, hörte wieder das lauter werdende Klopfen, griff nach ihren verschwitzten Haaren und rief: „Ich komme schon." Ihre Beine waren geschwollen von der endlosen Busfahrt und sie humpelte auf Strümpfen zur Türe, die sie beide in ihrer Müdigkeit vergessen hatten abzuschließen.

Draußen stand der beringte Reiseleiter.

„Na also Herrschaften, Sie haben sich also quasi mit dem Doppelzimmer arrangiert“, er warf einen zufriedenen Blick auf den schnarchenden Otto. „Hier sind die zwei Karten für heute Abend. Kleiner Tipp: Rechtzeitig da sein, die Plätze sind quasi nicht nummeriert.“

„Was für Karten?“, sagte Lotte. „Das muss ein Irrtum sein. Wir brauchen keine zwei Karten, wir brauchen zwei Einzelzimmer.“

„Nix zu machen“, der Reiseleiter zuckte die Schulter, „Sie haben doch ein 1a-Zimmer, sie sollten mal die anderen sehen. Also nehmen Sie die Karten, die gehören mit zum Hauptgewinn. Das mit dem Doppelzimmer ist nicht so schlimm. Sie kommen sowieso frühestens um drei Uhr ins Bett.“

Und fort war er. Als Lotte sich umdrehte, saß Otto aufrecht auf dem Bett.

„Nabucco“, sagte sie. „Zwei Karten. Ich kann nichts dafür. Wir müssen nicht hingehen.“

„Hm“, machte Otto und gähnte herzhaft. „Ich tippe auf Verdi.“

Lotte nickte.

„Und worum geht's da?“

„Gefangene Israeliten“, erwiderte Lotte, „ich hab die Platte daheim.“

„Gefangene Israeliten“, machte Otto und dehnte sich. „Naja ... Du würdest gerne hingehen, oder?“

Lotte schwieg.

„Also gut“, Otto schwang sich vom Bett, das heftig quietschte.

„Ich geh jetzt duschen und warte unten auf dich. Aber ich bekomme vor dieser Israeliten-Geschichte noch was zu essen. Und heute Nacht schlaf ich eben in der Badewanne. Das geht schon."

„Es gibt keine Badewanne", erwiderte Lotte verzagt.

Dann hörte sie, wie Otto im Badezimmer rumorte, wie die Dusche lief, hörte ihn summen und fand es auch nicht schlimm, dass er zwar ein frisches Hemd, aber immer noch seine kurze Hose anhatte, als er mit feuchten Haaren aus dem Badezimmer kam und sich ins Foyer verabschiedete, um dort auf sie zu warten.

Sie wuchtete ihren grünen Koffer auf die Wolldecke, kramte nach dem zweiteiligen Sommerkleid und ihrer guten Perlenkette und ging ins Bad.

Dort roch es nach Ottos Rasierwasser und auf der Spiegelablage sah sie etwas liegen, was sie seit Jahren nicht mehr gesehen hatte. Einen Rasierapparat. Sie stand auf Strümpfen, strich mit dem Zeigefinger über das kühle Metall des Scherblattes und dachte: „Otto. Ich kann es nicht glauben, dass wir zusammen hier sind." Dann fiel ihr Blick von dem Rasierapparat in den Spiegel und sie sah eine alte Frau mit verdrückten, verschwitzten Haaren und ihre Euphorie war schlagartig dahin. Sie wusch sich von Kopf bis Fuß mit kaltem Wasser, zog sich an und beschloss, das Frisurproblem zu lösen, indem sie einfach den neuen Popelinhut aufsetzte.

„Süß siehst du aus, aber ist das Ding nicht zu warm auf dem Kopf?", empfing sie Otto. „Wir müssen los, der Reiseleiter hat mir gerade noch eine Trattoria empfohlen."

Dann saßen sie wieder im Freien an einem Platz gegenüber einer Kirche, ein Abendhauch machte die Hitze erträglich, Otto bestellte ein Birra grande und Spaghetti al vongole und Lotte hätte am liebsten einen Tee und ein Stück Sandkuchen gehabt, aber dann lief es doch wieder auf einen schwarzen kleinen Kaffee und so ein weißes Dreiecksbrötchen hinaus. Das sah wenigstens ordentlich aus und das kannte sie schon.

An ihnen vorbei zogen immer größere Gruppen von Menschen, die alle Sitzkissen und Decken trugen, manche hatten auch Körbe und Taschen dabei und ein paar trugen dicke Notenbücher, auf denen stand „Nabucco". Otto verkniff sich ein zweites Bier, sie zahlten ihr Essen und reihten sich ein in den Strom Richtung Arena, sahen zwischen den Häusern das doppelbögige Rund des römischen Theaters auftauchen, hörten das Geschrei der Verkäufer von Libretti, Wasserflaschen, Sitzkissen, Eis und Regenschirmen und Lotte zückte ihre Karten und meinte, seconda gradinata, das klinge doch sehr gut.

Es stellte sich allerdings heraus, dass mit seconda gradinata die steinernen Treppenstufen ganz oben gemeint waren, die jetzt schon schwarz waren von Menschen, klein und wimmelnd wie Ameisen. Lotte wäre verzagt umgekehrt. Aber Otto betrachtete die Angelegenheit nun mehr von der sportlichen Seite und so blieb ihr nichts anderes, als keuchend, schwankend und unter ihrem Popelinhut dampfend eine der hohen Steinstufen nach der anderen zu erklimmen, bis sie endlich fast ganz oben waren und ziemlich an der Seite noch einen freien Platz auf den warmen Steinen ergattert hatten.

Da saßen sie, all die Opernfans in bunten Hemden, Eis schleckend, palavernd, lachend und überhaupt nicht feierlich, und Lotte war sich sicher, die hatten sich alle von einem Fußballstadion hierher verirrt und ihnen allen, wie sie da saßen, war das Schicksal der gefangenen Israeliten in Babylon herzlich egal.

Ottos Nachbar aß ein belegtes Brötchen, der davor telefonierte gestenreich mit seinem Handy, jemand verteilte Wein aus einer Plastikflasche an die mitgekommene Großfamilie und ein paar Kinder hopsten im Babylonierkostüm zwischen den Erwachsenen herum.

Und dann wurde es plötzlich so still. Die Handys schwiegen. Das Geschrei verstummte. Die Kinder kletterten auf den Schoß ihrer Mütter. Der Himmel spannte sich wie eine dunkle Samtdecke über Lotte und Otto. Aus der Tiefe vor der Bühne brach das Orchester mit einem gewaltigen Aufschrei los und jemand verwandelte nur für sie das uralte Oval der Arena in ein tausendfach flackerndes Meer von tanzenden Kerzenflämmchen.

Der steinerne Stufenbau hob von der Erde ab und schwebte über den tintenschwarzen Himmel und durch die heiße Sommernacht, getragen von nichts als Musik, schwerelos und nur getrieben von der Sehnsucht, der Sehnsucht der Verlorenen, der Verbannten, der Sehnsucht nach Heimat und dem Ruf nach Freiheit. Und als es dann soweit war, legte Otto den Arm um Lotte und die saß ganz still da und er sang mit, wie all die anderen rundum. Va pensiero sull'ali dorati. Zieht Gedanken auf goldenen Flügeln. Danach trat für einen Moment eine überwältigende Stille ein, in die nur Ottos Magen laut knurrte, bevor der Jubel losbrach und das Orchester und all die Tausende im Rund noch einmal anhoben: Va pensiero sull'ali dorati.

Lotte glitt noch immer durch ihren Sternenhimmel aus Sehnsucht und Musik, als sie plötzlich Ottos gepresste Stimme neben sich vernahm:

„Verdammt noch mal, mir ist plötzlich so schlecht. Ich glaube, ich muss auf der Stelle hier raus."

Sie hörte es kaum in ihrer atemlosen Anteilnahme, aber er stand schon, schien sie vergessen zu haben, stieg über den Rucksack des Vordermanns, zwängte sich zwischen den dunklen Rücken der Lauschenden durch, und Lotte verwirrt und voller Sorge, was plötzlich in ihn gefahren war, raffte sich auch hoch, stolpernd und wankend, abwärts über die hohen Steinstufen, jede Stufe ein

Messer in ihren Knien. Sie versuchte, ihn nicht aus den Augen zu verlieren, wie er da abwärts drängelte, sich Stufe um Stufe zwischen den Zuhörenden vorbeischob, bis zu der steinernen Öffnung, die zum Laufgang im Bauch der Arena führte.

„Otto!“, rief sie. „Otto!“, aber er reagierte nicht. Er war ein ganzes Stück vor ihr, fast im Laufschritt, seine Schritte hallten von den schweren Steinblöcken der uralten Wände, jetzt war er an dem roten Schild, auf dem „uscita“ stand, er redete hastig und gestikulierend auf einen uniformierten Aufseher ein, der zeigte nach links, weiter hinein in die dunkle Höhle der Arena. „Warte hier“, hörte Lotte ihn rufen und sah, wie er rannte.

Sie blieb zitternd stehen, atmete stoßweise und erschöpft, hörte aus der Ferne die Stimme der Sopranistin, die sich messerscharf in den Himmel bohrte.

Endlich kam er wieder.

Er sah verändert aus. Kreidebleich. Das sollte wohl ein Grinsen sein, aber es misslang ihm gründlich. Als er sie fast erreicht hatte, machte er einen unvermittelten Schritt zur Seite, sie sah, wie das linke Knie einknickte, wie er mit der Hand ins Leere neben die Quader des Laufgangs griff, und dann fiel er einfach um.

Das Ambulanzfahrzeug musste schon vor der Arena geparkt haben, denn es war sofort da. Während Nabucco jenseits der dicken Steinwände, im Rund des Amphitheaters, den Israeliten die Freiheit schenkte und sie heim schickte zu den Wassern des Jordan, luden sie Otto auf eine Trage, gestikulierten und redeten in einem Schwall, breiteten eine dünne Decke über Ottos haarige Beine und bedeuteten Lotte mitzukommen.

Die Sirene war anders als alles, was sie zuvor gehört hatte. Ihr Ton war schneidend und schwoll heulend auf und ab. Das Krankenhaus roch seltsam nach Jod und Karbol. Überall waren grüne Linoleumböden. Der Arzt sprach kein Deutsch und Otto war zu schwach, um etwas zu sagen, er krümmte sich.

Man ließ sie im Eingang warten und schob Ottos Trage in einen fensterlosen Untersuchungsraum. Lotte sank auf einen einsamen Stuhl aus schwarzem Kunstleder. Draußen war Nacht. Irgendwann erbarmte man sich ihrer. Eine junge Schwester erschien, die ein wenig Deutsch sprach, und so erfuhr Lotte von Ottos Lebensmittelvergiftung. Kein Speiseeis, sondern Muscheln.

Man ließ sie mitkommen, die Schritte quietschten auf dem stillen Linoleumboden, Otto lag nun in einem Klinikbett, bis zum Hals zugedeckt mit einem Einschlagtuch und darüber einer Wolldecke, in seinen linken Arm tropfte eine Infusionslösung und er machte eine matte Handbewegung, als sie sich zu ihm beugte. Man schob ihr einen Stuhl hin und er sagte mit schwacher Stimme, aber immerhin einem schiefen Grinsen:

„Na also Lotte, jetzt hast du dein Hotelzimmer doch für dich alleine."

Die Schwester drehte das Rädchen an der Infusion ganz nach oben und ging, Otto versuchte sich aufzurichten, sackte aber wieder nach hinten weg, Lotte saß an seinem Bett, an der Zimmerdecke brannte eine summende Neonröhre, aus der Infusionsflasche rannen die Tropfen mit einem nervösen Tictictic.

Otto richtete sich wieder auf, stöhnte und krümmte sich, Lotte, die fast eingedämmert war in dieser zweiten schlaflosen Nacht, fuhr hoch, stolperte hinaus auf den langen Flur, fand eine junge Ärztin, gestikulierte und winkte sie in das Zimmer, die warf einen Blick auf den Patienten, klopfte gegen die Infusion, drehte mit einer abfälligen Bemerkung, die Lotte nicht verstand, das

Rädchen ganz in die andere Richtung, die Infusion ging zu einem behäbigen Toooctoooc über, die Ärztin sagte irgendetwas Beruhigendes und Lotte hatte die rettende Idee, ihr auf einen Zettel den Namen ihres Hotels und des Reiseleiters zu schreiben.

Es dämmerte draußen schon wieder, als der Reiseleiter auftauchte, die Haare verstrubbelt und mit dem Geruch von Zigaretten in seiner Kleidung.

„Herrschaften, was ist denn hier los? Hat ihn quasi ziemlich erwischt, den alten Herrn, was man so hört. Muscheln in Verona essen, wer ist denn soo idiotisch? Sind wir hier etwa am Meer, oder was? Was machen wir denn jetzt mit euch beiden? Ich brauch sowieso dringend das Doppelzimmer. Mal sehn, was sich machen lässt. Haben wir für euch eigentlich eine Reiseversicherung?"

Damit verschwand er aus Ottos Krankenzimmer, die Finger schon auf seinen Handytasten. Dann tauchte er aber doch noch einmal in der Türe auf, sah die schlaftrunkene Lotte scharf an und sagte:

„Sagen Sie mal, ist das nicht quasi ein bisschen zu warm mit dem Hut?"

Und so kam es, dass Lottes Italienurlaub ein vorzeitiges Ende nahm. Nach zwei schlaflosen Nächten und einem halben Opernabend kam ein italienischer Ambulanzwagen, schob Otto auf einer Trage in den Fond, verstaute Lottes grünen Koffer, Ottos kleine Reisetasche und das Wimmerl darunter und nahm Kurs auf die Alpen. Otto lag im Laderaum hinter einer Glasscheibe und schlief meistens, immer noch mit einer tropfenden Infusion im Arm. Lotte saß vorne neben einem hübschen, dunkel gelockten Fahrer, der viel lachte, aber nur Italienisch sprach. Gelegentlich drehte sie sich um und winkte Otto auf seiner Liege.

Sie hatte immer noch ihren Popelinhut auf und sie dachte: „Wenn er wieder gesund wird, dann hat es sich doch gelohnt. Italien ist schön."

XXII

Und so rollte das italienische Ambulanzfahrzeug über die Autobahn, bis die dürren Föhrenwälder rechts und links auftauchten und die heimische Autobahnausfahrt kam. Otto wurde zusehends munterer, Lotte zusehends müder.

Margot erwartete sie schon im Abendlicht vor ihrem Haus. Sie hatte Ottos königsblauen Morgenrock über dem Arm. Hinter ihr standen Jutta und Jürgen in der Türe.

„Mein Gott Lotte, hast du mir einen Schrecken eingejagt. Was hast du nur mit Otto gemacht? Nur wegen dir verpasse ich nun die entscheidende Satzungsdebatte auf dem deutschen Hausfrauentag in Detmold!"

„Tut mir wirklich leid, Margot", sagte Lotte, sie war verschwitzt und erschöpft von der langen Reise und ihre heiße Kopfhaut juckte unter dem Popelinhut:

„Er hat Muscheln gegessen."

„Muscheln!!!"

Margots Stimme schraubte sich um eine Oktav nach oben.

„Muscheln! Im August! Jutta, hast du das gehört? Im August! Muscheln kann man nur und ausschließlich in Monaten mit r essen. Das ist wie mit den Karpfen, Lotte!"

„Erstens ist es fast September und zweitens würde ich jetzt gerne in mein Bett gehen", schaltete sich Otto ein.

Der hübsche Italiener hatte inzwischen die Trage aus der Ambulanz gezogen, Otto war heruntergeklettert und barfuß, die Infusionsflasche in der Hand, über die Einfahrt auf das Haus zugelaufen. Sofort stürzte sich Margot mit dem königsblauen Morgenmantel auf ihn, Jürgen eilte auch heran, um seinen Vater von der einen Seite zu stützen, Jutta hakte ihn auf der anderen Seite unter und nahm ihm die Infusionsflasche ab, zurück blieben Lotte und der hübsche Fahrer.

„Ospedale?", sagte der.

„Lotte sah ihn verständnislos an.

„Clinica?", versuchte es der Fahrer wieder.

„Clinica?" Lotte war ratlos. „Ich weiß es nicht. Sein Sohn dottore. Das muss er entscheiden."

Der hübsche Fahrer strich sich einige Male über seine blauschwarz gegelten Haare, dann zuckte er die Achseln, ging zur Ladefläche, stellte Lottes grünen Koffer und Ottos Gepäck in die Einfahrt und sagte: „Va bene. Ciao."

„Ciao", sagte Lotte, „und vielen Dank. Ich wäre gerne noch ein bisschen in Italien geblieben. Bella Italia."

Und dann winkte sie ihm, bis die Ambulanza nicht mehr zu sehen war.

„Hat sich dieser Italiener einfach so davongemacht? Warum hast du ihn nicht aufgehalten für den Fall, dass Otto doch noch in die Klinik muss? Vielleicht hätte man ihm ja auch ein Trinkgeld geben sollen. Ich meine, er musste sich ja nicht nur um Otto, sondern auch noch um dich kümmern. Wie ward ihr denn untergebracht in Verona und wie war das Kulturprogramm?"

„Oh", machte Lotte, „die Zimmer waren sehr schön. Die Italiener haben so einen puristischen Geschmack, das weiß man ja. Wir haben sehr gut gegessen – na ja, bis auf die Muscheln. Und dann diese Oper!"

„Wie, Oper?", machte Margot.

„Tja,“ erwiderte Lotte, „Otto wollte gerne, dass wir hingehen. Wie kommst du darauf, dass er keine Opern mag?“

Da sagte Margot erst einmal nichts mehr.

Jürgen entschied schließlich, dass Otto besser doch noch für ein paar Tage ins Krankenhaus sollte, nur zur Sicherheit. Er fuhr seinen Vater persönlich in die Klinik, trieb noch ein Einzelzimmer für ihn auf, veranlasste eine zweifellos übertrieben lange Latte von Laboruntersuchungen, vergatterte den Dienstarzt, der erst im zweiten Ausbildungsjahr war, keinerlei Entscheidungen ohne Rücksprache zu treffen, und kam erst spätabends nach Hause. Jutta war schon im Bett, als er aus dem Badezimmer kam.

„Wo sind die Kinder?“, fragte er. „Ich habe sie heute schon wieder nicht gesehen.“

„Es ist Freitagabend, sie sind unterwegs“, antwortete Jutta leichthin und klappte ihr Buch zu.

Jürgen schlug die Bettdecke zurück, legte sich neben sie und grinste:

„Weißt du, was mir mein alter Herr gerade erzählt hat? Die beiden hatten in Verona zu zweit ein Doppelzimmer. Er hat es einfach nicht für sich behalten können, du kennst ihn ja.“

„Dein Vater? Mit Lotte?“, Jutta fuhr in ihrem Bett hoch. „Und du und dein Vater, ihr findet das auch noch amüsant?“

„Komm, was soll schon gewesen sein?“, feixte Jürgen. „Von einem bestimmten Alter an …“

„Und wann fängt es an, dies bestimmte Alter ...?“, murmelte Jutta, aber dann sah sie, dass er sich schon zum Einschlafen umgedreht hatte.

Dafür war er morgens vor ihr wach, ließ den Hund in den Vorgarten und holte die Samstagszeitung herein. Und dabei stieß er auf Lisbeth. Sie kam gerade mit dem Fahrrad angefahren. Sie sah verstrubbelt aus und ihre Bremse quietschte, als sie vor dem Haus anhielt.

„Na, mein Mäuschen“, sagte er und fuhr ihr durch die Haare. „Du bist ja ganz verschwitzt. So früh am Morgen schon unterwegs?“

„Hm“, machte Lisbeth, „ist Mama schon wach?“

„Nein“, erwiderte Jürgen, den Blick beim Hineingehen schon auf der Zeitung. „Aber wenn sie nachher wach ist, muss ich mit euch reden.“

„Ich auch“, murmelte Lisbeth.

„Meine Praxisvertretung ist zu Ende. Ich habe nachgedacht. Wir lassen alles beim Alten, was meinst du, mein Mäuschen? Ich meine, es geht uns doch gut. Ich bin nicht mehr der Jüngste, noch einmal so ein Risiko, das wäre doch Wahnsinn, oder?“

„Klar Papa, wenn du meinst. Find ich auch total okay. Ich geh mal hoch zu Mama.“

„Mach das, mein Mäuschen. Ich hab den Dackel einfach in den Garten gelassen. Sag Mama nichts.“

„Jürgen!“

„Was ist denn los? Komm schon, reg dich nicht wegen dem Dackel so auf. Unser Garten ist sowieso ein Rübenacker …“

„Jürgen! Ich muss mit dir reden.“

Sie stand auf dem obersten Treppenabsatz und kam auf ihn zu. Sie nahm ihn am Ellenbogen, schob ihn in die Küche und machte die Türe hinter sich zu.

„Jürgen, ich muss mit dir reden. Jetzt haben wir den Salat. Die beiden … ich meine, es ist dir doch auch klar, was da seit einiger Zeit läuft …“

„Mit Lotte und Otto? Ich bitte dich!"
„Jürgen, ich meine selbstverständlich deine Tochter!"
„Lisbeth? Was ist mit ihr? Wo ist sie denn, mein Mäuschen?"
„Sie ist oben und heult. Sie wollte, dass ich es dir erst mal schonend beibringe ..."
„Beibringen?"
„Na ja, es gab ein Missgeschick heute Nacht. Sie ist sich nicht ganz sicher und ich meine auch, man sollte auf keinen Fall ein Risiko eingehen. Es ist auf jeden Fall besser, sie nimmt die Pille danach."
„Nach was? ... Neinnein, Quatsch, das ... das ... würde ja heißen, dass sie …"
„Jürgen, so blind kann doch kein Mensch sein!"
„Sag mir sofort, wer der Kerl ist!"
„Aber das weißt du doch. Costas natürlich."

Er war nicht sehr weit entfernt von den albernen Reaktionen, die man Vätern in dieser Situation andichtete, und wenn dieser Costas da gewesen wäre, hätte er wohl die Beherrschung verloren.

Er wusste nicht, was ihn mehr verletzte und wütend machte. Die Ruhe und Sachlichkeit, mit der Jutta darüber sprach, dass Lisbeth, sein Mäuschen, heute Nacht mit diesem Costas etwas getan hatte, was er sich lieber nicht vorstellen wollte? Die Tatsache, dass seine Tochter sich aus ihrer Kindheit verabschiedet hatte, ohne dass ihm auch nur irgendwann eine Sekunde lang etwas an ihr aufgefallen war? Die Tatsache, dass es ausgerechnet dieser Kerl war, mit schwarzen Haaren auf der Brust und einem albernen Goldkettchen? Die Tatsache, dass Jutta ihm sofort Fremdenfeindlichkeit unterstellte und ihn daran erinnerte, dass in Griechenland schließlich die Medizin erfunden worden sei? Die Tatsache, dass sie ihm unterstellte, er habe längst vergessen, wie sich das anfühle, jung und voller Leidenschaft zu sein? Nein, am schmerzhaftesten war, wenn er ehrlich war, die Tatsache, dass seine Tochter ihn nun nicht mehr brauchte und er nur noch zum Opa taugte.

Er konnte Lisbeth nicht in die Augen schauen und sie ihm auch nicht. Er hatte keine Ahnung von der Rezeptierung und Anwendung dieser Pille danach, geschweige denn von möglichen Nebenwirkungen. Schließlich war er Internist. Natürlich kannte er genug Kollegen, die er fragen konnte. Aber, verdammt noch mal, sollte er einen von denen am Samstagmorgen anrufen und erzählen, dass seine minderjährige Tochter soeben schwanger nach Hause gekommen sei von einem Griechen, den er selbst nur einmal auf einer Trage in der Notfallambulanz gesehen hatte, wo der sich wie eine weinerliche Memme aufgeführt hatte?

Natürlich rief er einen von ihnen an, erzählte eine dünne Geschichte von einer Nachbarstochter, die sich gerade bei ihm eingefunden habe und heute Nacht „einen kleinen Unfall" gehabt habe. Natürlich stellte er für Lisbeth das Rezept aus und er hörte die Türe ins Schloss fallen, als die beiden Frauen zur Apotheke fuhren.

Dann zog er sich eine Jacke über und fuhr kurzentschlossen, ohne Frühstück und ohne einen Blick in die Samstagszeitung geworfen zu haben, in die Klinik und stürzte sich in die Arbeit, die dort in den letzten zwei Wochen liegen geblieben war.

XXIII

Manfred Groß hatte eine harte Woche hinter sich. Während Lotte ihre Liebe zu Italien entdeckte und Otto von einem Muschelgericht niedergestreckt wurde, hatte er sich die Zähne an seinem Fall ausgebissen.

Noch immer gab es keine Zeugen für das blutige Geschehen auf dem Marktplatz. Die Leiter, die Buirette benutzt hatte, war voller Fingerabdrücke und darunter diejenigen herauszufinden, die eventuell vom Täter stammen konnten, glich der Suche nach der Nadel im Heuhaufen. Die Kugel in Buirettes Rücken stammte aus dem Allerweltsmodell einer Walter PPK, von der weiter jede Spur fehlte. Und das Messer, das der Täter zusätzlich in Buirettes Rücken gebohrt hatte, wies Puderreste, aber keinerlei verwertbare Fingerabdrücke auf, weil der Täter offensichtlich Gummihandschuhe getragen hatte.

„Solange wir kriminaltechnisch im Dunkeln tappen, müssen Sie sich eben auf Ihren Scharfsinn verlassen!", hatte Manfreds Groß' Vorgesetzter bei einer sehr unerfreulichen Besprechung Mitte der Woche getönt.

„Sie müssen eben kombinieren und verknüpfen, Kollege Groß! Der Brandanschlag – war das eine Warnung? Dies merkwürdige Zusammentreffen mit dem Datum des Brandes vor dreihundert Jahren – war das Zufall? Seine Tätigkeit für die Innenstadtinitiative – liegt da der Schlüssel? Der Bestechungsversuch durch diese Architektin, den er öffentlich gemacht hat – wo bleiben denn Ihre Kombinationsgabe und Ihre jahrzehntelange Erfahrung und Menschenkenntnis, Kollege Groß?"

Ja, wo blieben sie? Manfred Groß hatte Magenschmerzen und er konnte nur noch an eines denken. An eine denken. Anne Berthold.

Aber dann kam er endlich einen gewaltigen Schritt voran.

Angesichts der Sachlage hatte er einen Antrag auf Einsicht in die Konten des Ermordeten gestellt und dabei war er fündig geworden. Da gab es etwas, was eindeutig nicht in Ordnung war. Bareinzahlungen. Mehrfach in den letzten Monaten. Einzahlungen in unterschiedlicher, aber immer in beträchtlicher Höhe. Die Bankangestellte konnte sich gut erinnern. Wer hätte sich nicht an einen Auftritt von Buirette erinnert? Er hatte die Beträge selbst auf sein Konto eingezahlt. Aber woher stammte das Geld?

Er erinnerte sich an das Gespräch mit der Architektin und wie sie leichthin gesagt hatte: „Ein Bestechungsversuch? Und wenn es so gewesen wäre, was ist schon eine Million bei dieser Investitionssumme?" – Vielleicht hatte sie ja für Buirettes Privatkonto noch eine Extrasumme locker gemacht?

Manfred Groß hängte sich ans Telefon, ließ sich mit dem Planungsbüro des Markgrafen-Centers verbinden und verlangte die Architektin.

Aber dort bereitete man gerade eine Öffentlichkeitskampagne vor und hielt ein Brainstorming für ein griffiges Motto ab. Zur Wahl standen „Tradition und Fortschritt im neuen Markgrafen-Center", „Shoppingvielfalt – Freizeitflair", „Markgrafen-Center! Unsere Stadt blüht auf!" oder „Markgrafen-Center – Chance statt Stillstand". Das Brainstorming zog sich in die Länge und das Sekretariat war nicht gewillt, die Architektin aus diesem wichtigen Meeting herauszuholen.

Manfred Groß versuchte es wieder. Da hieß es, die

Dame mache eine Baustellenbegehung, rufe aber umgehend zurück. Dann war sie wieder in einem Meeting, dann war sie wieder außer Haus und dann war sie schon auf dem Weg nach Hamburg zur Zentrale. Ein Handy für einen Rückruf schien die Dame nicht zu besitzen, auch wenn sich Manfred Groß noch sehr gut an ihr silberglänzendes Designertelefon auf dem Tischchen des Cafés am Marktplatz (und auch an ihre gut definierten Oberarme und ihre trainierte Figur) erinnern konnte. Aber so würde sie ihm nicht davonkommen. Er hatte ein paar sehr unangenehme Fragen für sie parat.

Einstweilen aber beschloss er, andere Wege zu beschreiten. Nicht dass er private Interessen und berufliche Erfordernisse vermengen wollte, die Ermittlungslage erforderte es, dass er Anne Berthold anrief. Schließlich war sie Buirettes engste Mitarbeiterin gewesen. Und nicht nur das.

Es war Freitag spätnachmittags und sie wollte gerade das Büro verlassen. Er machte es dringend und nach einigem Zögern willigte sie ein, ihn noch am Wochenende zu treffen. Dieses Wochenende sei für sie jedes Jahr etwas ganz Besonderes. Erst verstand er nicht, was sie damit meinte, aber dann erklärte sie es ihm und er dachte: „Du liebe Zeit, aber Hauptsache, ich sehe sie."

XXIV

Poeten und anderes Gedöns. Manfred Groß hatte darum immer einen großen Bogen gemacht. Ihm reichten schon die Protokolle, die er schreiben musste. Wie konnte jemand Lust verspüren, freiwillig mehr als zwei zusammenhängende Seiten zu verfassen? Und wer las das? All das langatmige Geschwätz über schwierige Kindheiten in Schweizer Bergdörfern, all die weitschweifigen Auslassungen über problematische halbindianische Heranwachsende in amerikanischen Großstädten und all die weinerlichen Geschichten von ältlichen Poeten, die noch einmal auf dem Rosenpfad der Liebe wanderten? Ihn interessierte das alles nicht. Probleme hatte er selbst genug und als Lektüre gab es den Sportteil der Heimatzeitung. Aber Frauen dachten offensichtlich anders darüber.

Es waren, so weit er es beurteilen konnte, ja nur Frauen, die sich all diese deprimierenden Bücher kauften.

Und als er den Schlossgarten betrat, sah er auch vorwiegend Frauen. Nicht die Sorte aus dem Sportstudio, die mit der Ganzjahresbräune und den vielen kleinen goldenen Haarklämmerchen im Schopf. Auch nicht die, die er von Berufs wegen oft genug vor sich hatte. Die mit den verrauchten, grobporigen Gesichtern und den scharfen Zügen um den Mund, sondern andere. Frauen in geblümten Kleidern, Frauen in weiten Leinenhosen, Frauen mit Strohhüten, Frauen, die im Schneidersitz auf Wolldecken saßen, Frauen, die im Schatten an Bäumen lehnten. Zugegeben, es waren doch auch Männer dabei und sogar ein paar Kinder.

Sie alle saßen auf Bierbänken, auf mitgebrachten Faltstühlen, auf Decken in der Wiese und hörten konzentriert zu. Denn dort, mitten im Grün, auf einem hölzernen Podium las einer aus einem Buch vor.

Seine Stimme schwang hin und her in einem leise tanzenden, beruhigenden Singsang. Die Sonne schien ihm ins Kreuz und umgab ihn mit einer leuchtenden Aureole und das Licht lag auf den Gesichtern seiner Zuhörer und ließ sie weiß leuchten. Manfred Groß blieb unwillkürlich stehen und hörte zu.

Der da vorne beschrieb eine Landschaft, eisblau und erstarrt. Und er beschrieb einen Mann, der durch diese Landschaft ging. Er beschrieb den Wind, der darüber fegte, den Kopf des Mannes zwischen die Schultern zwang und das Knirschen seiner Schritte immer schwerer und langsamer machte. Manfred Groß fröstelte unwillkürlich. Der Bursche da vorne auf dem Podium verstand sein Handwerk, das musste man ihm lassen.

Manfred Groß sah sich um. Er hätte nie gedacht, dass dies Poetenfest so viele Menschen hierher lockte. Er kniff die Augen zusammen, um im harten Gegeneinander von Sonne und Schatten unter den Bäumen Anne Berthold auszumachen. Und er lief so lange zwischen den im Gras lagernden Zuhörern entlang und stieg so lange über ausgestreckte Beine und ausgebreitete Strickjacken, bis er sie entdeckt hatte.

Sie saß unter einem Ahornbaum, den Rücken an den Stamm gelehnt, und neben ihr lag Benno. Er wedelte mit dem Schwanz, als erkenne er Manfred Groß wieder. Und sie lächelte, flüsterte: „Da sind Sie ja, Herr Kommissar“, legte dann aber gleich den Finger auf den Mund und bedeutete ihm, sich neben sie zu setzen. Manfred Groß sah sich suchend um. Sie hockte zwar mit angezogenen Knien auf einer kleinen karierten Wolldecke, machte aber keine Anstalten, zur Seite zu rücken, und so ging er einfach neben ihr im Schatten in die Hocke und ließ sich dann auf den Boden plumpsen, trotz der hellen Hose, die er extra für sie angezogen hatte.

Sie saß reglos, die Lider gesenkt, als sei sie weit weg von ihrem Ahornbaum, in einer einsamen Eiswüste, Schritt um Schritt gegen den Sturm kämpfend.

Erst als die Singsangstimme vom Podium verstummte und das Klatschen der Zuhörer unter all den Bäumen und von den Biertischen wie eine Welle auf das Podium in der Sonne zurollte, sah sie ihn an. Die Schatten der Ahornblätter vibrierten auf ihrem Gesicht und er erschrak fast, so – ja, so schön fand er sie.

„So, Herr Kommissar, jetzt können wir uns unterhalten. Sie wollten mich unbedingt noch an diesem Wochenende dienstlich sprechen?"

Manfred Groß war enttäuscht, dass sein Anruf von gestern Nachmittag so von ihr gedeutet worden war, obwohl er sich doch bewusst mehrdeutig ausgedrückt zu haben glaubte.

„Ja", erwiderte er und kraulte dabei Benno hinter dem linken Ohr, „in erster Linie hat es natürlich dienstliche Gründe."

Er versuchte Augenkontakt mit ihr herzustellen, aber sie spielte gedankenverloren mit einem abgerissenen Grashalm.

„Sind Sie weiter gekommen? Wann wissen Sie endlich, wer Klaus auf dem Gewissen hat?"

„Ich habe eine gute Nachricht für Sie. Wir haben eine sehr viel versprechende Spur."

Nun sah sie ihn wirklich an.

„Tatsächlich? Erzählen Sie! Oder dürfen Sie es mir nicht sagen?"

„Ich muss es Ihnen sogar erzählen. Sie haben schließlich mit Herrn Buirette zusammengearbeitet. Vielleicht können Sie mir weiterhelfen."

„Ich würde alles tun, damit Sie seinen Mörder finden", flüsterte sie und warf den Grashalm fort.

Vorne auf dem Podium fand derweil gerade ein Wechsel statt. Der Vorlesetisch mit dem Wasserglas und dem Mikrofon war nun leer, auf der Tribüne stand ein Mann in mittleren Jahren im Sommerjackett, der die nächste Lesung anmoderierte. Er kündigte die diesjährige Gewinnerin des Wettbewerbes in Klagenfurt an, die mit der stoischen Intensität ihrer Sprache ein geradezu archaisch-orakelhaftes Prosa-Universum geschaffen habe.

„Also, ich muss das nicht unbedingt hören. Vielleicht können wir uns irgendwo in Ruhe unterhalten?"

„Ich bin eigentlich hauptsächlich wegen ihr gekommen", Anne Berthold deutete Richtung Podium. „Aber natürlich ist die Sache mit Klaus viel wichtiger."

Sie stand auf, schüttelte ihre Karodecke aus, faltete sie zusammen, klemmte sie sich unter den Arm und nahm die dick geflochtene Kordel in die Hand, die Benno statt einer Leine trug. Auch Manfred Groß erhob sich und klopfte seine helle Hose ab. Aus den überall unter den Bäumen postierten Lautsprechern schallte ein donnerndes Krachen. Die Klagenfurt-Preisträgerin hatte beim Hinsetzen mit ihrem preisgekrönten schwerleibigen Buch ihr Tischmikrofon umgeworfen. Vielleicht war sie noch nicht so erfahren mit öffentlichen Auftritten.

Anne Berthold schien ein klares Ziel zu haben. Sie lief unter den Bäumen an den langen Reihen von Bierbänken vorbei, an denen die Zuhörer ehrfurchtsvoll wie auf Kirchenbänken der Klagenfurt-Preisträgerin lauschten. Sie fasste Benno kurz an seiner roten Kordel, damit der nicht, freundlich wie er war, die weiter hinten im Gras lagernden Zuhörer beschnupperte. Sie lief zielstrebig vor Manfred Groß her und der achtete mehr auf ihre sommerbraunen Fesseln in den Turnschuhen als auf die schwerblütigen, rätselvollen Sätze, die aus immer größerer Entfernung vom Podium kamen. Dann blieb sie stehen. Ein paar weiße Plastiktische und Plastikstühle standen im Rasen. Es roch nach Bratwürsten und Kaffee. Anne Berthold deutete auf den einzigen freien Tisch und sagte: „Da?"

Manfred Groß nickte und sah sich um:

„Soll ich uns da drüben etwas zu essen holen?"

„Gerne." Jetzt lächelte sie. „Aber für mich bitte nur einen Kaffee."

Er ging die wenigen Schritte zu dem Verkaufsstand, reihte sich in die Schlange ein und versuchte sich auf die Tafel mit dem Speiseangebot zu konzentrieren. Es gab trockenen Kuchen, Kaffee und Bratwürstchen. Wegen Anne Berthold beschloss er, dass es einen besseren Eindruck machte, wenn er für sich auch einfach nur Kaffee orderte. Er lief mit zwei großen, randvollen und glutheißen Henkelbechern wieder über das Gras zu Anne. Sie hatte ihre Beine weit von sich gestreckt und hielt ihr Gesicht mit geschlossenen Augen in die Spätnachmittagssonne. Sie schien zu spüren, dass er mit den Kaffeebechern näher kam, öffnete die Augen, blinzelte und setzte sich wieder aufrecht hin.

Er hätte das Gespräch gerne mit ein paar allgemeinen Floskeln begonnen, ihr dann ein Kompliment über ihr Sommerkleid gemacht, ihren Hund gestreichelt, weil das bei allen Hundebesitzern gut ankam, ihr dann eine spaßige Geschichte erzählt, zum Beispiel die vom gestohlenen Rad des Oberbürgermeisters, er hätte gerne ein gemeinsames, einträchtiges Lachen ausgelöst, weil das alle Frauen locker machte, aber er sah, dafür war sie nicht in Stimmung. Sie wollte jetzt mit ihm über Buirette sprechen.

„Sie haben vorher angedeutet, dass es eine viel versprechende Spur gibt. Haben Sie endlich einen Zeugen für den Mord? Irgendjemand muss doch etwas gesehen haben."

„Einen Zeugen haben wir leider immer noch nicht, aber eine Spur gibt es."

„Haben Sie seine Kamera gefunden? Vielleicht geben die Bilder, die er an dem Morgen gemacht hat, irgendeinen Hinweis."

„Leider auch nicht."

„Er hing so an seiner alten Spiegelreflex. Ist sie kaputt gegangen durch das Wasser im Brunnen?"

„Seine Kamera haben wir gefunden und den Film konnten wir auch noch auswerten. Er hat erst von unten die einzelnen Brunnenfiguren gegen das Morgenlicht aufgenommen, dann ist er offenbar auf die Leiter gestiegen und hat von der obersten Brunnenschale in Richtung Schloss fotografiert. Sehr schöne Bilder, er hatte einen Blick für ungewöhnliche Motive. Es war nichts dabei, was wir brauchen konnten. Aber wir haben eine andere Spur entdeckt. Ich habe seine Konten überprüfen lassen."

Sie griff nach einer der beiden Tassen, die er auf dem weißen Plastiktischchen abgestellt hatte, legte beide Hände darum, obwohl das für sein Gefühl viel zu heiß sein musste, und beugte sich vor. Instinktiv stellte auch Benno die Ohren erwartungsvoll auf. Aus der Entfernung kamen einzelne Sprachfetzen von der Klagenfurt-Autorin.

„Er hat mehrfach größere Summen an Bargeld auf sein Konto eingezahlt. Wir wissen nicht, woher sie kommen."

Es wäre seine Pflicht gewesen, auf diese Mitteilung hin kühl ihre Reaktionen zu taxieren, darin hatte er Erfahrung. Die meisten Befragten glaubten sich unter Kontrolle zu haben, aber irgendein Detail, eine fahrige Bewegung, eine plötzliche Hautrötung verriet sie doch. Aber wer sich hier nicht unter Kontrolle hatte, das war er. Denn da waren die kleinen Sommersprossen im runden Ausschnitt ihres Trägerkleides und da waren auf ihren Unterarmen die flaumig-zarten Härchen, die vom Sommer fast durchsichtig waren.

Er bemühte sich um Konzentration, räusperte sich kurz und energisch und setzte in geschäftsmäßigem Ton hinzu:

„Haben Sie eine Vermutung, woher das Geld stammen könnte? Schließlich standen Sie ihm ja nicht nur beruflich nahe. Ist Ihnen etwas aufgefallen? Hat er mit Ihnen über Geldangelegenheiten gesprochen?"

Sie schüttelte heftig den Kopf:

„Sehen Sie, Herr Kommissar, unsere – unsere Beziehung war nicht so, wie Sie vielleicht vermuten."

Keimte da so etwas wie eine Hoffnung in Manfred Groß auf?

„Natürlich, wir waren ein Paar."

Das Hoffnungspflänzchen welkte wieder.

„Aber er hat nicht sein Leben geteilt mit mir. Er hatte seine Wohnung und ich meine. Verstehen Sie, jemanden wie Klaus konnte man nicht an die Kette legen und das wollte ich auch niemals. Er hat immer ein freies Leben geführt. Ich habe nicht die leiseste Ahnung, wo das Geld herkommt."

Womit hatte Buirette nur diese Frau verdient? So eine musste man festhalten und nicht nur gelegentlich bei ihr eine Nacht verbringen. Für so eine sagte man jeden Schafkopfabend ab. Für so eine stellte man den Fernseher aus, wenn die Nationalmannschaft spielte. Für so eine ging man sogar zu Klagenfurter Dichterlesungen. Für so eine ... Manfred Groß hatte das Gefühl, den Gesprächsfaden vollkommen verloren zu haben. Er griff nach der Henkeltasse und nahm vorsichtig einen Schluck von dem brandheißen Kaffee. Der schmeckte scharf und bitter und sein Magen zog sich zusammen. Verdammt, er musste sich konzentrieren. Er nahm einen neuen Anlauf:

„Buirette hat mehrfach größere Summen eingezahlt. Erfahrungsgemäß gibt es für solche ungeklärten Kontenbewegungen zwei Möglichkeiten. Entweder er hat gespielt oder er hat krumme Geschäfte gemacht."

Sie würde ihn hassen, wenn er so weitermachte. Er sah es, wie sie mit beiden Händen nach den seitlichen Stuhllehnen griff und kerzengerade wurde, und so beeilte er sich hinzuzufügen:

„Aber vielleicht gibt es ja auch eine harmlose Erklärung."

Aber wie sollte die aussehen? Sollte er ihr jetzt noch die dritte Variante eröffnen? Dass da eben doch in aller Stille Zahlungen geflossen waren, um dem größten Gegner dieses Neubauprojekts mit einem ordentlichen Geldbündel den Mund zu stopfen? Sollte er vielleicht auch noch die Möglichkeit in den Raum stellen, dass Buirette eventuell den Hals nicht voll bekommen hatte und deshalb sterben musste? Vielen Dank, das wollte er sich lieber ersparen, und so beschränkte er sich darauf, eine andere Frage zu stellen:

„Wie hat er gelebt? Hatte er kostspielige Hobbys?"

Oh, er hätte auch noch fragen können: Hat er Ihnen Ihre Wohnung bezahlt? Hat er Ihnen Ihr Auto bezahlt? Hat er Bennos Hundefutter bezahlt? Waren Sie deshalb mit ihm zusammen? Was hatte der Kerl, was ich nicht habe? Geld? Einfluss?“

Von weit dort hinten hörte man das Klatschen des Lesepublikums. Die Klagenfurt-Preisträgerin war mit ihrem Vortrag am Ende.

„Ich glaube, sein Hobby war am ehesten sein Haus, dieses alte Haus, und diese Stadt, wenn man das so sagen darf. Das hier war seine Stadt. Mir kam er immer wie ein riesiger Baum vor, ein Baum mit jahrhundertealten Wurzeln. Ein Baum, an den man sich anlehnen konnte.“

Verdammt, jetzt würde er ihr gleich ein Taschentuch reichen müssen.

Aber zum Glück kam in diesem Moment in die grüne Helligkeit rund um das Podium Bewegung. Die dicht besetzten Reihen der Bierbänke lichteten sich innerhalb kürzester Zeit und eine große Prozession von Menschen mit Decken, Büchertüten und in Sommerkleidung kam auf sie zu, angeführt von einer schmächtigen Frau mit einem Wälzer unter dem Arm. Der feierliche Umzug führte geradewegs an ihnen vorbei und alle schienen ein Ziel zu haben im hinteren Teil des Gartens. Die in vorderster Front überholten die schmächtige Frau, die in ihrem grauen Leinenkleid fast unterging, und auch von hinten versuchte man die Schritte zu beschleunigen. Jemand hielt im Gehen der schmächtigen Frau ein Programmheft zum Unterschreiben hin.

„Das ist sie“, Anne Berthold machte eine Handbewegung. „Jetzt wird sie gleich hinten auf dem Nebenpodium erzählen, wie das war in Klagenfurt und wie sie zum Schreiben gekommen ist. Ich muss ihr neues Buch unbedingt lesen.“

Manfred Groß überlegte, wann er sein letztes Buch gelesen hatte. Ihm fiel nur der „Shopping-Guide Türkische Riviera“ ein, den Karin angeschleppt hatte und den er nach dem abrupten Ende ihrer Beziehung ungelesen in den Müll geworfen hatte.

Die Literaturprozession verschwand derweil irgendwo unter den Bäumen und er sah, wie Anne Berthold das linke Bein über das rechte schlug, das linke Knie nun mit beiden Armen umschlang und an ihren Körper heranzog, sodass ihr Kleid nach oben rutschte und man ein Stück ihrer gebräunten Oberschenkel sah. Er hätte sich am liebsten auf sie gestürzt.

Sie kaute gedankenverloren an ihrer Unterlippe und sagte schließlich mehr zu sich selbst:

„Vielleicht sollte man Scheßlitzer fragen."

„Scheßlitzer? Warum gerade Scheßlitzer?", seine kriminalistischen Reaktionen funktionierten noch, wenn auch nur rudimentär.

Sie schien aus Gedanken hochzufahren und sah ihn fast überrascht an:

„Nun ja, sie kennen sich. Sie arbeiten zusammen. Schon seit Ewigkeiten. Er hat manchmal zu mir gesagt, wir sind wie Brüder."

Sie schlang die Arme enger um ihr hochgezogenes Knie:

„Komisch, seit Klaus tot ist, friere ich ständig. Schaun Sie nur, die Schatten werden jetzt am Nachmittag schon so lang. Sie kommen auf einen zu. Die Sonne steht schon tief. Ich fürchte mich vor dem Herbst, so ganz alleine."

Bei jeder anderen Frau wäre spätestens dies für Manfred Groß das längst überfällige Stichwort gewesen. Er hätte seinen Stuhl mit Entschlossenheit ganz nahe an den ihren gerutscht, den Arm um die Betreffende gelegt, sie zu sich gezogen und etwas ähnlich Abgedroschenes gesagt wie: „Keine Angst, ich wärme dich." Stattdessen räusperte er sich und brachte gerade mal heraus:

„Also, auf mich können Sie jederzeit zählen."

Sie lächelte ihn an und fast war Manfred Groß schon

wieder geneigt, das als ein Zeichen aufzufassen, aber da ging ihr Knie nach unten, sie strich ihr Kleid darüber, griff nach Bennos Hundekordel, der Hund erhob sich sofort schwanzwedelnd, sie schob die Tasse voller Kaffee von sich, stand auf und sagte:

„Sein Sie mir nicht böse, Herr Kommissar. Wenn es im Moment nichts Wichtiges mehr zu besprechen gibt, würde ich jetzt gerne nach Hause gehen. Mir ist kalt."

Und dann sah er ihren Schattenriss gegen die Sonne, die weiß leuchtende Kontur des Hundes daneben, der Hund freudig und schnell, mit hoch aufgerichtetem Schwanz, sie daneben in ihren Turnschuhen, der Saum ihres Sommerkleides schwingend. Sie liefen gegen die Spätnachmittagssonne. Und da sah er, dass die Sonne tatsächlich schon tief stand. Und er wollte nur eins. Hinter ihr herlaufen. Aber er tat es nicht.

XXV

Die Sprühflasche machte ein pfeifendes Geräusch und gab eine Traube von kleinen Feuchtigkeitsblasen von sich. Dr. Kallfels schüttelte die Flasche und betätigte noch einmal den Sprühknopf. Das Pfeifgeräusch war nun etwas heller, statt Blasen kam Luft.

„Ach, das tut gut. Wenigstens ein bisschen frische Luft."

Die Dame vor ihm auf der Untersuchungsliege hob ihren Oberkörper ein wenig von der Liege. Es gab ein klebriges Geräusch, als ihre Haut sich von der Plastikunterlage löste; dann ließ sie sich wieder fallen. Eine schmale Schweißspur lief zwischen ihren beiden Brüsten entlang. Dr. Kallfels knallte die Sprühflasche neben sich auf das EKG-Tischchen. Leer! Wieso schon wieder leer? Und wo war eine neue? Und war es verdammt noch mal die Aufgabe des dienstältesten Oberarztes, EKG-Elektroden anzulegen? Gab es dafür nicht hunderte von unausgelasteten, speziell geschulten Mädels in dieser Klinik? Aber nein, die eine war auf einem Qualitätsmanagement-Seminar, die andere auf einem Patientenführungs-Seminar, die dritte schrieb seit zwei Stunden Laborzettel mit zweifacher Durchschrift und die andere, wie hieß sie noch mal, hatte garantiert wieder irgendein Beziehungsproblem und hing vor dem neuen Kaffeeautomaten der Herzambulanz herum. Vielleicht hätte er hier doch alles hinschmeißen sollen? Aber jetzt war es zu spät.

Er riss die Schublade unter dem EKG-Gerät auf und knallte sie wieder zu. Nichts. Die Dame auf der Liege schaute ihm erwartungsvoll zu. Sie hatte ihre üppigen Formen extra für ihn in einen gummiverstärkten „Body-Former" gezwängt. Das hatte dazu geführt, dass sie natürlich nicht schnell mal die Bluse aufknöpfen und die Unterwäsche zur Seite schieben konnte für das EKG, sondern ihn an einer umständlichen, aber vollständigen Enthüllungsaktion teilnehmen ließ, die damit endete, dass sie ihm das fleischfarbene Teil entgegenhielt mit der Frage: „Herr Doktor, was machen wir denn jetzt damit?"

Normal wäre es gewesen, wenn man ihm, an seinem Schreibtisch sitzend, die fertigen EKGs auf den Tisch gelegt hätte, einen Blick darauf, kurz nach nebenan mit wehendem Kittel, Begrüßung, kurzes Patientengespräch, fertig, aus. Aber offensichtlich war die Arbeitszeit eines Oberarztes eine zu vernachlässigende Größe in diesem Laden. Dr. Kallfels riss die nächste Schublade auf und knallte sie wieder zu. Die Dame räusperte sich. Er beschloss, dass der Schweiß auf ihrer Brust reichen würde, um die Elektroden zu halten. Eine rechts, eine links, die anderen begrub er unter ihrer linken Brust.

Die Dame lächelte. Es klopfte.

„Nein", bellte er. Die Tür ging auf. Das Mädel mit den Laborzetteln stand darin.

„Gottchen, nein", kam es von der Liege, „machen Sie doch die Tüüü-re zu. Der Herr Doktor ist gerade dabei ..."

„Ja, machen Sie die Türe zu, aber von innen und legen Sie Ihre Zettel weg, ich brauche Sie", ergänzte Dr. Kallfels.

Das Mädel schüttelte entschieden ihre blondierten Strähnen. „Das Labor hat angerufen, die können nicht länger warten."

„Und ich, ich kann warten, ja? Ich will Ihnen mal was sagen: Ich habe gerade erst eine Praxisvertretung bei einem niedergelassenen Arzt gemacht. Soll ich Ihnen mal erzählen, in welchem Tempo das da abläuft? Da gibt's nicht ständig diese Kaffeepausen!"

Die Dame auf der Liege versuchte beruhigend Dr. Kallfels' Hand zu tätscheln.

„Da ist noch jemand ohne Termin", das Mädchen wies zur Tür. „Die will Sie unbedingt sprechen. Es ist dringend, sagt sie."

„So, sagt sie das??? Aber einen Termin hat sie zufällig nicht??? Und warten kann sie natürlich auch nicht??? Sagen Sie ihr, es kann noch dauern!! Noch lange dauern! Hier machen die Oberärzte nämlich die EKGs noch selber! Zeit spielt hier nämlich keine Rolle!"

Er verstummte, weil die Dame auf der Liege wieder versuchte, seine Hand beruhigend zu tätscheln. Er räusperte sich:

„Sie soll sich einen Termin geben lassen, kümmern Sie sich drum."

Das Mädchen verschwand verstört, Dr. Kallfels schaltete das EKG ein, sah, wie sich langsam, ganz langsam beschriebenes Papier mit der vertrauten Zackenlinie aus dem Gerät schob, und spielte geistesabwesend mit der leeren Sprühflasche. Es klopfte schon wieder.

„Nein", raunzte er Richtung Türe. Sie ging auf. Schon wieder das Labormädel:

„Sie sagt, Sie beide kennen sich gut. Es ist wichtig! Sie will unbedingt … Sie ist Kollegin …"

„So, ist sie das? Hier wird bald nun doch eine Stelle frei, wenn das so weitergeht … Sie kann hier gleich weitermachen … EKGs anlegen! EKGs schreiben! Hier machen die Oberärzte nämlich alles selber!"

„Dr. Weltner. Dr. Marion Weltner."

Das Mädchen hielt eine Visitenkarte in der Hand. Dr. Kallfels ließ die Sprühdose fallen.

„Weltner? Ich komme."

„Ja aber ...", die Dame richtete sich auf, eine Elektrode rutschte auf der Schweißbahn zwischen ihre Brüste.

„Später", murmelte Dr. Kallfels, „später."

Sie saß schon auf dem abgeschabten Leder-Schwingstuhl, auf dem sonst die Patienten vor seinem Schreibtisch saßen, den Rücken ihm zugewandt. Schmal und gerade.

„Marion!"

Sie drehte sich um und stand auf. Sie trug wie damals einen Hosenanzug an und keinen Schmuck.

„Jürgen."

Sie streckte ihm die Hand hin. Sollte er sie umarmen? Da war schon für einen Atemzug ihre Wange an seiner, ein pudriger Hauch, nur einen Moment. Rosen, jetzt wusste er es wieder, es war der Duft von Rosen gewesen. Unwillkürlich atmete er tief ein.

Blonder, ihre Haare waren blonder als damals.

Und jetzt? Auf so etwas war er nicht vorbereitet. Nie mehr, hatte er gedacht. Nie mehr. Kein Gedanke mehr daran, bloß nicht. Vergessen, weit fort schieben, aus der Erinnerung löschen, was da geschehen war. Unverzeihlich, unverständlich. Er hatte seitdem nie mehr etwas von ihr gehört. Was wollte sie hier?

„Wir haben uns lange nicht mehr gesehen, nimm doch wieder Platz, Marion."

Merkwürdig, dieser Schreibtisch zwischen ihnen. Er im weißen Kittel, sie dort auf der anderen Seite. Sie sah gut aus, trotz der Falte zwischen Nase und Mund. Die war tiefer geworden. Aber dies Grübchen am Halsansatz, das war noch da, klein, in der Beuge von ...

„Ja, es ist lange her, Jürgen, und unter normalen Umständen wäre ich nicht noch einmal in dein Leben eingedrungen. Ich dachte mir, dass du immer noch hier bist."

Klang darin ein ironischer Unterton? Nein. Oder doch?

„Und du, bist du noch in Flensburg?"

Sie nickte:

„Ich habe angefangen zu segeln. Du weißt ja, ich liebe das Meer."

Das Meer. Regen, Wind und Sand und Marion. Nichts hatte er vergessen und wie sollte er es je.

„Aber ich will nicht mit dir von alten Zeiten reden. Die sind vorbei."

Das klang sehr kühl.

„Ich muss dich als Kollege um etwas bitten. Ich habe einen Befund dabei. Lies."

Sie holte aus ihrer schwarzen Handtasche einen Brief und schob ihn über den Tisch.

Seit Jahren las er jeden Tag Dutzende Arztbriefe. Das war schon ein fast unterbewusstes Verfahren, das Filtern der entscheidenden Nachricht, eine Sache von Sekunden. Sie sah ihm direkt ins Gesicht, als er wieder aufschaute.

„Ich liege in der Statistik. Frauen in meinem Alter haben ein steigendes Risiko. Cervix oder Brust. Man kann es sich aussuchen. Ich habe keine Kinder bekommen. Das erhöht meine Chancen."

Sie lachte trocken.

„Vielleicht hätte ich mich doch anders entscheiden sollen. Statt der Anästhesie-Abteilung eine Familie und nette Kinder und ein Haus."

„So wie ich", dachte Jürgen, „warum sagt sie das so aggressiv?"

„Ich möchte Klarheit in dieser Sache haben, so schnell wie möglich. Und ich möchte es hier machen lassen und nicht bei mir in der Klinik. Ich denke, das verstehst du. Erstens möchte ich nicht, dass die ganze Klinik über meine gesundheitlichen Probleme tratscht, und zweitens habe ich überhaupt kein Vertrauen in meine eigene Abteilung."

Sie lachte wieder auf. Jürgen setzte zu einer Erwiderung an.

„Keine Sorge", Jürgen sah auf ihre erhobene Hand, die war schmal, gebräunt und ringlos, und er erinnerte sich urplötzlich an diese Hand und an ein bisschen Sand an der Innenseite ihres kleinen Fingers ...

„Keine Sorge", hörte er, „du musst dich um nichts kümmern. Ich habe schon für morgen einen Termin in dem ambulanten OP-Zentrum. Ich kenne den Anästhesisten und den Operateur aus meiner Erlanger Zeit. Ich weiß, dass sie gut sind. Und es ist ja auch nur ein kurzer Routine-Eingriff."

Warum lachte sie schon wieder?

„Danach weiß ich, woran ich bin."

Er nickte mechanisch. Sie sah so gebräunt und gesund aus und voller Energie. Wie damals.

„Alles, worum ich dich bitten möchte, ist der Prä-Op-Bericht. Diesen Zettel, den brauche ich ja nun, sonst legen die mich nicht in Narkose. Ich wollte das auch nicht da oben bei uns machen lassen. Du weißt schon, EKG, Lungenfunktion, Herz, Vorerkrankungen, Körperstatus, Süchte ..."

Wieder dies Lachen.

„Ich habe das Blanko-Formular für den Anästhesisten dabei. Ich kann das ja schlecht selbst ausfüllen. Würdest du mir diesen Gefallen tun?"

Sie machte eine kurze Pause.

„Das ist alles."

„Ja", sagte er und er sah auf ihre gebräunte Hand mit dem Formular. „Ja natürlich. Das ist doch selbstverständlich."

Es war sie, die zuerst aufstand und sich im Raum umsah.

„Ja natürlich“, wiederholte er und saß immer noch hinter seinem Schreibtisch, das leere Formular vor sich, und Marion, sehr aufrecht in ihrem Hosenanzug.

„Das EKG, das EKG ist noch besetzt. Aber ich kann dich einstweilen … ich müsste dich allerdings abhören ... die Liege, da ist die Liege ...“

Er sah, wie ihre Hand sich von einem Knopf ihres Hosenanzugs zum anderen bewegte, wie die Jacke über ihre gebräunten Schultern abwärts glitt, hörte das Klackern ihrer Absätze Richtung Liege, das Knarzen des grünen Bezuges, als sie sich hinlegte, und dachte: „Das Stethoskop, das Stethoskop ist viel zu kalt für ihre Haut.“

Und da ging die Türe auf, er hatte kein Klopfen gehört, mit dem Stethoskop über Marion gebeugt und ihre regelmäßigen Atemzüge im Ohr, den Blick geradeaus an ihrer Schulter vorbei, auf die grüne Liege. Er merkte es erst, als das Labormädchen ihn antippte und ihm ins Ohr rief:

„Das EKG ist fertig. Frau Bräuer fragt, wo Sie ihren Hüfthalter hingelegt haben.“

Ein Routineeingriff, unendliche, gleichförmige Male war sie selbst in Flensburg dabei gewesen. Venösen Zugang legen, das pikst ein bisschen, Tropfer anschließen, Narkoseeinleitung i.v., jetzt kann der Arm etwas warm werden, das ist normal, EKG, Blutdruck, Sauerstoffsättigung messen, Patientin schläft, intubieren, der Kollege macht seinen Eingriff, nicht mal zwanzig Minuten, das Übliche, extubieren, Patientin umlagern, sie ist ansprechbar, OP-Protokoll unterschreiben, wen haben wir als Nächsten?

Nun saß sie im Nachthemd auf der Liege im Vorbereitungsraum, die Infusion schon im Arm. Ob nachher jemand zum Abholen käme, wollte die Anästhesieschwester wissen. Eine Freundin, ja, sie wohne für die nächsten Tage bei einer Freundin, antwortete sie. Aber nachher da nehme sie sich einfach ein Taxi, das sei gar kein Problem. Sie wisse, dass sie kreislaufstabil sei. „Wenn Sie meinen", sagte die Anästhesieschwester, „es dauert noch ein Momentchen."

Und da saß sie auf der Liege und sah hinauf zu der weißen runden Wanduhr und hörte das Klicken und sah das Zucken des schwarzen Zeigers, der von Strich zu Strich sprang, und sah über sich die Flüssigkeit in der großen Hängeflasche, die in der Mitte einen runden Kreis bildete, als habe jemand einen Kieselstein in die Mitte hineingeworfen, und die langsam in den dünnen Plastikschlauch tropfte, der zu ihrem Arm führte.

„Jetzt können wir los", hörte sie die muntere Stimme, „haben Sie keine Söckchen dabei, nicht dass Sie uns hier frieren, ich ziehe Ihnen wenigstens ein paar OP-Schuhe an." Und sie sah an ihren nackten Beinen hinunter zu den Füßen mit den grünen, zusammengezogenen Plastikfolien. „Ich sehe aus wie ein Frosch", dachte sie und neben ihr rollte die Schwester den Infusionsständer in den OP.

Das Lagern der Patientin erfolgt nach den Erfordernissen des Eingriffes.

Sie starrte hinauf an die Decke und die kreisrunden, blendend hellen Leuchten. Neben ihr stand der Anästhesist, ihr alter Kollege aus Erlangen. Er hatte inzwischen eine Glatze und lächelte herunter:

„Hundertsiebzig zu hundert, die Frau Kollegin scheint Stress zu haben." Sie wäre gerne aufgestanden und hätte ihn geohrfeigt. Aber da schlief sie schon.

XXVI

Es war ein langer Tag in der Klinik gewesen. Eigentlich war er hundemüde. Aber diese Sache ließ ihm keine Ruhe.

Jürgen drückte zum zweiten Mal auf die Klingel und sah sich im Treppenhaus um. Blitzgraue Stufen nach oben und unten und niemand weit und breit. Doch, er bildete sich ein, hinter dem Türspion der gegenüberliegenden Türe bewegte sich etwas. Er drückte zum dritten Mal, mit noch größerem Nachdruck, auf den Klingelknopf und hörte drinnen ein Geräusch. Dann ging die Türe auf.

„Du???"

Jürgen nestelte mit gesenktem Kopf am silbernen Staniolpapier um seinen Blumenstrauß und murmelte:

„Ja, ich bin's. Ich habe mir Sorgen gemacht. Es geht hier nie jemand ans Telefon."

Sie trat einen Schritt zurück und machte die Türe etwas weiter auf. Sie war barfuß und trug eine weite schwarze Leinenhose und eine weite schwarze Leinenbluse, das machte sie noch schmaler als sonst.

„Ich dachte, du liegst noch. Ich wollte deiner Freundin nur die Blumen geben und fragen, ob du alles gut überstanden hast und ob du schon ein Ergebnis hast."

„Nein, ich warte noch darauf. Meine Freundin ist nicht da, es ist ja erst sechs Uhr. Woher hast du die Telefonnummer und die Adresse?"

„Der Fragebogen, du hast das im Fragebogen angegeben."

Sie machte eine geistesabwesende Handbewegung und setzte dann hinzu:

„Willst du sie mir geben?“

Jürgen sah sie verständnislos an.

„Die Blumen.“

„Natürlich, ja natürlich. Sie sind aus unserem Klinikshop. Ich weiß, sie sind scheußlich.“

Das Staniolpapier knisterte.

„Chrysanthemen? Danke, sie sind wirklich scheußlich. Aber unverwüstlich – das ist ja auch was wert, oder?“

Jürgen versuchte mitzulachen.

„Ich habe mir gerade einen Tee gemacht, willst du einen Moment reinkommen?“

Er sah durch den Flur die Türe zum Wohnzimmer und dahinter ein Sofa mit einer zerknüllten weißen Decke.

„Ich will nur wissen, ob alles in Ordnung ist. Bist du alleine den ganzen Tag?“

Ihre nackten Füße machten ein kaum hörbares Geräusch auf dem Parkett, als er hinter ihr herging.

„Setz dich.“ Sie legte die Chrysanthemen achtlos auf den Tisch neben die Teekanne.

„Möchtest du einen Schluck? Aber ich warne dich, es ist Kräutertee. Er schmeckt wie altes Heu.“

Er schüttelte den Kopf. Sie setzte sich im Schneidersitz auf das Sofa und zog sich die Decke über die Knie.

„Also, wie geht es dir?“

„Gut, kein Problem, das war ja ein Routineeingriff. Ich bin ein Stehaufmännchen.“

Sie lachte trocken und strich sich eine Strähne hinters Ohr.

„Und deine Freundin?“

„Sie arbeitet.“

„Marion …“

„Was soll das, warum fragst du?... Also gut, sie weiß nichts von der Sache. Sie ist in Urlaub und ich habe sie gefragt, ob ich ein paar Tage hier schlafen kann, um alte Freunde zu besuchen.“

Sie schwieg und spielte mit dem Obstmesser, das auf dem Tisch neben den Äpfeln lag.

„Du bist also alleine hier die ganzen Tage, das ist unverantwortlich …“

Sie griff nach einem Apfel und schnitt hinein. Es war still, man hörte nur das knirschende Geräusch, wenn das Messer zwischen Schale und Fruchtfleisch fuhr. Sie schälte den halben Apfel, aß aber nichts davon:

„Ich will ehrlich sein, Jürgen: Es gibt da wieder jemanden in meinem Leben. Ein Kollege von der Klinik in Flensburg. Ich segle mit ihm, wir haben viele gemeinsame Interessen. Ich mag ihn.“

„Aber er weiß nichts von dieser Sache?“

Sie schwieg.

„Und warum nicht?“

Sie schob abrupt die Decke zur Seite, stand auf und ging zum Fenster. Durch den dünnen Leinenstoff sah man im Gegenlicht die Konturen ihrer Beine. Sie drehte sich zu ihm um und sagte:

„Wir haben uns lange nicht gesprochen, Jürgen. Was ich dir nur noch sagen wollte, es tut mir leid, wenn ich seinerzeit dein Leben in Unordnung gebracht habe. Ich wollte das nicht. Nein, so ist das falsch gesagt …“

Sie schwieg und Jürgen sah, wie ihr Kehlkopf über dem Grübchen sich hob und wieder senkte. Sie ging zum Tisch, schenkte sich Tee nach und ließ sich wieder aufs Sofa fallen, die Strähne fiel nach vorne, sie griff nach dem Obstmesser und sah ihm plötzlich direkt in die Augen:

„Weißt du, wie das ist, Jürgen?“

Ihr linker Zeigefinger fuhr über die gekerbte Schneide des Messers:

„Du gehst auf dieser Kante und rechts und links geht es steil hinunter und du weißt du wirst gleich stürzen und du weißt da ist der Abgrund und du weißt nur noch nicht ob du rechts oder links hinunterstürzen wirst und diese Panik die kommt in Wellen die rollt über dich hinweg und wenn du dich wieder hochgerappelt hast dann kommt schon die nächste Welle und du kriegst diese Bilder nicht mehr aus dem Kopf diese Bilder ich wusste nicht dass es diese Bilder gibt ...“

Sie war aufgesprungen und lief wieder zum Fenster:

„Und du suchst die Bilder die dir fehlen du hast nur noch Fetzen davon und du denkst oh Gott was habe ich gesagt was haben sie gemacht und du liegst in diesem Bett und du denkst wie haben sie dich hierher gebracht so wie du daliegst und du möchtest nur noch ...“

Er stand hinter ihr, als sie sich umdrehte, und ihr Kopf fiel gegen seine Schulter und erst war es ein trockenes Weinen und dann kam die Flut von Tränen, lautlos und zitternd und in Wellen. Und er stand nur da und murmelte sinnlose Dinge und strich die Strähne immer wieder hinter ihr Ohr und legte die Hand unter den Haaransatz auf ihren Nacken und wischte mit dem Handrücken die Tränen ab, die sich im Grübchen an ihrem Halsansatz sammelten, und küsste das Salz an ihrem Ohrläppchen weg und das Salz von ihren Wangen, körnig wie Sand, und das Salz an ihren Mundwinkeln und an ihren Lidern und da war wieder das Salz des Meeres und das Salz der Brandung, das Salz der Angst und das Salz des Schmerzes und das Salz des Sturmes und das Salz über dem Abgrund und das Salz auf den Rosen. Und in diese Atemlosigkeit hinein dachte er:

„Nein, nein, nein, es darf nicht noch einmal passieren. Dann bleibt von meiner Welt nichts mehr übrig. Nur noch sie, sie, sie. Aber das ist nicht genug." Und er presste sie an sich, so fest, dass er glaubte, sie beide würden aufhören zu atmen. Dann drehte er sich um und rannte zur Türe.

XXVII

Wie sollte es nun weitergehen?

Er hatte das Gefühl, vor seinen Füßen habe sich ein Abgrund aufgetan, und er habe sich nur im letzten Moment, schon im Fallen, an einem dürren Ast festgehalten.

Damals, jener Nachmittag und jene Nacht mit Marion in Flensburg hatten sich weit entfernt von seinem alltäglichen Leben abgespielt. Das hatte es ihm leicht gemacht, für sich die Vorstellung zu konstruieren, diese Nacht habe mit seinem eigentlichen Leben nichts zu tun gehabt. Er war wieder zur Tagesordnung übergegangen. Oder etwa doch nicht? Diese Unruhe in ihm, dieser ständig lauernde Überdruss, dieser Wunsch, seinem Leben noch einmal eine neue Wendung zu geben, in seinem Beruf noch einmal neu anzufangen, war Marion daran schuld? Oder ging es gar nicht um Marion, sondern nur um eine Flucht? Ging es darum, dass er nicht begreifen wollte, dass sein Leben wie auf Schienen verlief und die Richtung nicht mehr zu ändern war?

Er wusste es nicht. Er wusste, dass er diesmal alles richtig gemacht hatte. Er wusste, dass er Verantwortung trug für die Kinder und für Jutta. Und niemand stand ihm näher als Jutta. Niemand kannte ihn besser als sie. Auf niemanden konnte er sich so verlassen wie auf sie. Aber er wusste auch, dass er keine Sekunde jener Nacht in Flensburg vergessen hatte, und er wusste, dass er sich nichts so sehr wünschte, wie noch einmal Marions Atem auf seiner Haut zu spüren und seine Hand in Marions Nacken zu legen.

Er fuhr abends auf dem Weg aus der Klinik an der Wohnung von Marions Freundin vorbei und sah, dass dort Licht brannte. Er stoppte seinen Wagen, starrte auf das Licht im Fenster und trat dann doch aufs Gaspedal.

Vormittags riss er mit fliegenden Fingern die Befundbriefe auf, in der Erwartung, dass sie ihn doch wenigstens über das Ergebnis des Eingriffs informieren würde.

Er saß mit Jutta, Lisbeth und Max auf der Terrasse zum Abendessen im Garten und fühlte sich wie ein Schiffbrüchiger alleine auf einer Insel.

Er begrüßte Costas später am Abend mit einer ihn selbst zutiefst verwirrenden Abwesenheit. Er tätschelte Lisbeth, als sie eng umschlungen mit diesem Costas das Haus verließ, mechanisch den Kopf und sagte: „Pass auf dich auf mein Mäuschen." Aber er fühlte nichts dabei. Keine Wut, keine Sorge, nur Ferne. Er hatte das Gefühl einer Sonnenfinsternis. Die Dinge waren noch an ihrem Platz, aber sie hatten einen dunklen, kalten Schatten bekommen. Sein Herz raste, wenn er an Marion dachte, wie sie in diesem Zimmer vor ihm gestanden war.

Dennoch schien alles um ihn in bester Ordnung zu sein. Jutta war munter und völlig arglos. Sie erzählte von den Kursen, die sie machte, und lobte ihn sogar, als er endlich im hinteren Garten bis in die Dunkelheit hinein schweißüberströmt das alte Blumenbeet umgrub.

Auch als Manfred Groß ihn in der Klinik anrief und ihn fragte, ob er auf einen Sprung vorbeikommen könne, seine Magenschmerzen würden immer schlimmer, sagte er gleichmütig ja, obwohl er wusste, dass damit der Terminplan für diesen Tag komplett aus den Fugen geriet.

Und Manni kreuzte wirklich zum ungünstigsten Zeitpunkt in der Klinik auf, ein paar Minuten vor der Chefvisite. Auf dem Flur stand schon die wartende Entourage von Schwestern und Nachwuchsmedizinern und -medizinerinnen bereit, der Rollwagen war bepackt mit Patientenunterlagen, irgendeine Stationshilfe hatte es sich partout ausgedacht, genau jetzt mit einem zweiten Rollwagen voll dünnem Nachmittagstee vorbei zu wollen, und einer von diesen jungen, habilitierten Oberarzt-Wölfen hatte Jürgen gerade eine abgefeimte Spezialfrage gestellt, von der er genau wusste, dass er sie nur selbst beantworten konnte.

Und genau da tauchte Manni auf der Station auf. Er war grau im Gesicht. Jürgen sah sofort, dass etwas mit ihm nicht stimmte.

„Warte in meinem Zimmer auf mich. In einer halben Stunde bin ich da. Wir sollten dich wirklich mal durchchecken. Seit wann geht das bei dir so?"

„Seit vorgestern ist es ganz schlimm. Sie ist verschwunden. Am Wochenende habe ich sie noch auf dem Poetenfest gesprochen. Seit Mittwoch ist sie weg. Sie war nicht in der Firma, bei ihr zu Hause in Möhrendorf kann ich auch niemanden erreichen. Der Hund scheint auch verschwunden zu sein. Niemand weiß, wo sie steckt. Ich habe eine Vermisstenmeldung erstattet."

„Von wem redest du eigentlich?"

„Von Anne, von wem sonst? Jürgen, ich bin verrückt nach ihr, was soll ich machen?"

Wassollichmachenwassollichmachen? War das sein eigenes Echo, das ihm da entgegenschallte? Waren das hier gleich zwei ganz persönliche, unglückliche Liebesgeschichten? Oder waren sie beide nur die Opfer einer großen Torschlusspanik? Reagierten sie beide nur lehrbuchmäßig auf das drohende Ende ihrer Männlichkeit und war die Frau, auf die sich noch einmal alle Leidenschaft richtete, eigentlich austauschbar?

Er hatte keine Zeit, darüber nachzudenken, denn am

Ende des Flures nahte der Chef und Mannis Handy klingelte.

„Ich höre wohl nicht recht? War das ein Handy? Meine Herren, ich glaubte mich klar ausgedrückt zu haben. Ich mache Sie persönlich verantwortlich, wenn in meiner Klinik jemand …“

„Es tut mir leid, das war mein Handy. Das Kommissariat … sieht so aus, als hätten sie Annes Hund gefunden … er sitzt bei Möhrendorf an der Regnitz … Sie entschuldigen mich, ich muss sofort los …“

Manfred Groß stürzte davon. Der Chef schüttelte den Kopf.

„Dann wolln wir mal, meine Herren!“

Ja, er tat immer noch so, als gäbe es in seiner Klinik nur männliche Kollegen.

XXVIII

Seit Jahrhunderten drehten sich entlang der Regnitz, von Möhrendorf über fünfunddreißig Kilometer flussauf- und -abwärts, wo der Fluss breit und tief in den Talboden schnitt, die Wasserräder. An die zweihundertfünfzig der hölzernen Schöpfanlagen sorgten seit dem Mittelalter dafür, dass die sandigen, sonnenbeschienenen Wiesen entlang des Flusses doppelt so oft gemäht werden konnten als anderswo.

Auf Sichtweite folgte ein walzenförmiges Rad dem anderen und jedes Rad schöpfte während des Sommers Millionen von Litern auf die sattgrünen Wiesen. Jeder einzelne Schöpfkumpf hob mit einer einzigen Umdrehung fünfzehn Liter Regnitzwasser aus dem trägen Fluss nach oben, ließ es auf dem Scheitelpunkt des Rades in einem kräftigen Strahl in eine erhöhte Holzrinne laufen und schöpfte so stoisch, gleichmäßig und unermüdlich Tag und Nacht, von Mai bis September.

Die vier Meter hohen Schöpfräder auf ihrer in den Fluss gepfählten Radstatt quietschten leise. Die Eichenholzwellen drehten sich unermüdlich. Die Speichen und die Krümmlinge aus Kiefernholz, die den Radkranz bildeten, ächzten, wenn sie aus dem trüben Fluss auftauchten. Die Kümpfe voller Wasser schwappten und tropften, während die vorderen Schaufelbretter schon wieder moosig und glitschig in die Nässe eintauchten.

Auch unter der Wasseroberfläche wirbelte und strudelte es. Die quer zur Strömung in den Flussboden verankerten flachen Grundbäume waren unsichtbar, doch die darin verkeilten Setzpfähle und die dazwischen montierten Staubretter ragten ein Stück über die Wasseroberfläche heraus. Sie ließen das bräunliche, vom Sommer erwärmte Wasser steigen und leiteten es seitwärts zu den hölzernen Wasserrädern mit ihrem unermüdlichen Drehen, Heben, Schöpfen und Senken.

Zehn von den einst unendlich vielen Rädern mit ihren fünfhundert hölzernen Einzelteilen liefen immer noch. In jedem Frühjahr, nach dem letzten Schnee und dem letzten Hochwasser, wurden sie wieder zusammengebaut und eingehängt, die Welle in die Lagerschalen der Radstatt gehoben, die Speichen befestigt, die Krümmlinge montiert, die Kümpfe eingehängt, schließlich, die schwerste Arbeit, die Schaufelbretter gegen die Strömung eingesetzt und als Letztes der Fangbaum entfernt, damit das Rad sich wieder drehen konnte, bis in den Herbst.

Und der Herbst hing an diesem Tag schon in der Luft. Zwar quollen die Wiesen längs des Flusses noch immer über von fetten, nassen Gräsern, aber der gelbe Löwenzahn war verblüht. Das Gras wuchs nur noch langsam. Der irrlichternde Flug der Schwalben hatte sich verlangsamt, das Schilf in den abseits gelegenen Uferzonen raschelte schon trocken, die ersten Zugvögel sammelten sich auf den Stromleitungen wie auf einem Notenblatt.

Der Hund saß direkt am Wasser, dort wo ein hölzerner Laufsteg ein paar Meter in die Regnitz hinein auf die in den Flussgrund gepfählte Radstatt mit dem Schöpfrad führte. Der Hund sah zottig und verdreckt aus.

Manfred Groß rumpelte mit seinem Wagen von der asphaltierten Straße unter einer Staubwolke in den Feldweg hinein, holperte mit unvermindertem Tempo in einer lang gezogenen Kurve Richtung Fluss und bremste abrupt erst kurz vor der Uferzone, wo der Kollege von der Streife stand.

„Sein Sie vorsichtig, er lässt keinen an sich ran. Ein Jogger hat uns angerufen. Der Hund sitzt schon den zweiten Tag hier und knurrt jeden an. Ist er das?"

„Benno!", rief Manfred Groß.

Der Hund stellte die Ohren auf.

„Benno!"

Der Hund legte den Kopf schräg, fast schien es, als wolle er schwach mit dem Schwanz wedeln, aber er rührte sich nicht vom Fleck.

„Sein Sie vorsichtig", wiederholte der Kollege in Grün.

„Schsch", machte Manfred Groß, „lassen Sie mich mal machen."

Er ging Schritt für Schritt auf den Hund zu, „Benno", flüsterte er, „ganz ruhig. Wir kennen uns doch."

Der Hund saß still. Manfred Groß kam näher. Noch näher. So nahe, dass er die Hand ausstrecken konnte. Erst stellte Benno die Ohren auf, verharrte so einen Moment, aber dann streckte er die Schnauze vor und schnüffelte. Er knurrte nicht.

„Benno", sagte Manfred Groß, er spürte das Schlagen des Schwanzes an seinem Hosenbein, „na also, wir kennen uns doch. Du freust dich, dass ich da bin, was? Aber wo ist Anne?"

Er sah sich um. Das Wasser lief in einem steten Lauf aus den hölzernen Kümpfen über eine auf Stelzen stehende hölzerne Rinne abwärts und in die Wiese. Nahe am Ufer, neben Brennnesseln und einem dicken Holunderstrauch, war ein Holzstoß mit Pfählen, Brettern und abgeschnittenen Ästen.

Er sah hinüber, über den Fluss. Schräg gegenüber, auf der anderen Seite, war auch ein Schöpfrad. Ein Stück flussabwärts das nächste, weiter drüben lag das Dorf in der Spätnachmittagssonne. Die tief gezogenen Dächer der Bauernhäuser ragten knapp aus den Bäumen, darüber die mattrote Haube der Dorfkirche, breit und sicher hinter den abgeernteten Feldern und den feuchtgrünen Wiesen. Ein Storch segelte ohne einen einzigen Flügelschlag in einer weiten Schleife über die Dächer. Tatsächlich, die Schatten waren schon lang.

Sein Blick wanderte zurück, über den Fluss, die Wasserräder, zu Benno. Er hörte, wie das Rad bei jeder Drehung knarzte, wie der Fluss über das kleine Wehr aus hölzernen Staubrettern rauschte, wie das Wasser aus den Trögen in die Ablaufrinne platschte und strudelte.

Da sah er es.

Dieses Rad war das einzige, das sich langsam und stetig drehte. Alle anderen standen still.

Es war ein hartes Stück Arbeit.

Man musste den Zimmermann und seine drei Helfer aus dem Dorf holen, die waren die einzigen, die sich damit auskannten. Die fanden den Fangbaum nicht und mussten erst einen neuen herbeischaffen und ihn zwischen die Speichen schieben. Als das Rad endlich stand, erwies es sich als unmöglich, die triefenden, glitschigen Flügelbretter aus ihren aufgequollenen Keilverbindungen zu lösen. Aber Manfred Groß herrschte den Zimmermann in einem wahren Furor an, er habe keine zwei Wochen Zeit, bis die Keilverbindungen abgetrocknet seien, er habe nicht einen einzigen Tag Zeit zu warten und wenn er das ganze Wasserrad mit der Kettensäge zerlegen müsse.

Darauf beschloss der Trupp, den hölzernen Schetternägeln und Steckriegeln mit roher Gewalt zu Leibe zu rücken. Vier Mann balancierten auf dem schmalen Laufsteg, sägten einzeln die Steckriegel ab, brachten gegen die Strömung Schaufelblatt für Schaufelblatt in Position und bauten die Bretter und Kümpfe ab. Die Männer tropften vor Nässe und vor Schweiß, obwohl die Sonne inzwischen schon verschwunden war, aber Manfred Groß trieb sie erbarmungslos an.

Als nur noch vier der gewaltigen Eichenbretter in ihrer Halterung steckten, stieg langsam vom Flussgrund die Leiche auf.

Manfred Groß funktionierte weiter wie das aufziehbare Blechspielzeug, das er als Kind besessen hatte. Wie der bunte Tanzbär, der im Stakkato immer im Kreis lief und auf eine Trommel schlug, bis der Schlüssel in seinem Rücken sich nicht mehr drehte.

Er verständigte die Wasserwacht und die Spurensicherung, er sprach mit dem Gerichtsmediziner und er identifizierte die Leiche. Es gab immer noch etwas an ihr, das ihn an Anne Berthold erinnerte, auch wenn sie es eigentlich gar nicht mehr war.

Er nahm den Hund mit, ging nach Hause, fütterte Benno mit den Resten, die er im Kühlschrank fand, holte eine Flasche Whiskey aus dem Schrank und trank sie leer.

Am nächsten Tag erschien er nicht zum Dienst. Seine Mutter, die bei ihm Fenster putzen wollte, fand ihn.

XXIX

Man brachte Manfred Groß mit Blaulicht in die Klinik. Es war ein normaler Wochentag und natürlich hatte Jürgen Dienst. Man piepste ihn an, er kam in die Notaufnahme und erkannte seinen alten Kumpel kaum.

Manni krümmte sich vor Schmerzen, die wie eine eiserne Kette seinen Oberbauch zusammenschnürten. Koliken und Brechanfälle ließen ihn auf der Trage schlottern. Den Schwestern waren derartige Krankheitsbilder nicht fremd und sie reagierten routiniert und unerschütterlich. Auch für Jürgen stand die Diagnose sehr schnell fest. Er diagnostizierte nicht nur eine akute Alkoholvergiftung, sondern auch eine hochgradige Bauchspeicheldrüsenentzündung. Die schwelte sicher schon lange und war durch Mannis nächtlichen Alkoholexzess förmlich explodiert.

Der Zustand von Manfred Groß war Besorgnis erregend. Seine Laborwerte waren außer Kontrolle, besonders die Lipasewerte und die Leukozyten. Mehr noch aber bereitete Mannis psychischer Zustand Jürgen Sorgen. Manfred Groß tobte, als man ihm einen Tropf legen wollte. Er riss der Schwester die Infusionsnadel aus der Hand, stemmte sich mit letzter Kraft von der Trage, fegte mit der Linken den Infusionsständer um, stieß die Schwester zur Seite, taumelte zur Milchglastüre der Notaufnahme, riss sie auf und wimmerte und schrie nach Anne. Es half nichts, zwei Krankenpfleger mussten ihn wieder zum Liegen zwingen und Jürgen spritzte ihm eigenhändig ein Beruhigungsmittel und verordnete für die nächsten zwei Tage ein hochwirksames Sedativum.

Anne Berthold lag derweil in der Pathologie.

Ein Kollege von Manfred Groß, ein langer, hagerer, altgedienter Polizeimann mit dem Namen Horst Heinz (Heinz war der Nachname), übernahm den Fall. Er tat sich schwer damit, sich einzuarbeiten, denn die ordnungsgemäße schriftliche Dokumentation seiner bisherigen Ermittlungen war nicht unbedingt die Stärke des erkrankten Kollegen Groß gewesen.

Nach drei Tagen endlich erhielt Horst Heinz von den behandelnden Ärzten die Erlaubnis zu einem kurzen Gespräch mit dem erkrankten Kollegen an dessen Krankenbett.

Der Kollege Groß war emotional immer noch äußerst labil. Er schwankte zwischen düsterem Vorsichhinstarren und Jähzornsausbrüchen gegen das Schwein, das Anne auf dem Gewissen hatte. Es war schwer, von ihm sachliche Informationen zu bekommen. Offensichtlich hatte er die Tote sehr geschätzt und noch am Wochenende, kurz vor ihrem Tod, ein Gespräch mit ihr geführt. Darin war die Rede gewesen von dem ebenfalls ermordeten Klaus Buirette und von undurchsichtigen Bewegungen auf dessen Konto. Im Rahmen dieses Gespräches hatte die Ermordete erwähnt, man solle doch vielleicht Scheßlitzer dazu befragen.

„Wer ist Scheßlitzer?“, fragte Horst Heinz seinen bettlägrigen Kollegen. Aber der wurde schon wieder von einer dieser hochemotionalen Attacken befallen. Er setzte sich in seinem Bett auf und schrie:

„Ich wette, er ist das Schwein! Keine Ahnung, wie Anne auf ihn gekommen ist, aber den kauf ich mir! Ich prügle es aus ihm heraus!“

Dann begann er zu würgen, Horst Heinz suchte auf

dem Nachttisch nach einer stählernen Brechschüssel, klingelte nach der Schwester und beschloss, sich alles Weitere zu ersparen und lieber in den Ermittlungsakten nach der Antwort zu suchen, wer Scheßlitzer war.

Derweil blieb Jürgen jeden Tag länger in der Klinik. Die Arbeit wuchs ihm über den Kopf, obwohl sie wohl nicht mehr war als sonst auch. Otto war zwar inzwischen wieder munter und konnte nach Hause entlassen werden, aber der Zustand seines alten Freundes machte ihm weiterhin Sorgen.

Und er selbst wagte es kaum, eine freie Stunde mit Jutta zu verbringen, so mies fühlte er sich ihr gegenüber.

Dann fand er in seinem Poststapel eine Ansichtskarte. Sie trug eine italienische Briefmarke und kam aus Capri. Sie zeigte eine kitschig-blaue Grotte mit einem Boot darin. Er erkannte ihre Schrift sofort. Sie schrieb:

„Es geht mir gut. Ich kenne jetzt den Kurs: Carpe diem. Aestas non semper durabit, condite nidos. M.“

M. M. M. Marion. Marion. Marion. Was heißt, es geht mir gut? Wirklich gut? Nur besser? Wie lange? Gut mit einem anderen? Gut ohne ihn? Er starrte auf die Karte. Er war ja sogar zu blöd, um den Text zu übersetzen. Sie war damals der Latein-Crack der Klasse gewesen. Carpe diem. Genieße den Tag. Wie sollte er das hier, in dieser Bettenburg? Wie, ohne sie? Wie, ohne diesen Rosenduft? Wie, wenn das Ende des Tages schon vorher feststand? Wie …

Es klopfte. Er schob die Karte zur Seite. Es war Lotte, die den Kopf zur Türe hereinsteckte.

„Störe ich dich sehr? Ich suche Otto. Welches Zimmer hat er denn? Ich dachte, ich sollte ihn …“

„Otto? Der ist schon seit Tagen wieder daheim. Hat Margot dir nicht Bescheid gesagt?“

„Das hat sie nicht. Ich finde, das hätte sie wirklich tun sollen … Störe ich dich bei deinen Schreibarbeiten?"

Jürgen sah genau, dass sie die Postkarte aus Capri fixierte.

Er schüttelte den Kopf:

„Nur Routinekram. Sag mal, du warst doch immer gut in Latein. Was heißt das: Aestas non semper durabit. Condite nidos?"

„Seit wann interessierst du dich für lateinische Sprichwörter?"

Er schwieg.

„Nun gut, es heißt: Der Sommer wird nicht ewig währen. Baut Nester. – Du hast ja dein Nest, nicht wahr?"

Er bildete es sich sicher nur ein, dass sie ihn scharf ansah. Der Sommer wird nicht ewig währen. Wollte Marion jetzt ihr Nest bauen? Sie, die mit diesem geraden Rücken, die mit diesem kühlen Blick? War es die Panik vor dem Alleinesein? Oder schrieb sie das nur, um ihm den Abschied leicht zu machen? Er starrte auf die Karte, das Azurblau der Grotte und das Weiß des Bootes verschwammen vor seinen Augen zu einem nebligen Schleier.

Hinter ihm räusperte sich jemand. Er fuhr hoch und erwiderte:

„Jaja natürlich, Tante Lotte. Ich habe mein Nest und ich bin sehr froh darüber."

Er griff nach der Postkarte und zerriss sie zu kleinen Schnipseln.

„Ich möchte dir nicht auf die Nerven gehen, Jürgen, aber ist alles in Ordnung mit dir?"

„Natürlich, Tante Lotte. Selbstverständlich. Es ist nur dieses Einerlei und die viele Arbeit …"

„Wenn du einen Rat brauchst … ich meine, Krisenzeiten gibt es immer wieder mal, aber man muss durchhalten ..."

„Das werde ich, Tante Lotte, ich versprech's dir."

„Das beruhigt mich. Aber was soll ich jetzt bloß mit den Blumen machen? Willst du sie haben?", sie hielt einen Strauß pinkfarbener Dahlien hoch.

Jürgen wehrte ab:

„Lieb von dir, aber mein Schreibtisch quillt über. Ich kann sie Manni geben. Vielleicht freut er sich drüber."

„Manni? Manfred Groß? Der Kommissar? Was macht er denn hier?"

„Es geht ihm schlecht. Der Tod von Anne Berthold …"

Da fiel ihm ein, dass Lotte davon nichts wissen konnte. Horst Heinz hatte mit der Presse vereinbart, die Nachricht von ihrem gewaltsamen Tod für ein paar Tage hintan zu halten.

„Anne Berthold ist tot? Wie kann sie tot sein? Ein so bildhübsches junges Mädchen …"

„Sie lag unter einem Wasserrad eingequetscht."

„Wir waren doch alle eben noch zusammen bei diesem Firmen-Abend. Sie, du, der Kommissar und dieser Herr Scheßlitzer … Wie ist das passiert? Meinst du, ich kann Herrn Groß einen Moment sprechen? Ich hatte das Gefühl, er mochte das Mädchen sehr. Das muss schrecklich für ihn sein."

Jürgen zögerte.

„Er ist seit Tagen in einem sehr labilen Zustand. Ich glaube, sein Stellvertreter, der den Fall übernommen hat, ist gerade wieder bei ihm. Das regt ihn alles furchtbar auf."

„Ich will ihm nur die Blumen geben. Vielleicht tut es ihm gut?"

Jürgen zögerte noch einen Moment, aber dann sagte er:

„Also komm."

Sie liefen den blank gewienerten Linoleumflur entlang, Jürgen klopfte und trat als Erster ein, Lotte folgte.

Manfred Groß lag im Bett, darüber die Infusion, daneben ein Stuhl, auf dem saß wieder Horst Heinz, lang und hager. Er hatte ein Notizbuch auf seinen knochigen Knien. Sie sprachen gerade über Scheßlitzer.

Manfred Groß schien nicht überrascht zu sein, Lotte zu sehen. Nichts auf dieser Welt konnte ihn noch überraschen. Ihm war alles egal. Das einzige, was ihn noch interessierte, war, Annes Mörder zwischen die Finger zu kriegen. Aber Horst Heinz war unfähig. Das wusste jeder.

„Und dann sagte Scheßlitzer zu mir, Klaus war wie ein Bruder für mich. Wir kennen uns seit Ewigkeiten, wir haben jahrelang zusammengearbeitet, aber von irgendwelchen krummen Geldtransaktionen war nie die Rede. Ich sage Ihnen, da steckt dies City-Projekt dahinter. Ja, das sagte Scheßlitzer zu mir."

Horst Heinz nickte zur Bekräftigung, setzte sich in Positur und nahm Jürgen und Lotte scharf ins Visier: „Tut mir leid, wenn ich Sie direkt wieder zum Gehen auffordern muss. Ich habe da mit dem Kollegen Groß noch etwas Bedeutsames zu besprechen."

Er reckte den Kopf etwas nach vorne, was ihm das Aussehen eines lauernden Geiers gab.

„Lassen Sie nur", Manfred Groß hob matt die Hand. „Die beiden stören nicht."

Horst Heinz fiel wieder ein Stück in sich zusammen und kramte eine Planskizze hervor. Es gab nur diesen einen Stuhl, auf dem er saß, und er machte keine Anstalten, ihn Lotte anzubieten. So blieb sie neben Jürgen stehen, während er seine Skizze auffaltete und erläuterte.

Er hatte mit seinem grünen Polizeikuli ein Wasserrad

aufgemalt. Ein breiter Pfeil von links symbolisierte die Strömungsrichtung des Flusses, kleinere Pfeile am Rad entgegen dem Uhrzeigersinn die Rotation der hölzernen Wassertröge. Rechts und links vom Rad hatte er mit krummen Strichen zwei ins Wasser ragende Stege skizziert. Er stieß mit der Kulispitze auf einen der beiden Stege zu.

„Ich denk mir, hier wird diese Anne Berthold mit ihrem Mörder gestanden haben. Ich denk mir, also sie war bestimmt ganz ahnungslos. Sie hat sich unterhalten mit ihm, also, das Mädel hatte ja keine Ahnung, was er vorhat. Sie hat so ins Wasser geschaut von dem schmalen Steg und ich denk mir, sie hat sich nichts Böses gedacht."

Er nahm nicht wahr, dass die Hände von Manfred Groß auf der Bettdecke zu zittern begannen.

„Es war nämlich so: Das Wasserrad stand."

Er sah triumphierend in die Runde.

„Ich hab mich erkundigt. Alle Wasserräder waren schon blockiert. Auch dieses."

Dann deutete er wieder gewichtig auf seine Skizze:

„Es ist nämlich so – und jetzt kommt's! Die Wasserräder brauchen Zeit zum Austrocknen. Sonst kann man nämlich die Verbindungen, also die Keilverbindungen aus Holz lassen sich sonst nicht lösen, wenn man die Räder zu Michaeli, also Ende September, abbauen will."

Er sah sich beifallheischend um. Manfred Groß wurde sichtlich unruhiger.

„Also werden die Räder schon eine ganze Zeit vorher blockiert." Er machte eine Kunstpause.

„Mit einem Fangbaum, den man zwischen die Radspeichen schiebt."

Er sah mit Genugtuung, dass seine drei Zuhörer an seinen Lippen hingen.

„Und was tut unser Mörder?"

Horst Heinz sah in die Runde, Lotte zuckte ratlos mit den Schultern. Manfred Groß atmete schwer.

„Unser Mörder hat seine Tat von langer Hand geplant. Irgendwann – vielleicht nachts, denke ich mir – sägt er in aller Stille den Fangbaum an. Dann, vielleicht am nächsten Tag, lockt er sein Opfer auf den Steg. Das Mädel steht da ganz ahnungslos, denk ich mir, tja, und dann, dann tritt der Kerl den Fangbaum durch, schubst das Mädel – platsch! – ins Wasser. Was passiert? Das Rad beginnt sich zu drehen ...

„Das Schwein! Ich bring es um, das Schwein!“, Manfred Groß war kreidebleich. Er lehnte sich aus seinem Klinikbett und riss Horst Heinz die Skizze aus der Hand:

„Das heißt auf Deutsch, Anne ist von dem Sog unter das Rad gezogen worden?“

Horst Heinz nickte eifrig, Lotte hielt sich die Hand vor den Mund, Jürgen hörte schweigend zu.

„Genau! Und da kommt sie auch nicht mehr raus. Ich habe mich nämlich erkundigt ...“, wieder dieser triumphierende Blick, „... der Grund unter den Rädern wird mit Steinen befestigt, damit die Strömung höher ist. Und – jetzt kommt's! – der Abstand zum Boden ist zu gering zum Durchtauchen!“

Er faltete seine langen Beine übereinander und sah zufrieden aus.

„Wie schrecklich“, flüsterte Lotte.

„Das Schwein!“, keuchte Manni, knüllte die Planskizze zusammen und warf sie quer durchs Zimmer.

„Scheiße“, murmelte Jürgen. „Und der Fangbaum?“

„Hah!“, machte Horst Heinz. „Zertreten und in den Fluss geworfen! Das ist ja nicht mehr als ein armdicker Holzstamm. Im Wasser schwimmt so vieles rum ...“

Die Augen von Manfred Groß begannen zu glitzern, das Zittern der Hände ging in ein Flattern über.

„Ich habe herausbekommen", setzte Horst Heinz ungerührt hinzu, „es gab im Ersten Weltkrieg einen ähnlichen Fall. Ein Offizier wollte unter einem der Wasserräder durchtauchen. Er ist auch hängen geblieben und nie mehr aufgetaucht. Muss ein scheußlicher Tod sein."

„Raus!", schrie Manfred Groß. „Verschwinden Sie!" Er zeigte mit der Hand, in der die Infusionsnadel steckte, auf Horst Heinz. „Raus hier! Raus!"

„Hab ich was Falsches gesagt?", Horst Heinz stand von seinem Stuhl auf und faltete sich zu voller, knochiger Länge auf. „Ich habe Ihnen doch nur geschildert, ich meine, ich sollte doch ermitteln …"

„Raus! Ich will Sie nie wieder sehen", schrie Manfred Groß und bäumte sich in seinem Bett auf.

„Aber Kollege Groß, nun nehmen Sie doch Vernunft an. Wir werden das Ding schon wuppen. Keine Sorge, den krieg ich, den Typen …"

„Raus!", schrie Manfred Groß. Er war kreidebleich. Er hatte sich geweigert, sich von den Schwestern rasieren zu lassen, und sah aus wie ein nächtlicher Schatten.

„Okay, okay", Horst Heinz ging langsam rückwärts zur Türe, den Kollegen Groß fest im Blick, als handle es sich bei ihm um einen unberechenbaren Triebtäter.

„Ich geh dann erst mal. Ich komm wann anders wieder."

„Raus!", schrie Manfred Groß noch einmal, da war Horst Heinz schon durch die Türe.

Und Manfred Groß' Zustand hatte etwas Gespenstisches. Seine Augen irrlichterten, sein Mund zuckte unkontrolliert, die Lippen waren bläulich. Er krallte seine Fäuste so stark in die Bettdecke, dass sie weiß wie das Laken wurden.

„Warte hier, Lotte", sagte Jürgen und eilte Richtung Türe. „Bleib einen Moment bei ihm. Ich bin gleich zurück.“

Lotte sah ihm hilflos hinterher.

Die Tür fiel ins Schloss, sie hörte, wie sich Jürgens Schritte auf dem Flur schnell entfernten. Manfred Groß schien sie gar nicht zu bemerken, seine Fäuste waren so zusammengekrampft, dass Lotte fürchtete, an seiner linken Hand werde die bläuliche Ader platzen, in der die Infusionsnadel steckte.

Unwillkürlich griff sie nach seiner geballten Faust. Sie fühlte sich schweißkalt an.

„Keine Sorge“, flüsterte sie, „wir finden Annes Mörder. Ich versprech’s Ihnen.“

Er reagierte nicht. Die Knöchel seiner Hand standen wie weiße Hügel hervor, auf seinen Wangen hatten sich rote Flecken gebildet.

Da waren wieder Jürgens eilige Schritte, sie kamen näher, er riss die Türe auf.

„Lass mich ran bitte.“

Er hatte eine Spritze dabei, setzte sich auf den Bettrand, griff nach Mannis geballter Faust, auf der mit zwei überkreuzten Leukoplaststreifen der Zugang zur Infusion festgeklebt war, setzte die Spritze auf und legte den kleinen Dreiwegehahn aus Plastik darauf um. Dann drückte er, während Manni die Faust noch immer mit aller Kraft zusammenballte, den Inhalt der Spritze hinein, änderte die Stellung des Ventils wieder, sodass die Infusion weiter fließen konnte, und Lotte hörte, wie Jürgen hörbar durchschnaufte.

Manfred Groß hatte sich nicht gewehrt, aber er hatte seinen alten Freund mit seinen fiebrigen Augen förmlich durchbohrt.

„Gleich geht es dir besser, alter Junge“, Jürgen stand auf, um die Infusion zu kontrollieren.

„Ich stell sie langsamer, das ist besser für dich.“

Manni reagierte nicht, aber Lotte nahm wahr, wie seine Lider langsam nach unten sanken, seine verkrampften Fäuste sich lösten, die Hände nun wie zwei Muscheln auf der Decke lagen, sein Atem gleichmäßig wurde und wie er einschlief.

„Das ist doch auch keine Lösung."

Ihr Ton klang fast vorwurfsvoll, als sie Jürgen ansah.

Der zuckte hilflos die Achseln:

„Was soll ich machen mit dem armen Kerl?"

„Herausfinden, wer es war", erwiderte Lotte trocken.

Jürgens Blick hing immer noch gedankenverloren an der Infusionsflasche und dem Kästchen, das die Tropfgeschwindigkeit steuerte. Marion. Capri. Eine Karte aus Capri. Eine Karte konnte man zerreißen. Aber die Bilder im Kopf nicht.

„Ist es schlimm, wenn sie zu schnell ist?"

Jürgen fuhr hoch:

„Wer ist zu schnell?"

„Warum hörst du mir nicht zu? Ist es schlimm, wenn eine Infusion zu schnell läuft? Ich erinnere mich, als Otto in Italien in diesem Hospital war, lief die Infusion tocktocktock ganz schnell, nachts kam eine Ärztin und hat sie schimpfend zurückgedreht. Gott weiß, was sonst mit Otto passiert wäre."

„Gar nichts", erwiderte Jürgen trocken. „Er hat ja sicher nur eine Salzlösung in die Vene bekommen. Gefährlich wird's erst, wenn ein Patient nicht selbst schlucken kann und so ein automatisches Infusionsgerät den Zulauf zu einer Magensonde steuert. Wenn dann das Gerät zu schnell ist, dann läuft der Magen über. Das Zeug steigt in die Speiseröhre hoch und weil der Patient ja nicht schlucken kann, dringt es in die Luftröhre ein. Die Lunge läuft voll – na ja."

„Oh", sagte Lotte. „Das heißt, man erstickt daran?

Das wusste ich nicht. Merkt das denn keiner?"

„Nicht immer. Man sieht es nicht und die Leute sind meistens sowieso schwer krank und haben keinen Würgereiz mehr."

„Oh", sagte Lotte noch einmal und schwieg. Und auch Jürgen schwieg und seine Gedanken wanderten wieder zu Marion. Er sah sie neben einem anderen Mann in einem Segelboot sitzen, eng aneinander gerückt. Sie lehnte sich ein bisschen über den Bordrand und hielt lachend ihre Hand ins kühle Salzwasser und das Meer glänzte wie eine Fischhaut.

„Ein Begriff hat mir damals bei meinem Kreuzworträtsel gefehlt. Ich erinnere mich genau. Gesucht wurde ein anderer Begriff für einen Marineunteroffizier."

Jürgen reagierte nicht. Lotte wiederholte:

„Jürgen, ich wollte dich das ja schon mal fragen: Kennst du einen anderen Begriff für einen Marineunteroffizier? Frau Baberitz hat es nicht gewusst. Und als ich sie noch mal besuchen wollte, da lag sie tot im Bett. Mit ihrer Magensonde. Ich hatte überhaupt nicht damit gerechnet."

Jürgen hatte sich zum Fenster gewendet und starrte hinaus.

„Jürgen!"

Er fuhr herum.

„Was hast du gesagt? Was suchst du? Einen anderen Begriff für einen Marineunteroffizier? Na, das ist ein Maat. Ein Maat, das ist doch klar. Er fährt auf dem Meer ..."

Seine Stimme verlor sich wieder.

„Und Oberingenieur Wolf, den du betreut hast, hatte der auch eine Magensonde?"

„Was? Wer? Ach so, jaja."

„Hast du nicht gesagt, dass sein Tod für dich unerwartet kam?"

„Nun ja, ja schon. Ich kannte ihn aber auch noch nicht so gut ... Warum fragst du?“

„Die Firma von Buirette und Scheßlitzer verkauft doch Medizingeräte. Haben die eigentlich auch solche Infusionsmaschinen im Programm?“

„Natürlich. Sie sind weltweit Marktführer. Das ist ein Riesengeschäft. Wenn du wüsstest, wie viele solcher Geräte in jeder Klinik und auf jeder Pflegestation stehen!“

„Oh“, sagte Lotte. „Jürgen, kann es sein, dass man uns alle bewusst auf eine falsche Fährte gelockt hat? Wenn ich's mir recht überlege, waren Buirettes Todesumstände doch reichlich theatralisch. – Wann hast du Feierabend? Wir sollten ins Stift gehen. Ich glaube, wir sollten mit dem Stiftsleiter sprechen. Ich brauche dich dazu.“

Jürgen sah sie verständnislos an.

„Komm“, sagte Lotte und trat nahe an das Bett von Manfred Groß, sah lange auf seine geschlossenen Augenlider, hinter denen sich die Augäpfel zu bewegen schienen, strich ihm mit den Fingerspitzen über die Hand mit der Nadel darin und sagte:

„Ich möchte so gerne, dass er wieder seinen Frieden findet.“

Erst auf dem Flur bemerkte sie, dass sie noch immer den Strauß mit den pinkfarbenen Dahlien in ihrer verschwitzten Hand hielt.

XXX

Infusionspumpen stehen auf jeder Krankenhausstation, in jeder Intensivabteilung, in jedem Pflegeheim. Sie geben gleichmäßig Flüssigkeit, Medikamente oder Sondennahrung über ein Pumpsystem in den Blutkreislauf oder den Magen des Patienten ab.

Über ein Display an der kästchenförmigen Pumpe können alle Parameter wie Tropfintervalle, Gesamtsubstratmenge und Laufzeit eingegeben werden. Der Infusionsautomat sorgt dafür, dass die Abgabe der Medikamente oder anderer Flüssigkeiten im vorgegebenen Takt erfolgt.

Das medizinische Personal, das das Gerät programmiert, kann zwischen einer gleichmäßigen Abgabe in unterschiedlicher Fließgeschwindigkeit und einer schubweisen Bolusgabe in variabel bestimmbaren Intervallen wählen. Ein Grafikdisplay zur Überwachung der Infusionsparameter, eine integrierte Schnittstelle zur Datenkommunikation, Umschaltmöglichkeit auf Akkus bei Stromausfall und vollautomatische Antriebssysteme garantieren absolute Betriebssicherheit.

Sollte Luft ins Überleitgerät geraten, so gibt ein nach dem Ultraschallprinzip arbeitender Luftdetektor im Sekundenintervall einen akustischen Alarm. Erfolgt versehentlich ein Free Flow, also ein unkontrollierter Durchfluss des zugeführten Substrates, so stellt sich das Gerät selbsttätig ab und gibt ebenfalls akustisch im Sekundentakt Alarm. Somit bietet die Infusionspumpe Sicherheit auf höchstem technischem Niveau.

Sicherheit für den Patienten und Bedienerfreundlichkeit für das medizinische Personal haben selbstverständlich ihren Preis. Dieser liegt pro Gerät bei mehreren tausend Euro.

Jürgen und der Stiftsleiter standen gemeinsam vor einem dieser kleinen, teuren Dinger und sahen wie gebannt auf das orange Kästchen mit dem leuchtenden Display. Die Fließrate war auf den Milliliter pro Sekunde exakt in eckigen roten Zahlen ablesbar. Die Nährsalzlösung tropfte träge und gleichmäßig. Sie tropfte aus dem Infusionsschlauch in das Waschbecken, das sich in einer Ecke des Dienstzimmers des Stiftsleiters befand.

Man war allgemein im Haus irritiert gewesen, als eine Stunde zuvor der Stiftsleiter, außerdem ein etwas fülliger Herr mittleren Alters, den einige als den Vertretungsarzt von neulich erkannten, und dann auch noch Lotte Askoleit in der Pflegeabteilung aufgetaucht waren. Dort erkundigte sich der Stiftsleiter in einem Ton, der zwischen Gereiztheit und höchster Sorge schwang, nach dem Befinden der zurzeit über Magensonde ernährten Patienten. Sein Gesicht heiterte sich auch nur wenig auf, als er von der irritierten Stationsleiterin erfuhr, im Moment sei das nur bei einer Patientin nötig und der gehe es den Umständen entsprechend gut.

Als Nächstes bat der Stiftsleiter um die Herausgabe aller im Moment nicht benutzten Infusionsautomaten. Die Stationschefin war über dieses Ansinnen empört. Sie erklärte dem Stiftsleiter glatt, das läge jenseits seiner Zuständigkeiten und die Dinger seien viel zu kompliziert, die mache er bloß kaputt. Erst die Drohung, im Weigerungsfall werde er dafür sorgen, dass drei Tage lang die gebrauchten Windeln nicht von der Station abgeholt würden, machte sie mürbe.

Dann waren der Stiftsleiter und der zur Fülle neigende Vertretungsarzt mit jeweils zwei rollbaren Infusionsständern Richtung Stationsausgang davongerattert, Lotte Askoleit mit ihrem Stock hatte sie eskortiert.

Sie mussten mit dem allgemeinen Aufzug zum Dienstzimmer des Stiftsleiters fahren. Vier Infusionsgeräte, zwei Herren und Lotte Askoleit, die passten gerade in den Aufzug. Aber auch niemand darüber hinaus, obwohl auf jedem Stockwerk jemand stand, der unbedingt mitfahren wollte, und auf jedem Stockwerk die gleiche Frage gestellt wurde: Was ist denn hier los?

Nichts war los. Im Dienstzimmer des Stiftsleiters angekommen, programmierte Jürgen alle vier Infusionsmaschinen in gleicher Weise und schaltete sie an, nachdem man nach einiger Überlegung gemeinsam beschlossen hatte, die Infusionsschläuche einfach ins Waschbecken zu leiten.

Dann hatten Jürgen und der Stiftsleiter lange schweigend auf die tropfenden Schläuche und die klickenden Kästchen gestarrt, erst konzentriert, dann aufmerksam, dann ein bisschen geistesabwesend, dann mit einem versteckten Gähnen. Dann hatte der Stiftsleiter vorgeschlagen, doch Platz zu nehmen und aus dem Vorzimmer Kaffee (es war leider die stiftsübliche koffeinfreie Blümchenvariante, wie Jürgen feststellte) und einen schwarzen Tee für Lotte Askoleit bestellt. Dann waren alle schweigend auf den Kunstledersesseln in der Besucherecke gesessen und hatten dem einschläfernden, gleichmäßigen Klickern der Infusionsmaschinen zugehört.

Jürgen war wohl ein wenig eingedöst, Lotte hatte nervös mit dem Daumen an ihrem Stock entlang geschabt, der Stiftsleiter war irgendwann aufgesprungen. Er war ein sparsamer Mensch und die sinnlose Vergeudung von teuer bezahlter Infusionslösung war ihm zuwider. Er griff sich also die vier dünnen Schläuche, die träge in das Waschbecken tropften, und zog sie mit den auf Rollen stehenden Infusionsapparaten langsam Richtung Fenster. Und dort ließ er mit stoischer Geduld die Infusionslösung aus den vier Plastikschläuchen auf seine Topfpflanzen tropfen.

Er war gerade dabei, einen Ficus Benjamini zu wässern, der ihm schon lange Sorge bereitete, als eines der Geräte plötzlich verrückt spielte. Das Klickern blieb das gleiche wie bei den anderen drei Geräten, aber bei genauem Hinsehen rann aus einem der Geräte die Infusionslösung nun in einem steten Fluss auf den kranken Ficus Benjamini.

Der Stiftsleiter stieß einen dünnen Schrei aus, der Jürgen hochfahren ließ. Er sprang auf, kam zum Fenster gelaufen, wo der Stiftsleiter mit den vier Infusionsautomaten vor seinen Topfpflanzen stand, sah den gleichmäßigen Strahl, der aus einem der Plastikschläuche auf den Ficus spritzte, und rief:

„Verdammt noch mal, was soll das denn sein? Ein Free Flow! Was ist mit dem Sensor los? Warum schlägt das verdammte Ding nicht Alarm?"

Das verdammte Ding schlug nicht Alarm, es stellte sich auch nicht automatisch ab. Während aus den anderen drei Geräten hin und wieder ein Tropfen fiel, rann aus dem vierten nun ein steter Strahl und wässerte den Ficus Benjamini mit allerbester Nährlösung und lief immer weiter und weiter, bis der Ficus unter Wasser stand und eine Mischung aus Nährlösung und brauner Blumentopferde dem Stiftsleiter vom Blumentopf über die Fensterbank auf die Hose troff.

Da lief Jürgen mit raschen Schritten zu dem Netzstecker neben der Türe, riss ihn heraus und rief:

„Verflucht, das Ding hat eine Macke! Wo haben Sie dieses Infusionsgerät her?“

Und der Stiftsleiter sah hilflos auf seinen kranken Ficus und seine beschmutzte Hose und sagte:

„Woher schon? Wie alle anderen auch – von der Firma.“

Es war sowohl für Jürgen als auch für den Stiftsleiter eine schreckliche Situation. Denn sie sahen nicht nur den kranken Ficus, wie er in dem Überangebot von Nährlösung ersoff, jeder von ihnen sah vor seinem inneren Auge auch noch etwas anderes. Und fragte sich: Hätte ich etwas bemerken müssen? Bin ich schuld? Sie wussten es nicht. Es war ihnen nichts aufgefallen. Aber schützte sie das vor den Fragen und womöglich vor mehr? Dennoch, es nützte nichts. Während Lotte mit ihrem Taschentuch versuchte, die Fensterbank von nasser Blumenerde zu reinigen, rief der Stiftsleiter in der Firma an. Jürgen stand am Infusionsgerät und diktierte ihm die technischen Daten und die Gerätenummer in den Hörer. Man reagierte mit größtem Erstaunen auf das geschilderte Problem und versprach, sich umgehend darum zu kümmern. Fünf Minuten später kam ein Rückruf. Man bedauere. Da müsse ein Irrtum vorliegen. Diese Gerätenummer sei nicht vergeben und definitiv falsch.

XXXI

Am nächsten Morgen erschien ein Servicetechniker der Firma im Büro des Stiftsleiters, besah sich das Gerät von allen Seiten, fand nichts Ungewöhnliches daran und bat schließlich um eine Vorführung der defekten Infusionsmaschine. Der Stiftsleiter kannte sich inzwischen aus, nahm eigenhändig das Gerät in Betrieb und platzierte sich mit dem Ende des Infusionsschlauches vor seinen Grünpflanzen am Fenster; bereit, den unerwünschten Strom der Nährlösung gerecht zu verteilen. Aber das Infusionsgerät tat nichts dergleichen. Es tropfte sparsam und ermüdend langsam, so wie man es ihm vorgegeben hatte.

Der Servicetechniker sah dem Stiftsleiter eine halbe Stunde lang zu, wie er schweigend seine Pflanzen mit Nährlösung betropfte, fand das alles hier etwas eigenartig, zuckte die Achseln und versprach lustlos, das Gerät trotzdem vorsorglich einmal mitzunehmen und sich auch wegen dieser komischen Gerätenummer noch mal schlau zu machen.

Lotte stand an diesem Morgen lange an ihrem Fenster und sah auf die Birken hinunter, die müde in der Sonne standen. Sie dachte nach.

Gegen elf Uhr beschloss sie, auf das Mittagessen im Stift zu verzichten, obwohl es heute ihre geliebten Quarkkeilchen mit Kompott geben sollte, und fuhr mit dem Bus in die Klinik. Jürgen war nirgendwo zu finden. Er war wohl irgendwo auf den langen glänzenden Fluren unterwegs, vielleicht auch hinter den gläsernen Schiebetüren in der Notaufnahme oder in einem der abgedunkelten Ultraschallzimmer. Dort saß er im Dämmerlicht, tastete Bäuche ab und versuchte, nicht mehr an Marion zu denken.

Da Jürgen nicht auffindbar war, entschied sich Lotte, alleine mit Manfred Groß zu reden. Sie klopfte an der Türe seines Krankenzimmers, trat ein und sah, dass er tief schlief. Hatte Jürgen ihm schon wieder eine seiner Spritzen gegeben? Sie trat näher ans Bett.

Manfred Groß lag flach da, unter den Augen bläuliche Schatten. Sein Bart wuchs nun schon seit Tagen und lag wie eine stachelige Schicht auf seinen Wangen, die dadurch noch eingefallener wirkten. Seine Bartstoppeln waren viel dunkler als die Haare auf seinem Kopf, sie waren fast schwarz, mit ein paar weißen Einsprengseln, und gaben ihm etwas Wildes, Verzweifeltes.

Lotte sah ihn lange an, wie er da lag und halb laut und ein wenig schnarchend ein- und ausatmete. Schließlich drehte sie sich ganz leise um und ging wieder.

Zu Hause angekommen, ließ sie sich mit dem Kommissariat verbinden und verlangte den Stellvertreter von Kommissar Groß, Horst Heinz. Es gehe um die Fälle Buirette und Anne Berthold und sei dringend. Unmöglich, erklärte man ihr. Horst Heinz sei bis auf weiteres außer Haus. Er sei mit einem Trupp Bereitschaftspolizisten an der Regnitz unterwegs, auf der Suche nach den Resten eines Fangbaums.

Da platzte Lotte der Kragen und sie beschloss, endlich etwas zu unternehmen.

Sie rief als Erstes den Zweiten Vorsitzenden der Altstadtinitiative an und schlug ein Treffen des Vorstandes vor, um nach dem Tod von Klaus Buirette die weitere

Strategie der Bürgerinitiative festzulegen. Der Zweite Vorsitzende, Inhaber eines Miederwarengeschäfts in der Altstadt, hatte nicht das gleiche Feuer, wie es Buirette gehabt hatte, und war recht dankbar, dass Lotte als Zweite Schriftführerin sich bereit erklärte, das Treffen zu organisieren und den restlichen Vorstand zu verständigen.

Auch Lottes Anfrage, ob sie zu dem Treffen gleich ein neues Mitglied mitbringen dürfe, wurde vom Inhaber des Miederwarengeschäfts positiv beschieden. Dann telefonierte Lotte mit der Ersten Schriftführerin, mit dem Kassenwart, den Beisitzern und schließlich mit Scheßlitzer. Ja sicher, er stehe zu seiner Zusage, der Initiative beizutreten, schon wegen Klaus, aber morgen Nachmittag habe er ausländische Geschäftspartner zu betreuen. Er werde sehen, was sich machen ließe, und notierte sich Ort und Zeit.

Dann rief sie Otto an. „Mach keinen Unsinn", sagte er. „Ich komme lieber mit."

Endlich war der nächste Nachmittag da. Sie trat aus dem Lift, ging an dem Aquarium in der Eingangshalle vorbei – und dort stand Frau Dr. Grabert. Sie hatte mit einer Hand den Deckel des Aquariums angehoben und warf mit der anderen gerade einen glimmenden Zigarettenstummel zu den Fischen, dass es zischte.

„Haben Sie mich erschreckt! Ich dachte, es ist der Chef von diesem Altersheim", sie rümpfte geringschätzig die Nase.

„Er hat mir angedroht, wenn er mich noch einmal beim Rauchen in den Stiftsräumen erwischt, sorgt er dafür, dass ich nicht mehr meinen eigenen Tischwein zum Essen mitbringen kann. Ich meine, wie sollte ich sonst dies Essen ertragen? Wissen Sie, was es gestern zum Mittagessen gab? Quarkkeilchen! Sie hören richtig.

Wissen Sie, was das ist? Es waren Klopse aus Quark. Bleich, weiß und vollkommen geschmacklos."

Sie schnaubte und fragte dann übergangslos:

„Wo gehen Sie hin?"

„Och", sagte Lotte, „nichts Besonderes. Die Innenstadtinitiative trifft sich heute. Ich bin ja nur die Zweite Schriftführerin, aber ich möchte nicht, dass Karls Grab verlegt wird. Ich bin dagegen."

Dr. Grabert sah sie einen Moment irritiert an und dann schüttelte sie energisch ihr kurz geschnittenes, rot gefärbtes Haar und erwiderte:

„Dagegen? Ich bin auch dagegen! Ich bin überhaupt dagegen! Kann ich nicht mitmachen bei Ihnen?"

„Bloß das nicht", dachte Lotte. Laut sagte sie: „Vielleicht ein andermal."

Aber es wäre nicht Frau Dr. Grabert gewesen, wenn sie sich von Lotte hätte abwimmeln lassen. Sie zwang Lotte, ihr altes Cabrio zu besteigen und brauste mit ihr zum Treffen der Innenstadtinitiative.

Der Sommer war nun matt.

Man sah es an den Linden auf dem Marktplatz, deren Blätter so fleckig wurden wie die Bronze des Brunnens. Man sah es in den Fensterläden der Altstadt, wo sich morgens haarfeine Spinnfäden zwischen den hölzernen Lamellen zogen. Man sah es an den Rosen vor dem Hugenottenbrunnen, auf deren blutrotem Gefieder sich braune Flecken ausbreiteten. Man sah es auf der Stadtautobahn, wo die Sonne gegen Abend wie ein Eimer Honig über den Asphalt floss. Man sah es beim Blick hinüber auf den Burgberg, der sich morgens nur mühsam aus dem Dunst befreite. Man sah es von den Kirchtürmen der Stadt, von wo die roten Dächer müde und schief auf den Häusern saßen. Man hörte es am dürren Rascheln der Eichen im Schlossgarten, auch wenn sie noch grün waren. Man hörte es daran, dass die Vögel morgens in den Schwabachauen nicht mehr sangen.

Man hörte es auch an den Störchen. Die beiden Altvögel standen oben auf ihrem Reisigrad und klapperten mit den Schnäbeln. Es war ein nervöses Klappern. Die Jungvögel, deren Schnäbel sich über den Sommer rot gefärbt hatten, waren seit zwei Tagen fort. Ihr erster Flug. Sie würden die Westroute nehmen. Von Frankreich nach Spanien. Von Gibraltar nach Nordafrika. Vom Atlasgebirge in den Senegal. Tausende von Kilometern über Land, von Sonnenaufgang bis in die Hitze des Nachmittags, über Gebirge und über die Wüste. Ihr erster Flug, in einer leisen, kreisenden, segelnden Wolke von lang gestreckten, großen Vögeln am hitzeflirrenden Himmel. Die beiden Altvögel schlugen die Flügel. Auch für sie war es fast soweit.

Tief unter dem Storchennest, auf dem Hof der kleinen Brauerei, saßen Lotte Askoleit und die anderen Mitglieder der Innenstadtinitiative etwas seitab auf einer Bierbank im lichten Schatten einer großen Eiche. Es war noch einmal ein fast sommerlich warmer Tag.

Der Besitzer des Miederwarengeschäfts hatte gerade unter mehrfachem, vorbereitendem Räuspern dazu angesetzt, die Anwesenden zu begrüßen. Er hatte damit gerechnet, dass sich die beiden Schriftführerinnen, der Kassenwart und die beiden Beisitzer der Innenstadtinitiative heute im kleinen Kreis besprechen würden. Aber die Zweite Schriftführerin, auf deren Anregung das heutige Treffen zurückging, war mit einem ganzen Trupp von Neulingen im Schlepptau aufgetaucht. Sie hatte einen älteren Herrn in Kniebundhose an der Seite, der gerade gut gelaunt dem Kellner winkte, um einen zweiten Krug Bier zu bestellen. Ihr gegenüber auf der Bierbank saß eine ebenfalls ältere, aber reichlich schrille Dame mit rotem Haar und einer durchdringenden Stimme, die ihm hemmungslos den Rauch aus ihrer Zigarette ins Gesicht blies. Und dann winkte die Zweite Schriftführerin eben, als er nun wirklich seine wohl überlegte Begrüßungsrede loswerden wollte, auch noch einem untersetzten Herrn mittleren Alters im Anzug und mit Aktenmappe. Der hatte drei Fernostler, ebenfalls im Anzug und mit Aktenmappen, dabei. Sollten die etwa auch noch mitmachen? Das schien dem Besitzer des Miederwarenladens denn doch zu weit zu gehen, bei aller Offenheit aus Tradition.

Aber nein, die Fernostler und der Herr im Anzug setzten sich an den einzig noch freien Nebentisch, legten ihre Aktenmappen ab und Lotte Askoleit rief laut hinüber, gerade als der Miederwarenhändler nun endlich anfangen wollte:

„Herr Scheßlitzer, da sind Sie ja! Kommen Sie doch herüber!"

„Höchstens für einen Moment", antwortete der Untersetzte im Anzug. „Sie sehen ja, ich habe Geschäftskunden."

Die drei Asiaten nickten freundlich zum Nebentisch und lächelten sybillinisch. Der Kellner stellte ihnen drei Krüge mit Bier hin und auf der Nebenbank rückte der Vorstand der Innenstadtinitiative näher zusammen, um auch für diesen Herrn Scheßlitzer noch Platz zu machen.

Und nun endlich konnte der Miederwarenhändler beginnen. Er wolle, nun ja, er wolle eigentlich erst mal an seinen Vorgänger erinnern, der ein großer Mann war. Alle nickten. Ein Mann des Wortes und der Tat. Der Miederwarenhändler räusperte sich. Ein Mann, der, nun ja, also, der mit seinem Wirken in und für diese Stadt Maßstäbe gesetzt hatte.

Der ältere Herr in Kniebundhosen nahm einen kräftigen Schluck von seinem Bier und stieß einen kleinen, wohligen Seufzer aus.

Die rothaarige Dame tuschelte mit dem Kassenwart und den zwei Beisitzern und schickte ihm ein herablassendes Lächeln über den Tisch. Die Erste Schriftführerin sagte: „Können Sie bitte langsamer sprechen, damit ich alles mitschreiben kann?"

Der Miederwarenhändler versuchte, den Faden nicht zu verlieren. Er fühlte sich unwohl in seiner Haut. Er hatte sich seinerzeit breit schlagen lassen, den zweiten Vorsitz in der Innenstadtinitiative zu übernehmen, weil Buirette versprochen hatte, sich um alles zu kümmern, und weil das Miederwarengeschäft schlecht lief. Aber er fürchtete sich vor größeren Menschenansammlungen. Schon seine heutige kleine Rede hatte er zwei Abende lang vor dem Spiegel in der Umkleidekabine seines Geschäftes geübt, wo sonst die Damen ihre Unterwäsche probierten.

Er war keineswegs begeistert von dem heutigen Treffen, zumal ihm die Betreiberfirma des Markgrafen-Centers dieser Tage ein sehr reizvolles Angebot gemacht hatte und er ernsthaft überlegte, sein Miederwarengeschäft um das Segment Bademoden/Strümpfe zu erweitern und sich ab dem nächsten Jahr im neuen Shoppingcenter einzumieten. Er musste daher schnellstmöglich und unauffällig raus hier aus dieser Geschichte.

Er räusperte sich also noch einmal und erinnerte an diesen Mann, nun ja, der eben, wie sollte man das sagen, also der stets energisch und kraftvoll die Belange der Innenstadt gegen die Großmannssucht der Einkaufscenter und Profiteure vertreten hatte. Er musste husten, weil die Rothaarige ihm wieder ihren Zigarettenrauch ins Gesicht blies. Er hatte nun mal eine schwache Lunge.

Er beschloss, unter diesen Umständen den Rest seiner vorbereiteten Rede zu streichen und direkt zum Schluss zu kommen. Also, um es noch einmal zu sagen, Buirette sei ein Mann der Tat gewesen, Respekt, aber ihm seien die Fußstapfen seines Vorgängers also leider wirklich viel zu groß und er lege daher hiermit sein Amt nieder.

Auf diese überraschende Wende waren die Zuhörer nicht vorbereitet.

„Das können Sie doch nicht machen!", rief Lotte. „Wir müssen doch weiterkämpfen!"

„Reg dich nicht auf, Lotte", sagte ihr Nebenmann mit den Kniebundhosen, „wir finden für Karl ein hübsches neues Plätzchen."

„Ich dachte mir, jemand aus dem erweiterten Vorstand könnte das Amt weiterführen", sagte der Miederwarenhändler verzagt.

Die Schriftführerin, der Kassenwart und die beiden Beisitzer starrten angestrengt auf das Holzmuster ihrer Bierbank. Sie waren ähnlich zu ihren Ämtern gekommen wie der Miederwarenhändler.

„Ich finde, dass dies eine überaus reizvolle Aufgabe ist. Warum nicht?" Frau Dr. Grabert setzte sich in Positur. „Ich verfüge über eine jahrzehntelange pädagogische Erfahrung im Umgang mit renitenten Pubertierenden an einem hiesigen Gymnasium. Ich denke mir, das wird mir beim Umgang mit unseren Stadtoberen gute Dienste leisten."

„Herr Scheßlitzer, wie ist es mit Ihnen?", Lotte lächelte ihn an.

„Unmöglich. Danke für das Angebot. Mein Terminkalender ist randvoll. Sie sehen ja, eigentlich habe ich auch heute Geschäftskunden dabei. Klaus war zwar wie ein Bruder für mich ..."

„Das sagten Sie schon mal“ ..., lächelte Lotte.

„... und um seinetwillen trete ich Ihrer Initiative gerne bei, aber jetzt entschuldigen Sie mich, ich hatte meinen Geschäftskunden noch ein typisches Erlanger Bier versprochen.“

Die drei Fernostler am Nebentisch lächelten freundlich und neigten die Köpfe. Sie hatten inzwischen beschlossen, auf eigene Faust die Produkte fränkischer Braukunst zu erkunden. Der Kellner brachte gerade die zweite Runde Kellerbier.

„Ich finde, wir sollten doch alle noch einmal auf das Wohl von Herrn Buirette trinken“, sagte Lotte. „Wir verdanken ihm so viel.“

„O ja“, pflichtete der Miederwarenhändler eilig bei, „und ich bin sicher, Sie finden einen würdigen Nachfolger.“

„Santé“, sagte Frau Dr. Grabert „er war eine starke Person. Ich finde, seine Nachfolgerin sollte auch eine starke Persönlichkeit sein.“

Die drei Asiaten am Nebentisch fanden zunehmend Geschmack an dem Kellerbier und prosteten auch freundlich lächelnd herüber.

„Prost Lotte“, sagte der Herr mit den Kniebundhosen, „entspann dich und lass dein Mineralwasser stehen, ich bestell dir ein Bier.“

„Später vielleicht, Otto“, sagte Lotte. „Ich finde, Wasser passt ganz gut zum Thema. Fanden Sie nicht, dass Herrn Buirettes Tod in diesem Brunnen ein bisschen theatralisch war?“

„Er war eben ein Mann der großen Auftritte, ich kann das gut verstehen“, Dr. Grabert lachte tief und anteilnehmend.

„Es ist schon tragisch, dass er gerade auf diese Art für seine Überzeugungen sterben musste“, sagte Scheßlitzer.

„Also wirklich, tja, wie ich schon sagte, ein großer Mann“, nickte der Miederwarenhändler eifrig.

„Nicht nur, dass er auf dem Hauptplatz der Innenstadt erschossen im Brunnen lag, nein, man hat ihm auch noch ein Messer mit seinem eigenen Flugblatt in den Rücken gerammt, damit es auch der Letzte begreift, worum es geht. Ich finde das ein bisschen übertrieben“, setzte Lotte hinzu, obwohl der Herr in den Kniebundhosen sie mit besorgtem Gesicht beim Arm fasste und „Lotte, lass doch!“ raunte.

„Sie wissen doch, er hatte mächtige Gegner. Solche Leute schrecken vor nichts zurück“, unterbrach Scheßlitzer.

„Genau“, pflichtete der Miederwarenhändler bei, „denken Sie nur an diesen Bestechungsversuch. Eine Million hat man ihm geboten, damit er den Mund hält.“

„Und dann dieser Brandanschlag zuvor“, fuhr Lotte unbeirrt fort. „Ausgerechnet zum Jubiläum des Altstadtbrandes.“

„Das hat ihn sehr getroffen“, der Miederwarenhändler nickte bedächtig.

„Auf den Tag genau an dem Tag, als es schon einmal in der Altstadt gebrannt hat. Ich finde das ziemlich dick aufgetragen. Ich frage mich, ob uns da jemand mit dem Holzhammer klarmachen wollte, dass Buirette wirklich nur aus einem Grund sterben musste: weil er der Kopf der Innenstadtinitiative war.“

„Ja“, sagte Scheßlitzer, „er hat sein Engagement teuer bezahlt und jetzt entschuldigen Sie mich. Meine Gäste warten.“

Seine Geschäftskunden hatten sich mittlerweile am Imbissstand an der seitlichen Hofseite selbstständig mit drei Bratwurstbrötchen versorgt und betrachteten diese nun mit interessiertem Erstaunen.

„Einen Moment noch, Herr Scheßlitzer", Lotte fasste ihn am Ärmel und drängte ihn, sich nochmals hinzusetzen:

„Wir wüssten doch alle noch gerne etwas mehr über Herrn Buirette."

Die anderen nickten zustimmend.

„Sie betonen immer so deutlich, Herr Buirette sei wie ein Bruder für Sie gewesen. Warum eigentlich?"

„Hören Sie", in Scheßlitzers Stimme schwang eine gehörige Portion Ungeduld:

„Ich muss jetzt wirklich zu meinen Gästen. Im Übrigen kann Ihnen das jeder in der Firma erzählen. Wir haben eine Menge miteinander erlebt, wir waren beide lange im Ausland, ich als Techniker, er als Mann vom Verkauf."

„Im Ausland!", brachte sich Frau Dr. Grabert mit durchdringender Stimme wieder in Erinnerung. „Sie gefallen mir. Endlich mal jemand, der aus diesem Nest herausgekommen ist. Ich kenne Frankreich wie meine Westentasche und wo waren Sie?"

„Hier und dort", erwiderte Scheßlitzer.

„In Fernost?", meldete sich Lotte wieder zu Wort.

„Sicher", nickte Scheßlitzer und schickte sich an, nun endgültig aufzustehen, „Malaysia, Indonesien, China …"

„Soll ich das eigentlich alles mitschreiben?", schaltete sich die Erste Schriftführerin etwas atemlos ein, aber niemand beachtete sie.

„Dort lässt sich viel Geld verdienen, nicht wahr? Legal und illegal. Man hört so viel von Produktpiraterie", bohrte Lotte weiter.

„Nun lass es gut sein, Lotte, das tut doch nichts zur Sache", schaltete sich der Herr mit den Kniebundhosen wieder ein.

„Die bauen alles nach", schallte Dr. Grabert dazwischen, „das sind clevere Kerlchen.“

Vom Nebentisch kam verhaltenes Kichern herüber. Einer von Scheßlitzers Gästen traute sich gerade an seine Bratwurst heran und schickte sich an, von der Breitseite her in sein Brötchen zu beißen. Einer der beiden anderen zückte sein Fotohandy, gab ein paar hohe, gänzlich unverständliche Laute von sich und stand halb vom Tisch auf, um die merkwürdigen deutschen Ernährungsgewohnheiten richtig ins Bild zu bekommen. Er schwankte schon ein wenig und fegte beim Hinsetzen mit dem Arm eine der Aktenmappen vom Tisch. Im Fallen ging sie auf und der Inhalt verteilte sich auf dem geteerten Boden des Brauereihofs; er bemerkte es nicht einmal, denn das Kellerbier tat unaufhaltsam seine Wirkung.

Die Fernostler nahmen nun alle drei tapfer ihre Bratwurstbrötchen ins Visier und bissen von der Breitseite her hinein. Der Senf tropfte.

„Vertreiben Sie eigentlich auch Infusionsgeräte?“, bohrte Lotte am Nebentisch weiter.

„Ich vertreibe keine Infusionsgeräte.“ Scheßlitzer wurde langsam unwirsch.

„Natürlich nicht. Sie sind bei der Technik. Aber Herr Buirette, der war im Verkauf, hat der welche vertrieben?“

„Selbstverständlich. Das gehört zu unserer Angebotspalette.“

„Ich finde, Frau Askoleit, wir kommen ein wenig vom Thema ab, wir wollten doch einen neuen Vorstand wählen“, Dr. Grabert war es sichtlich leid, einem Gespräch zu folgen, das nichts Substanzielles zu ihrer Neuwahl als Vorsitzende beitrug.

„Und mich entschuldigen Sie jetzt endgültig“, Scheßlitzer stand abrupt auf, zwängte sich zwischen Biertisch und Bank hindurch und ging hinüber zum Nebentisch. Seine Geschäftskunden hatten sich inzwischen quer durch ihre Bratwurstbrötchen hindurchgebissen. Das hatte dazu geführt, dass die Enden der Bratwürste heruntergefallen waren, teils in ihre Bierkrüge, teils auf ihre grauen Anzughosen, teils auf den Asphalt des Brauereihofs.

Offensichtlich näherten sich die Asiaten unter dem Einfluss des Kellerbieres langsam dem Zustand des Nirwana, denn sie lächelten über diese Unbeholfenheit mit gleichmäßiger Freundlichkeit.

Scheßlitzer winkte der Bedienung nach frischen Bierkrügen, bedeutete den Fernostlern, er werde ihnen neue Bratwürste besorgen, und ging hinüber zu dem kleinen Verkaufsstand.

Einem seiner Geschäftspartner schien mittlerweile etwas schwindelig zu werden. Er lächelte und dann sackte sein Kopf nach unten, seine Stirn fiel gegen die Kante des Biertisches, ein paar seiner geraden schwarzen Haare lagen in einem brauen Senfhäufchen. Er stierte auf seine blanken Schuhe und die Bratwurstreste unter sich und auf die Papiere, die da verstreut lagen. Vielleicht dachte er an die lange, glorreiche Geschichte der Samurai, der Kamikazeflieger oder woran auch immer, jedenfalls versuchte er sich zusammenzureißen, er fixierte die Bratwurstreste und die Papiere ganz scharf, beugte sich noch ein wenig tiefer herunter, sammelte die Papiere und die heruntergefallenen Bratwurststücke zusammen und legte sie ordentlich auf den Tisch. Sein Blick war freundlich und auch ein bisschen verschwommen. Er erinnerte sich nicht mehr, wo die Papiere herkamen, und so reichte er sie, als er die ausgestreckte Hand der alten Dame am Nebentisch sah, mit einer kleinen, schwankenden Verbeugung über den Tisch.

Lotte konnte nichts damit anfangen. Wie denn auch. Es waren Scheßlitzers Unterlagen mit Zahlen, Listen und Konstruktionszeichnungen und einem dünnen hellblauen Buch.

Sie wollte es schon dankend an die Gäste am Nebentisch zurückreichen, die auf ihren Bratwurstnachschub warteten, als Otto sie am Ärmel fasste und sagte:

„Moment mal. Was ist denn das?"

Er zog aus dem Stapel von Unterlagen das hellblaue Buch heraus. Das waren keine Firmenunterlagen. Auf der Vorderseite war eine Federzeichnung zu sehen mit einem großen Wasserschöpfrad und dahinter erkannte man die Möhrendorfer Kirche.

„Sieh dir den Titel an", raunte Otto. „Die Möhrendorfer Wasserräder. Geschichte, Zweck, Technik und Zukunft."

„Scheßlitzer steht noch am Bratwurststand, mach schnell", wisperte Lotte und rückte näher an Otto heran, der unter dem Biertisch das dünne hellblaue Buch aufblätterte.

„Geschichte der Wasserschöpfräder", flüsterte Otto, „Wasserrecht, Leistung eines Wasserschöpfrades, Technik, notwendige Arbeiten an der Schöpfanlage ..."

„Stopp", raunte Lotte. „Hier hat er etwas unterstrichen, hier noch einmal, ganz dick … das ist ja hoch interessant … sieh dir das nur an …"

„Sagen Sie mal, Sie beide, wäre es möglich, dass Sie Ihre Privatgespräche unterbrechen, sodass wir endlich die Nachfolgefrage regeln können? Mir scheint, diese Initiative braucht dringend eine starke Hand und etwas mehr Disziplin."

Dr. Grabert klopfte mit einem Füllfederhalter, den sie aus alter Gewohnheit immer in ihrer geräumigen Handtasche trug, gegen die Tischkante und sah Lotte und Otto streng an, die wie gebannt auf die unterstrichenen Stellen starrten.

„Nur einen Augenblick noch“, Lotte griff rasch nach ihrem Wasserglas, nahm einen Schluck und merkte, wie ihre Hand zitterte. „Wir sind gleich wieder bei der Sache. Es ist nur so, wie soll ich sagen, das ist alles sehr ungewöhnlich. Ich glaube, wir müssen dringend ein Telefongespräch führen.“

„Lass nur Lotte, ich mach das“, Otto drückte ihr unter dem Tisch das hellblaue Buch in die Hand, stand resolut auf, stieg seitlich über die Bierbank, griff in die Hosentasche seiner Kniebundhosen und förderte ein altmodisches, seltsam überdimensioniertes und unförmiges Handy hervor.

„Was laufen Sie denn jetzt weg! Ich kann doch mit Ihrer Stimme bei der Wahl rechnen?“, wetterte Dr. Grabert hinter ihm her.

„Horst Heinz! Der Stellvertreter des Kommissars heißt Horst Heinz!“, rief Lotte ihm nach und ihre Stimme war brüchig. Sie sah, wie die Wege von Scheßlitzer und Otto sich kreuzten, der eine, der sich mit vier frischen Bratwurstbrötchen vom Verkaufsstand näherte, der andere, der sich von den Biertischen Richtung Straße entfernte und im Gehen eine Telefonnummer in sein dickes schwarzes Handy eingab.

Am Nebentisch verteilte Scheßlitzer die nächste Runde Bratwurstbrötchen, einer seiner Gäste starrte seines mit einem Blick feindlicher Entschlossenheit an und biss wieder von der Breitseite hinein. Die anderen beiden zögerten und nahmen erst noch einen kräftigen Schluck vom Kellerbier.

„Ich bin definitiv der Meinung, dass diese Innenstadtinitiative eine neue starke Führung braucht.“

„Durchaus“, der Miederwarenhändler nickte eifrig, er

hoffte inständig, dass sich heute noch eine Nachfolgerin fand. „Frauen sind auch viel diplomatischer und in ihrer weiblichen, sanften Art ..."

„Quatsch", fuhr Dr. Grabert dazwischen. „Das ist doch alles Quatsch. Da muss mal jemand ordentlich dreinschlagen, sich die Stadtoberen zur Brust nehmen und eine klare Sprache sprechen. Ich sage immer, Sanktionen sind der Schlüssel zur Pädagogik. Ich habe damit zeitlebens gute Erfahrungen gemacht. Drohen Sie unserem Oberbürgermeister damit, dass er auf der nächsten Bergkirchweih das erste Fass nicht anstechen darf, und Sie haben sofort eine Gesprächsebene mit ihm. Und ich garantiere Ihnen, mit den Leuten von diesem Markgrafen-Center ist das nicht anders."

„Es geht aber auch um den Friedhof", ergänzte Lotte schwach. Sie hörte mit halbem Ohr in der Ferne ein Martinshorn.

Am Nebentisch gingen die Gäste aus Fernost unter Scheßlitzers Anleitung zum zweiten Teil der Nahkampfausbildung an der fränkischen Bratwurst über, diesmal erfolgte die Attacke von der Schmalseite des Brötchens, aus der ihnen das glutheiße, senfbeschmierte Ende einer Bratwurst entgegenragte. Sie waren in ihrer Kampfkraft durch die Kellerbiere nun schon sichtlich geschwächt und der eine musste zweimal zubeißen, bis er den Bratwurstzipfel traf. Er zuckte ein wenig, denn die Bratwurst kam wirklich direkt vom Rost, er betäubte aber dann den glühenden Schmerz mit einem weiteren Schluck kühlem Bier und biss wieder zu, in der tröstlichen Zuversicht, dass dies der sicherste Weg zu den Herzen und den Auftragsbüchern der Einheimischen war.

„Ich denke, damit ist nun alles klar. Ich würde sagen, wir sollten jetzt zur Wahl schreiten", Dr. Grabert war entschlossen, die Angelegenheit nun mit harter Hand zu

Ende zu bringen.

„Frau Askoleit, wo ist Ihr Begleiter? Wir wollen jetzt wählen!"

Das Martinshorn kam näher, Lotte sah Otto vorne an der Straßeneinmündung stehen und winken.

„Und Sie, Herr Scheßlitzer, ich kann doch mit Ihrer Stimme rechnen?"

Scheßlitzer machte eine achtlose Handbewegung vom Nachbartisch, die Frau Dr. Grabert als Zustimmung verbuchte.

„Ich denke, wir verkürzen das Verfahren. Wenn niemand der anderen Mitglieder jetzt noch Einwände erhebt, betrachte ich mich als gewählt und erkläre hiermit, dass ich die Wahl …"

Der Rest ging im Heulen des Martinshorns unter, das nun sogar die geschulte Stimme von Frau Dr. Grabert unter sich begrub.

Lotte sah einen Krankenwagen mit Blaulicht an der Straßeneinmündung bremsen. Die Vordertüren wurden aufgerissen, heraus sprangen Jürgen im Arztkittel und ein Sanitäter. Sie liefen um den Wagen herum, öffneten die rückwärtigen Türen und in gebückter Haltung kroch Horst Heinz heraus, der gerade einen weiteren Besuch bei seinem kranken Kollegen gemacht hatte, als das Präsidium ihn verständigt hatte. Es gäbe da einen Anruf in der Mordsache Berthold. Er solle sofort zur Brauerei kommen. Es scheine sehr dringend zu sein.

Nun streckte er sich zu voller Größe, sah sich um, setzte seine gewichtigste Miene auf und stakste mit langen Schritten auf den kleinen Brauereihof zu.

„Ja, wen haben wir denn da? Den Herrn Scheßlitzer!", rief er, aber seine Stimme ging im jaulenden Auf und Ab des Martinshornes unter. Der Sanitäter spurtete zu seinem Wagen zurück, um das Heulen abzustellen.

„Sieh da, der Herr Scheßlitzer!", tönte Horst Heinz noch einmal.

Der setzte gerade den Bierkrug ab, während seine drei Begleiter versuchten, die Neuankömmlinge mit glasigem Blick zu fixieren. Ein Sanitäter, ein Arzt, ein langer Dünner und ein Krankenwagen. Das war interessant, wie man hier zum Biertrinken kam. Einer der drei griff zu seinem Fotohandy.

„Herr Scheßlitzer! Mit Ihnen wollte ich sowieso als Nächstes ein paar Takte reden! Es geht um die Infusionsautomaten, die Sie vertreiben. Es gibt da ein Problem. Wir haben uns heute gemeinsam mit Ihrer Firma sämtliche Infusionsgeräte aus dem Stift genauer angesehen und dabei hat sich herausgestellt, dass vier davon Nachbauten aus Fernost mit falschen Seriennummern sind. Was haben Sie dazu zu sagen?"

Scheßlitzer sah Horst Heinz mit seltsamer Interesselosigkeit an:

„Wie darf ich Ihre Frage verstehen? Ich glaube, Sie sind falsch über meine Funktion in diesem Unternehmen unterrichtet. Ich arbeite in der technischen Entwicklung und wäre Ihnen dankbar, wenn ich mich jetzt meinen Geschäftspartnern widmen dürfte."

Die drei Geschäftspartner lächelten apathisch, einer hielt das Ende einer Bratwurst in der Hand.

Aber Horst Heinz ließ nicht locker:

„Der ermordete Klaus Buirette hat unter anderem auch Infusionsautomaten an Kliniken und Altersheime verkauft. Wie es aussieht, hat er dabei in einer geschickten Mischung neben den Originalgeräten auch immer einen gewissen Anteil von Nachbauten abverkauft. Bei Abnahme einer größeren Stückzahl gäbe es ein paar Geräte zu Sonderkonditionen dazu. Das war das Angebot, das er seinen Kunden gemacht hat. Und er hat sich diese Geräte an der Firma vorbei auf ein Sonderkonto bezahlen lassen."

„So", machte Scheßlitzer und musterte Horst Heinz von oben bis unten, wie er so vor dem Biertisch stand. „Hat er das? Das war sehr unfein. Und warum erzählen Sie mir das?"

„Mann, haben Sie eine Ahnung, was das für Konsequenzen hatte?! Wir mussten feststellen, dass die defekten Geräte wohl in mindestens zwei Fällen zum Tod von Patienten geführt haben. Free Flow der Nährflüssigkeit und Aspiration in die Lunge", setzte Horst Heinz gewichtig hinzu.

„Nun ja, eigentlich waren es nicht Sie, sondern Frau Askoleit, der das alles aufgefallen ist." Otto stand genau hinter Horst Heinz, aber der beachtete den Einwurf gar nicht.

„Die arme Frau Baberitz", murmelte Lotte, aber niemand hörte ihr zu.

„Ich gehe davon aus, dass Sie als Techniker für das Beschaffen der Baupläne zuständig waren und Buirette für den Vertrieb der nachgebauten Geräte."

„Hören Sie auf, Mann, niemand wäre so verrückt, so etwas zu tun. So was muss doch zwangsläufig irgendwann auffliegen, spätestens nach den ersten Gerätestörungen würde die Firma hellhörig werden. Es gibt Typennummern, Zertifikate – was denken Sie, wo wir leben! So was funktioniert hier doch nicht!"

„Ganz recht", Horst Heinz nickte eifrig, während die anderen teils mit Unverständnis, teils mit Spannung dem Gespräch folgten. „So etwas funktioniert vielleicht in der Dritten Welt, aber hier nicht. Das haben Sie vermutlich auch Herrn Buirette gesagt. Nur dass der nicht eingesehen hat, warum er nun zu Hause auf ein Geschäft verzichten sollte, das für Sie beide jahrelang überall in der Welt doch so gut funktioniert hat."

Die drei Asiaten auf ihrer Bierbank begannen sich zu langweilen. Sie vermuteten, dass das Palaver zwischen den Neuankömmlingen und Scheßlitzer Teil des hiesigen Trinkrituals war, und beschlossen, sich geduldig den landesüblichen Bräuchen zu fügen.

„Jedenfalls war dieser Buirette ein ganz linker Vogel", bekräftigte Horst Heinz noch einmal.

„Ich muss doch sehr bitten", nun schaltete sich Dr. Grabert in das Gespräch ein. „Mein Vorgänger im Amt war ein Mann großer Verdienste. Ich dulde nicht, dass sein Andenken in Anwesenheit unserer Vereinsmitglieder …"

„Als letzte Warnung an Buirette haben Sie den Brand gelegt", unterbrach sie Horst Heinz. „Und weil auch das Buirette nicht beeindruckte, wuchs Ihre Angst, dass all die krummen Geschäfte, die Sie jahrelang gemeinsam gemacht haben, doch noch auffliegen würden, wenn er so weitermachte. Sie haben Buirette umgebracht und dafür gesorgt, dass alles so aussah, als habe sich die Tat auf seine Funktion als Innenstadtsprecher bezogen."

„Nur dass Sie für meinen Geschmack ein bisschen dick aufgetragen haben", versuchte sich Lotte wieder in das Gespräch einzuschalten. „Dabei war alles nur ein großes Ablenkmanöver, um jedermann auf eine falsche Fährte zu locken …"

Scheßlitzer machte nur eine abfällige Handbewegung, drehte ostentativ Horst Heinz, Lotte und all den anderen seinen Rücken zu und forderte seine fernöstlichen Geschäftsfreunde mit einer animierenden Geste auf, mit ihm anzustoßen. Aber die drei beachteten ihn kaum noch. Sie hatten inzwischen Mühe, ihre asiatische Disziplin zu wahren, sie hockten mit aufgestützten Ellenbogen über ihren Bierkrügen und stierten hinein.

Horst Heinz sah hilflos von einem zum anderen, irgendwie brachten ihn Scheßlitzers gleichgültige Reaktionen völlig aus seinem Konzept. Auch Dr. Grabert war für kurze Zeit verstummt. Sie hatte kopfschüttelnd und heftig inhalierend versucht, dem Gespräch mit Scheßlitzer zu folgen.

„Mon Dieu!“, rief sie nun. „Wenn das stimmt, dann wirft das wahrlich kein günstiges Licht auf meinen Vorgänger im Amt. Auch wenn der eine oder andere durch ihn verursachte Todesfall möglicherweise durchaus ein gnädiger gewesen sein mag.“

Lotte sah sie entrüstet an.

„Umso mehr“, fuhr sie resolut fort, „sehe ich mich dazu aufgefordert, nun mit eisernem Besen zu kehren und diese Initiative mit glasklaren Zielsetzungen zum Erfolg zu führen. Disziplin ...“

Aber gerade als Dr. Grabert wieder bei ihrem Lieblingsthema angekommen war, geschah etwas, was selbst ihr die Sprache verschlug und die drei Fernostler mit einem Ruck aus ihrer Alkoholtrance hochfahren ließ.

Aus der offen stehenden Hintertüre des an der Straße parkenden Krankenwagens sprang ein bärtiger Mann. Er trug einen Frotteebademantel, unter dem seine haarigen Beine hervorsahen. Er hatte Gummilatschen an den nackten Füßen. Es war Manfred Groß.

Horst Heinz war in der Klinik an seinem Bett gesessen, als der Anruf aus dem Präsidium kam. Ein dringender Hinweis in der Mordsache Berthold. Manfred Groß hatte es mitgehört. Dann ging alles sekundenschnell. Er war unter seinem Bart noch blasser geworden, hatte sich in einem schrecklichen Wutanfall die Infusion mitsamt den beiden Leukoplaststreifen vom Arm gerissen, hatte sich unter Aufbietung aller Kräfte aus dem Bett gestemmt und dem herbeieilenden Jürgen entgegengeschrien, er betrachte hiermit ihrer beider jahrzehntelange Freundschaft als null und nichtig, wenn er jetzt nicht mitkommen dürfe. Darauf hatte Jürgen erklärt, dafür könne er nie und nimmer die medizinische Verantwortung übernehmen. Manfred Groß hatte ihn angebrüllt, er sei ein widerliches Kameradenschwein und er werde sich den Mörder von Anne schnappen und wenn er zu Fuß hinlaufen müsse.

Darauf hatte Jürgen einen Krankenwagen angefordert, man hatte Manfred Groß auf die Trage verfrachtet und man war gemeinsam mit Blaulicht losgefahren, zum Brauereihof.

Und da lag Manfred Groß nun eine ganze Weile in dem geöffneten Krankenwagen, schlotternd vor Schmerzen und vor Trauer auf seiner Trage und hörte die anderen auf dem Brauereihof palavern.

Er hörte die leiernde Stimme von Horst Heinz und die knappen Antworten von Scheßlitzer und die Stimmen der anderen. Sie palaverten und palaverten und er wusste es ganz genau, Horst Heinz war unfähig. Anne hatte gesagt, man müsste Scheßlitzer fragen. Scheßlitzer also. Manni spürte es, Scheßlitzer musste es gewesen sein, warum auch immer, aber er würde es aus diesem selbstgefälligen Typen herauspressen; eher wollte er selbst vor die Hunde gehen, als dass Annes Tod ungesühnt bliebe.

Und so stemmte er sich hoch von seiner Trage, setzte die Füße auf den kalten Metallboden des Krankenwagens, tappte blind nach seinen Gummischlappen, musste ein paar Augenblicke sitzen bleiben und tief durchatmen. Vor seinen Augen fuhren die medizinischen Apparaturen des Krankenwagens Karussell, dann richtete er sich auf und kletterte aus dem Wagen, ein schwindeliger Racheengel im gestreiften Frotteemantel, bereit, sein

Richtschwert zu zücken und jeden niederzustrecken, der sich ihm widersetzte.

Und so lief er wie von einer unsichtbaren Schnur gezogen, ohne Zögern, ohne Schwanken los, die Augen fest auf Scheßlitzer gerichtet, als sei auf dem ganzen Brauereihof keine Menschenseele, nur er, der Racheengel, und dieses Schwein.

Er nahm nicht wahr, dass der Sanitäter herbeieilte, ihn unterm Arm fasste und ihn zurückhalten wollte, er nahm nicht wahr, dass er selbst den Sanitäter rüde zur Seite stieß, er nahm nicht wahr, dass plötzlich Jürgen neben ihm herlief und auf ihn einredete. Er nahm nicht wahr, dass drei Fernostler ihn anstarrten, als sei er eine Fata Morgana. Er sah nicht, dass die drei sich panisch von ihrer Bierbank hocharbeiteten, bereit zur Flucht, nur einer, der Wagemutigste, versuchte dabei noch das Fotohandy hochzureißen und ein Bild von der Szene zu machen.

Manfred Groß sah das alles nicht. Er sah nur diesen Mann. Ihn dort, dort auf der Bierbank. Breit. Selbstgewiss. Arrogant und mit diesem Bierkrug in der Hand. Der Mann, von dem Anne gesagt hatte: Man sollte Scheßlitzer fragen. Nein, da gab es nichts mehr zu fragen. Schluss mit Fragen. Schluss mit Palavern. Er würde es aus ihm herauspressen, herausprügeln. Er würde sich Gewissheit verschaffen. Jetzt war es dran, dieses Schwein. Er packte ihn, er spürte es unter seinen Händen, diesen fleischigen Nacken, diesen Stiernacken unter dem feinen Anzugzwirn. Die Haut, den Hals dieses Schweines.

Manfred Groß drückte mit beiden Händen und mit aller Kraft zu. „Du bist das Schwein, das Anne umgebracht hat! Warum? Warum?“, schrie er. Das Schwein gab ein raues Röcheln von sich, es wehrte sich, es schlug …

Und dann spürte Manfred Groß, wie jemand ihn nach hinten riss, wie seine Hände sich von dem dicken, rosigen Hals lösten, wie er taumelte und in Jürgens Arme stürzte.

„Bist du wahnsinnig, Manni, was tust du? Nichts ist bewiesen! Was machst du da? Das müssen die Medikamente sein. Hör auf! Hör auf!"

Er nahm nicht wahr, dass man ihn wegzog, dass er stolperte, strauchelte und dann einfach auf dem Asphalt des Brauereihofs zusammensackte.

Über sich sah er das Gesicht des Sanitäters, der sich zu ihm herunterbeugte, er sah daneben Jürgens Gesicht. Er sah dahinter Horst Heinz stehen, diese taube Nuss. Und er sah aus den Augenwinkeln das Schwein, das Schwein, das Anne auf dem Gewissen hatte, immer noch auf seiner Bierbank sitzen. Und Manfred Groß lag da auf dem Boden und schrie, er tobte, er schrie, schrie nach Anne, er schrie wie von Sinnen. Er schrie, bis er durch den Nebel von Schmerz und Wut und Rache eine Stimme hörte, die kaum durch das Chaos seiner Gefühle zu ihm drang.

„Sie haben recht, Herr Groß. Ich habe den Beweis", sagte die Stimme.

In seinem Kopf herrschte ein Tumult aus Bildern, Wasser, Hunden, Holzrädern und da war es wieder:

„Ich habe den Beweis, Herr Groß."

Mit aller Gewalt versuchte er sich zu konzentrieren, mit den Augen wieder wahrzunehmen, wo er war, nicht am Wasser, nicht unter dem Wasser, nicht unter dem Rad auf der Suche nach Anne, sondern hier, liegend auf dem Pflaster des Brauereihofs. Und hinter den Schleiern aus Schmerz und wilder Angst wurde ihm bewusst, dass ihm jemand ein dünnes blaues Buch entgegenhielt.

Er nahm im Nebel aus Medikamenten, Wut und

Hilflosigkeit einen weiß ondulierten Kopf über sich wahr, er sah einen Krückstock und er hörte Lottes Stimme noch einmal, zu ihm gebeugt, sagen: „Ganz ruhig Herr Groß, ich habe den Beweis."

Aber er hatte es kaum geschafft, sich auf das dünne blaue Buch zu konzentrieren, das sie ihm entgegenstreckte, da war auch schon die Hand von Horst Heinz im Bild, sie riss das Buch hoch und weg und Manfred Groß hörte ihn schreien:

„Geben Sie her, Frau Askoleit! Geben Sie her! Sieh an, das gehört ja Ihnen, Herr Scheßlitzer! Das ist ja Ihr Buch, Herr Scheßlitzer! Was haben wir denn da? Das ist ja interessant, da ist ja was dick unterstrichen! Die Sache mit dem Fangbaum! Soso, sieh da, Sie haben sich also vorher informiert, wie Sie das Mädel am besten auf die Seite schaffen. Sein Sie ehrlich, das Mädel hat angefangen, nachzuforschen – saß ja in der Firma quasi an der Quelle. Sie ist Ihnen auf die Schliche gekommen und hat Ihnen auf den Kopf zugesagt, warum Sie Buirette umgebracht haben. Und deshalb musste auch sie sterben."

An dieser Stelle ächzte Manfred Groß auf, krümmte sich und versuchte noch einmal, mit aller Kraft sich hochzustemmen, aber Jürgen kniete neben ihm und sagte: „Hör nicht hin. Alles ist gut. Jetzt haben sie Scheßlitzer ja."

Und Manni sah es. Sein Instinkt hatte ihn nicht getrogen. Auf dem Boden liegend sah er, wie Horst Heinz nach Scheßlitzers Arm griff. Weiß Gott, er selbst hätte anders zugepackt. Er hörte, wie Scheßlitzer sagte: „Ja, es stimmt, sie hat es herausgefunden, ich hatte keine andere Wahl." Weiß Gott, er hätte jetzt noch einmal mit seinen Händen zugedrückt. Er sah, wie Horst Heinz etwas zu Scheßlitzer sagte. Weiß Gott, er hätte ihn zum Schweigen gebracht. Und dann sah er, wie Scheßlitzer widerstandslos und mit hängenden Schultern aufstand und wie Horst Heinz ihn siegesgewiss und rüde am Arm packte, sich aufplusterte und tönte: „Na also, das hätten wir. Doppelmord. Das lag ja auf der Hand."

„Komm jetzt, alter Knabe", hörte er Jürgen sagen, „du siehst ja, sie haben ihn. Beruhige dich. Jetzt hast du deine Ruhe wieder."

Er sah Jürgen nach dem Sanitäter mit der Trage winken, Jürgen half ihm, sich vom Asphalt hochzurappeln und sich seitwärts auf die fahrbare Trage fallen zu lassen. Sie ratterte mit ihm über den Hof, Richtung Krankenwagen, vorbei an Horst Heinz und diesem Schweinekerl, der apathisch vor sich hinstierte. Er hörte von ferne das Martinshorn des Streifenwagens, der die beiden gleich aufsammeln würde.

Sie waren schon fast am Krankenwagen, da vernahm Manfred Groß die Stimme seines alten Kumpels Jürgen neben sich. Er rief:

„Moment mal, was ist denn da los?"

Jürgen deutete zu dem Verkaufskiosk mit den Bratwürsten. Dahinter kauerten die drei Fernostler. Die Trinkgebräuche des Landes waren ihnen schlussendlich doch unheimlich geworden, spätestens als der Mann im gestreiften Bademantel aufgetaucht war und statt sich auch ein Bier zu bestellen den netten Herrn von der hiesigen Firma am Hals gewürgt hatte. Sie waren sich nicht sicher, ob es ihnen gleich auch so gehen würde und ob das hier zu Lande ein feststehendes Ritual war, und hatten beschlossen, gemeinsam den Rückzug anzutreten, auch wenn das den Gastgeber verärgern sollte. Der Mutigste von ihnen hatte noch ein Foto geschossen, um den Daheimgebliebenen einen Eindruck von den überaus derben Sitten des Landes zu übermitteln. Dann waren sie hinter dem Bratwurstkiosk in volle Deckung gegangen.

Und dort waren sie von den Folgen des Kellerbieres endgültig übermannt worden. Sie waren alle drei in sich zusammengesunken und lehnten nun, dicht aneinander gedrängt, mit den Köpfen an der Bretterwand des Bratwurstkiosks und mit den Anzugbeinen im staubigen Asphalt. Dort fand sie Jürgen. „Tja", dachte er sich, „diese Asiaten sind im Grunde arm dran, sie können ja nichts dafür. Ihre Gene arbeiten gegen sie. Sie haben weniger von diesen Alkohol abbauenden Enzymen als wir. Schade eigentlich. Ich sollte sie mitnehmen." Laut rief er Richtung Krankenwagen, in den gerade der Sanitäter die Trage mit Manfred Groß hineinschob:

„Warte mal, Manni, es dauert noch einen Moment. Du bekommst Gesellschaft. Hättest du etwas dagegen, wenn drei Herren aus Fernost sich zu dir auf deine Trage setzen? Ich glaube, wir müssen sie mitnehmen. Sie brauchen nicht viel Platz."

Zurück blieben die anderen – Lotte, Otto, Dr. Grabert, der Miederwarenhändler und der restliche Vorstand der Innenstadtinitiative. Die Erste, die wieder Worte fand, war erwartungsgemäß Frau Dr. Grabert.

„Männer!", stieß sie hervor. „Sie halten alle anderen für blöd. Und dieser Buirette war auch nicht besser. Schwamm drüber, jetzt habt ihr ja mich! Ich werde diese Center-Leute das Fürchten lehren. Das habe ich schon bei ganz anderen geschafft!"

Sie klopfte resolut mit ihrem Füllfederhalter gegen die Kante des Biertisches.

„Ich geh dann mal. Wiedersehen", räusperte sich als Nächstes der Miederwarenhändler. Er brannte darauf, sich zu Hause endlich die neuen Prospekte für das Strumpf- und Bademodensegment anzusehen.

„Ich habe völlig den Faden verloren", keuchte die Erste Schriftführerin mit wirrem Haar. „Ich meine, muss das alles ins Protokoll, das mit den Infusionsgeräten?"

Lotte und Otto sagten gar nichts. Sie saßen nebeneinander und blickten nach oben. Dort waren die beiden Störche.

Sie hatten fast gleichzeitig die dünnen roten Beine auf den trockenen Reisigrand des Horstes gesetzt, die Flügel entfaltet, sie mit einem peitschenden Geräusch ein paar Male durch die Luft geschlagen und sich dann unvermittelt hinuntergestürzt, denn sie wussten, dass sie niemals fallen konnten. Denn da war sie wieder, diese unsichtbare Kraft, auf die sie vertrauten, die sie empfing und sie hinaufhob, hoch über den Hof mit den immer kleiner werdenden Menschen, die sie emportrug über die träge Stadt, die sie schweben ließ über den Fluss und die Wiesen, die sie steigen ließ über die Kirchtürme und die Wasserräder.

Sie dehnten die Flügel bis zum äußersten Punkt. Nun trug sie die Wärme. Mühelos und wie im Schlaf. Zwei Punkte am Himmel, gegen Westen. Die Zeit war reif.

„Aber ich weiß ja, sie kommen wieder", sagte Lotte. „Im nächsten Jahr."

Kennen Sie auch die Fortsetzung des ersten Erlanger Stadtkrimis?

Ines Schäfer
Martini-Mord

€ 9,90
ISBN 3-924158-60-6

Erschienen im Fahner Verlag, Lauf.
Erhältlich in allen Buchhandlungen.

Ein dramatischer Zwischenfall in einem Karpfenlokal. Ein Toter bei einem Handballspiel. Schließlich ein Mord am Martinstag im Schlossgarten! Ganz gegen ihren Willen sieht sich Lotte Askoleit, Bewohnerin eines Erlanger Seniorenstifts, in den Strudel tödlicher Ereignisse gezogen, zwischen denen es zunächst keinen Zusammenhang zu geben scheint.

Ihre Suche nach einer Erklärung führt Lotte kreuz und quer durch das herbstliche und winterliche Erlangen. Nebenbei muss sie im Haushalt ihres Neffen, des Oberarztes, aushelfen, denn dort kriselt es, während sie selbst sich mit Gefühlen konfrontiert sieht, die sie nicht mehr für möglich gehalten hätte...

Und kennen Sie den dritten Teil der Erlanger Stadtkrimis?

Ines Schäfer
Regnitzgold

€ 9,90
ISBN 3-924158-74-6

Erschienen im Fahner Verlag, Lauf.
Erhältlich in allen Buchhandlungen.

Es wird Frühling in Erlangen und Lotte Askoleit gerät in einen fürchterlichen Verdacht. Ist sie mitverantwortlich für den Tod des Hilfshausmeisters in ihrem Seniorenstift? Schon bald zeigt sich, dass sein Tod erst der Beginn einer mörderischen Kette von Vergiftungsfällen ist. Jedes Mal findet sich das tödliche Gift in einer harmlosen Flasche Bier und das versetzt nach und nach die ganze Stadt in panische Angst.

Lotte Askoleit, die alte, eigenwillige Heldin in Ines Schäfers Stadtkrimis, ist inzwischen für viele Erlanger eine gute Bekannte, ebenso wie ihr Neffe, der Oberarzt, und seine Familie. Bereits zum dritten Mal ist Lotte dem Verbrechen auf der Spur, diesmal zwischen Büchenbach und Tennenlohe, zwischen dem Redoutensaal und der Gruft der „Erlanger Markgräfin" in der Neustädter Kirche.